Fake Earth

フェイクアース

著:Bird
イラスト:岩本ゼロゴ

TOブックス

CONTENTS

第0章　Now Loading

第1章　本物とフェイクの境界線

もし、あなたがたが心を尽くしてわたしを捜し求めるなら、
わたしを見つけるだろう。
わたしはあなたがたに見つけられる。

『エレミヤ書』29章13・14節より引用

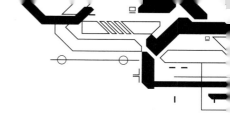

第〇章

Now Loading

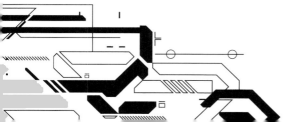

プロローグ　エンカウント

雨の音がした。

落ちたときに砕け散る雨粒の音がした。

一粒一粒の雨粒が最後に鳴らす音は、あまりにも小さい。

けれども、その微かな音が連なり重なり合って、美しい音色として奏でられている。

アバターの目を開けると、無数の雨粒たちが降っていた。落ちていく一粒一粒の雨粒は、銀色の線を描いている。暗灰色の雲に覆われた空から、地上へ流星群のように降りそそいでいる。

仰向けに寝転がっている俺は、細かく降りそそぐ雨を浴びていた。

「……これがゲーム、か」

後頭部がズキズキと痛む。仮想空間へフルダイブしたことで、脳に強い負荷がかかったのだろうか？　通信制限がかかったネット回線のように、頭が重たくうまく働かない。両手を握っては開き、アバターが思いどおりに動くかどうかを確かめる。左側の視界がぼやけるバグを直すために、自分の顔に装備している眼鏡のレンズについた雨粒を拭う。

操作するアバターを観察すると、アクセサリー枠の「眼鏡」に加えて、「紺色の学ラン」と「VANSのスニーカー」を装備していた。運営が操作するアバターをランダムで決めるので、現実世界の自分と異なる性別の女性アバターになる可能性も想定していたが、声の低さや服装から考えるかぎり、俺に割り当てられたアバターは男性らしい。濡れたスニーカーの先には、運営からの配布アイテムが入っていそうなエナメルバッグが転がっているのが見える。

仰向けの体勢になっている俺は起き上がろうとした。けれども、現実世界の自分の体よりも重たく、いつもの力加減では起き上がれない。背中を弓なりにして、勢いよく起こそうとすると、今度は上半身が予想以上のスピードで動く。

恐る恐る全身を触ってみると、少し厚みのある胸には筋肉の硬さがあり、腹は力を入れなくても割れている感触があった。


——ピピピ！


目覚めて起き上がったタイミングを見計らったかのように、学ランの上着のポケットが振動する。左手をポケットに突っ込むと、真っ赤なカバーの付いたスマートフォンが中に入っていた。

運営がプレイヤー全員に支給する、ゲーム専用のスマートフォン。

俺が親指でホームボタンを押すと、休止状態で暗くなっていた画面が光った。

【遊《あそ》津《づ》暦《れき》斗《と》　プレイヤーＩＤ：9891/1122/2000】

記載されていたのは、この世界での「プレイヤー名」と「プレイヤーID」。当たり前だが、現実世界だった頃の「藤堂頼助《とうどうらいすけ》」ではなく、まったくの別人になっている。

ここに辿り着くまで、本当に長い道のりだった。でも、今の自分はようやくスタートラインに立ったにすぎない。そして、絶対に負けたくないあいつは、3ヶ月も前にスタートして先に進んでいる。

今、あいつがどんな状況なのかはわからない。もうすでにゲームオーバーになっているのかもしれないし、もしかしたらこの世界のどこかで生き残っているのかもしれない。

ただ、どちらにせよ俺がプレイヤーとしてやるべきことは変わらない。現実世界へ帰ってこなくなったあいつを連れ戻すために、このゲームをクリアして終わらせる。俺があいつの代わりに、前人未到のエンディングへ辿り着いてみせる。

まるで現実世界から引き継がれた記憶がセーブデータとしてロードされるように、凛子《りんこ》と出会う前から今までの記憶が蘇った。

朝、頼助が目覚めてテレビを点けると、離れてアメリカで暮らす父のニュースが報道されていた。

『藤堂千秋《とうどうちあき》、パートナーＡＩの実用化へ』

落ち着いた声でニュースを読み上げる男性アナウンサーによれば、父はＡＩのデータ収集・分析と自然言語処理の技術を発展させて、「世話係」兼「友達」となるＡＩを開発したとのことだった。

このパートナーＡＩをスマートフォンで利用すると、家族にＬＩＮＥで頼まれた買い物をキャッシュレスで決済した瞬間に買い忘れがあることを教えてくれるし、他人に相談しにくい悩みを抱えているときにはユーザーの価値観を尊重したアドバイスをしてくれるらしい。2ヶ月ぶりに顔を見る父は変わらず元気そうだった。

頼助はリビングで紅茶を淹れて、焼きたてのバインミーを食べる。一人暮らしを始めた中学生の頃から3年間、玄関前の宅配ボックスに毎朝ケータリングで配達してもらっているものだった。挟まれた具の豚バラ炒めの甘辛さと、爽やかでさっぱりとした紅白なますの酸味に加えて、香ばしいバゲットの切り目に塗られたクリームチーズの濃厚さが、お互いの味を引き立てていて美味しい。噛めば噛むほど口の中で広がる旨味を味わいながら、渋みとコクのある紅茶を合間に飲みつつ、天気予報に話題が移ったニュース番組を眺めた。

朝食を済ませた後、頼助は身支度を済ませて家を出て、自転車に乗って学校へ向かった。軽やかにジョギングしている人を追い越し、涼やかな春風に追い越されて、宙へ転がるように吹き飛ばされたタンポポの綿毛と並んで走った。勾配のきつい上り坂が見えたとき、速くペダルを漕いで勢いをつけて、サドルから腰を浮かせて坂の上まで上り切る。両手でブレーキを軽く握って、緩やかで長い下り坂をゆっくり下っている途中、道端に空のペットボトルが転がっているのが見える。

頼助は自転車を止めて、落ちていたペットボトルを屈んで拾って、近くのリサイクルボックスに捨てた。

——きっと今この瞬間、俺は人生の分岐点に立っているのだろう。

高校1年生の4月の授業開始日、正門から校舎までパレードの花道のように並んでいる上級生たちがクラブ活動に勧誘している光景を目の当たりにしたとき、頼助は目の前に多くの道が分かれているイメージが頭に浮かんだ。試合のユニフォーム姿でナンパのように声かけしている部活もあれば、SNSのネタをパロディした風の宣伝ビラを配る同好会もあり、無人で部室までの地図を貼り付けた立て看板を置いているだけの団体もある。各クラブ活動の新入生を勧誘するときのアプローチの違いが、頼助がそれぞれを選んだ先で待ち受ける未来の違いのように思えた。

高校生になってワクワクする気持ちを差し引いても、興味が惹かれる部活や同好会はたくさんある。週3回の活動なのに強豪校で有名な「ラグビー部」はどんな練習なのかを体験してみたかったし、「クイズ研究部」は勉強することが多くてやりがいがありそうだし、「秘境探検団」は海外へ本格的に遠征していそうな雰囲気があって気になった。

だが、頼助は降りた自転車を押して、ビラを配る先輩たちの前を素通りした。もうすでに青春を捧げると心に決めたことがあるからだ。

電脳空間で己の分身となるキャラクターを操って戦う競技、eスポーツ。

小学生の頃、父の研究の手伝いでAIと格闘ゲーム『烈闘《れっとう》ファイターⅦ』で対戦したことをきっかけに、頼助は格闘ゲームの世界にのめり込むようになった。『烈闘ファイターⅦ』で、誰よりも強いプレイヤーになりたい。世界最大級の格闘ゲームの大会『EX JAPAN』で優勝して、世界一の座を手にすることが頼助の人生の目標だった。

――人間に与えられた時間は平等である以上、誰よりも強いプレイヤーになるためには、毎日の取り組みの質で差をつける必要がある。……と、頂点を目指すライバルたちは基本的にそう考えるだろう。

頼助はメタ視点で考えて、まず練習の効率に捉《とら》われないことを意識した。対戦相手の立ち回りをより深く理解するために、メインに使っているキャラだけではなく、全キャラをランクマッチで最高クラスに到達できるまでやり込んだ。一試合ごとにリプレイ機能で見返して、対戦中に自分と相手が入力したコマンドを棋譜のように記録して、場面ごとの技の成功率や残り体力量ごとのプレイスタイルの変化などを分析した。今の自分より強くなるために、「何」を得ればいいのか、あるいは「何」を捨てればいいのかを四六時中考えつづける。たとえ遠回りになっても、途中で引き返すことになっても、格闘ゲーマーとしてより強くなれる可能性があることはすべて取り組んだ。

格闘ゲームの対戦で勝つために必要なことは、長期的な視点を持って戦うこと。一瞬一瞬で的確に判断することも大事だが、目先のアドバンテージを得ることに捉われすぎていては大局を見失ってしまう。序盤の攻防を30秒後の終盤でどう活かすのか？　対戦相手に判断を一瞬迷わせるためには、どのように立ち回ればいいのか？　1つ1つのプレイを布石にすることを心がければ、戦術の幅がぐっと広がり、結果として一瞬一瞬の判断をより正確かつスピーディーにできるようになる。

必死に考えながら毎日プレイし続けた結果、頼助は本物のトッププロたち相手にオンライン対戦で勝率5割を維持できるようになった。格闘ゲームの世界大会『EX JAPAN』でも好成績を叩き出すことができ、全世界から毎年2万人以上の人たちが参加する中で、初出場から3年連続で決勝トーナメントに勝ち上がることができた。終盤の読み合いの強さで逆転勝利を収める対戦が多いことから、いつしか頼助は格闘ゲーマーたちから「英雄《ヒーロー》」の異名で呼ばれるようになり、昨年度の大会ではベスト4と優勝に手が届きそうなところまで来ている。

そして、4度目の『EX JAPAN』が開催される当日、頼助はいつもより早く目覚めて、会場の東京ビッグサイトに予定より1時間早く着いた。緊張で喉がやけに渇くが、不思議と充実した気分だった。迷子になって泣きそうになった男の子の親を探して、落とし物のスマートフォンを持ち主に届けて、今日の対戦で使用するキャラのテーマソングをイヤホンで聴いて瞑想に入る。

もし今回の大会で優勝できたら、父は頼助になんて言うだろうか？　とくに何も言わなそうな気もしたし、一言くらいお祝いの言葉を述べてくれそうな気もした。

12歳の夏休みに父の研究の手伝いで、ＡＩと人生初めての格闘ゲームで繰り返し対戦したとき、「頼助もゲームの飲み込みが早いのか。面白いデータが取れそうだ」と父が感心したようにつぶやいたことを思い出す。

だが、頼助が本気で優勝するつもりで臨んだ大会は、初日のプレイ時間3分も経たずして終わった。

予選トーナメント1回戦、頼助は3本勝負をストレート負けで敗退した。会場内にいる人たちのざわめきが聞こえる。

頭の中が真っ白になった頼助は現実に起きた出来事だと信じられず、目の前の対戦相手を見つめる。

深くかぶったフードから革靴まで、全身黒ずくめの不審者のような格好をしたプレイヤー。漆黒のサイバーパンクマスクで顔を隠して、性別も年齢も一切わからない。

これが今大会で初出場ながら優勝を飾ったプレイヤー『ＮＩＲ《ニア》』のデビュー戦。後に「人類史上最強のプロゲーマー」と呼ばれる伝説の幕開け。

一方、頼助にとって、一生忘れられない大敗。夢で繰り返し見るほどトラウマになった惨敗。
そして、死ぬことすら許されないデスゲームへ挑戦する未来へ分岐した敗北だった。

『Ready? ——Fight!!!』

試合開始を告げるゲームボイスが、平日の朝で客の少ないゲームセンターに響き渡る。真っ黒なジャケット姿の頼助は瞬きするのを止めて、自前のアーケードコントローラーで攻撃コマンドを入力した。光り輝くゲーム画面内の世界、赤い鉢巻をした空手家は勢いをつけて高くジャンプして、対戦相手を飛び越えると見せかけ、後ろへガードの方向を誘い出したところを正面から脳天へ蹴りを食らわせる。

全国オンライン対戦10戦目、『烈闘ファイターⅦ』アーケード版のランクマッチで稀に現れると噂の『ＮＩＲ』とは今日も当たらない。次のプレイヤーと早く対戦するために、仰向けにダウンした対戦相手が起き上がるタイミングに合わせて、攻撃を一方的に当てつづける。

４度目の大会の予選トーナメント１回戦で敗退してから６ヶ月——。頼助は胸にリベンジを誓って、毎日欠かすことなく格闘ゲームの特訓に取り組んでいた。現実はゲームと違って強くなることに限界はないし、むしろ強くなればなるほど新たにやるべきことが見えてくる。大会で負けた頃と比べて、頼助は間違いなく強くなった実感はあったし、これから成長していく確信もあった。

しかし、頼助は未来の成長した自分が挑んでも、ＮＩＲに勝てるイメージが湧かなかった。全速力でＮＩＲを追いかけても、遠くに見える背中との距離が縮まらない。縮まらないどころか、格闘ゲームが上達したことによって、ＮＩＲの強さの底知れなさがわかるようになり、かえって突き放されている感覚さえあった。

世界大会の予選でＮＩＲと対戦したとき、攻撃が一度も当たらず、防御や回避でしのぐ猶予も与えられず、パーフェクトＫ.Ｏ.で２本ともやられた記憶がフラッシュバックする。

あのとき頼助は予選トーナメント１回戦でも油断せずに対戦に臨んでいた。『EX JAPAN』は敗者復活の制度がなく、参加プレイヤーは負ければ終わりの大会。何が起こるのかわからない真剣勝負の場で、トッププロたちが実力を出し切れず、初戦で敗退する番狂わせは嫌と言うほど見てきていた。そもそも、練習試合だろうと、負けていい勝負は存在しない。世界一の座を賭けた決勝戦に挑む覚悟を持って、対戦が始まった瞬間から全力で勝ちに行っていた。

けれども、ＮＩＲに圧倒的な実力差で負かされた瞬間、頼助は負けることへの認識が甘かったことに気づかされた。本気で打ち込んできたもので負けるということは、それに捧げてきた己の人生の全否定——対戦相手に殺されたも同然だということを。実際に命を落としたわけではないけれど、あの日から何をやっても死んだように生きている感覚が拭えない。

だが、一度限りの人生で負けっぱなしで終わるわけにはいかない。頼助は唇を噛みしめて、アーケードコントローラーを握りしめる。

ＮＩＲは格闘ゲームの世界大会で優勝した後、異なる６種目のゲームの世界大会も制覇した怪物ゲーマー。公式戦で負けたことはたった一度もなく、無類にして無敵の強さを誇っている。

ＮＩＲに対戦で勝つためには、いったい自分は「何」を得ればいいのか？　あるいは「何」を捨てればいいのか？

　この6ヶ月間、頭の中で繰り返し問いかけた疑問について、納得のいく答えはまだ見つからなかった。

「君、つまんなそうな顔でプレイしてるね。ゲームは楽しんでやるもんだよ」

『YOU WIN』と勝利を讃えたメッセージがモニター画面に表示されたとき、凛として涼やかな声が聞こえてくる。頼助が声のした方向へ振り向くと、同い年くらいの女の子が隣のスツールに腰かけていた。真っ赤なキャップをかぶり、グレーのパーカーと黒いレギンスを合わせた服装の女の子。真っ赤なキャップ姿の女の子は握っていた2枚の100円玉を見せて、頼助がプレイしていた格闘ゲームのアーケード筐体のコイン投入口に落とした。

「ねえ、勝負しよ。今から君にゲームの楽しさを教えてあげる」

　真っ赤なキャップ姿の女の子は有無を言わさぬ口調で言って、筐体のコントロールパネルのカードリーダーにアミューズメントICカードを読み込ませる。同じ店舗内にいるプレイヤー同士で対戦できるように設定して、挑発するような視線を投げてきた。どうやら学校に居場所がない同類と思われたらしい。NIRとランクマッチの対戦で当たるために、授業を休んで『烈闘ファイターⅧ』のアーケード版をプレイしていたとき、同じように学校をサボっている女の子に声をかけられることは時々あった。

　――もし彼女の誘いを断って機嫌を損ねてしまえば、警察に通報されて面倒なことになるリスクがある。

——それに、一人の格闘ゲーマーとして、挑まれた勝負を断るわけにはいかない。

頼助はスクエア型眼鏡をかけ直して、使い慣れている「赤い鉢巻をした空手家」をキャラセレクト画面から選んだ。真っ赤なキャップ姿の女の子は嬉しそうにレバーを鳴らして、「歌舞伎メイクの力士」をキャラセレクト画面から選ぶ。

対戦ステージは「紅龍寺《こうりゅうじ》」にランダムで決まり、戦うキャラたちが睨み合うシーンがカットインした。青い炎と赤い炎が二人の選んだキャラの下に左右から迸り、お互いのプレイヤー名が試合開始前のＶＳ．画面に表示される。

「へぇ、君、『頼助』って言うんだ。格好いい名前だね。なんとなくだけど本名かな？」

「ああ、そうだよ。そっちは？『凛子』って本名でもハンドルネームでもありそうだけど」

「君と一緒。いい名前でしょ？——とりあえず勝っても負けても楽しい勝負にしようね、頼助くん」

凛子は弾んだ声で言って、筐体備え付けのレバーを回した。自分のアーケードコントローラーも持っていない女の子。本当の意味での敗北を経験したことがないから、「負けても楽しい勝負」なんて言葉が出てくるのだろう。そもそも、「ゲームを楽しむ余裕」なんて、対戦で勝つために真っ先に捨てたものだ。

対戦形式は２本先取したプレイヤーが勝つ、最大３本勝負のＢＯ３。頼助がＮＩＲに大会で負けたときと同じルール。

満開の枝垂れ桜が咲き乱れる寺院。淡い紅色の花びらが散り敷かれた石畳の上。赤い鉢巻をした空手家と歌舞伎メイクの力士が睨み合って構えたとき、頼助は全身に黒い感情が沸き上がるのを感じた。

『Ready? ――Fight!!!』

対戦が始まった瞬間、お互いに前へ飛び出して、握り拳と張り手がぶつかり合う。微かな違和感――それが疑惑に変わったのは、続け様に放った蹴りも同じタイミングでかぶったときだった。そして、３発目の強パンチが重なったとき、疑惑は確信に変わる。

頼助の攻撃をジャストで三度も合わせる神業。

凛子は超人的な強さを持つプレイヤーだということを。

「ねえ、ゲームの対戦で一番楽しいことって何か知ってる？　それはね、『対戦相手の想像を超えること』だよ」

隣に座る凛子が前のめりになって、全神経をレバーとボタンに触れる指先に集中させる気配が伝わる。頼助が操作する空手家が前へ動き出そうとした瞬間、稲妻が走ったような音が轟き――歌舞伎メイクの力士が爆速のすり足で急接近して、そのまま一気に加速した頭突きが炸裂した。「未来を先読みしたような反応速度」に加えて、「最速かつ正確無比なコマンド入力」。パワーキャラで遅いはずの力士なのに、間合いを詰めるタイミングを完璧に合わせられたせいで、まるで瞬間移動で攻撃されたような体感速度だった。

体力ゲージが削られていく最中、ＮＩＲと対戦したときの迫力が脳裏をよぎった。同じキャラを使うわけでもなければ、プレイスタイルが似ているわけではない。けれども、二人とも圧倒的な強さを誇っている点で共通している。

凛子が操作する力士の猛攻を止めきれず、頼助が操作する空手家はK．O．で倒された。

「よし、まずは1本目！　この調子で次も取らせてもらうよ！」

「いや、悪いけどここまでだよ、凛子。俺は負けることが大嫌いなんだ」

頼助は目を閉じて、ワインレッド色のスクエア型眼鏡の縁に指をかける。思わぬ強敵との対戦に心が熱くなるのを感じた。真っ暗な中でスクエア型眼鏡を外して、筐体のコントロールパネルの端に置く。両目をゆっくりと開けると、煌びやかなゲーム画面がより鮮明に見えるようになった。

世界は不平等にできていて、天から才能を授けられる人もいれば、何も与えられない人もいるし、1億人に一人しか発症しない希少疾患に選ばれる人もいる。頼助は10歳の頃に脳の視覚を司る領域に異常をきたし、発作的に目が数秒間だけ見えすぎてしまう「視覚野過敏症候群《しかくやかびんしょうこうぐん》」にかかった。この疾患は視野が急激に広がって視力も大幅に上がるため、何百倍に増えた情報量が脳へ高負荷をかけ、強烈な頭痛に見舞われてしまう。もっとも、医療の進歩で症状を緩和する薬は開発されていて、毎日1回欠かさず飲みつづけていれば、健康な人と同じように日常生活を送ることができた。

だが、頼助は格闘ゲーマーの道を志してから、薬を飲むことを中断して、視覚野過敏症候群の症状を限界まで引き出すことにした。息をするように努力することが前提となっている勝負の世界で、さらに才能に恵まれた人たちを相手にここ一番の勝負所を制するためには、それに匹敵する武器が必要だったからだ。どんなものでも「見方」を変えれば、「味方」に変えることができる。天から与えられるものは選べない以上、与えられたものを使いこなすしかなかった。

主治医の指導の下で訓練した結果、視覚野過敏症候群の症状は強まって常態化して、頼助は眼鏡を外してから脳が高負荷に耐えられなくなるまでの60秒間、超人的な視力を発揮できるようになった。100メートル先の看板を虫眼鏡で拡大したように見ることができるほか、視野は真後ろ以外のほぼ全方向まで広がり、ゾーンに入ったスポーツ選手のように周りがスローモーションに見えるようになる力。この1分間は神に愛された天才の領域に足を踏み入れることができる。ステータスバグで得た力に付きものの代償として、頼助は日常生活ではピントがぼやけた眼鏡をかけなければいけなくなったが、何かを得るために何かを捨てる覚悟は端からできていた。

第二ラウンドが始まったとき、接近戦を仕掛けたキャラたちの動きが遅く見えるようになる。凛子が次に何のコマンドを入力したのか、技を出す前の予備動作を瞬時に見極めることができた。頼助は打撃のコマンドを入力して、凛子の投げ技のコマンドにかぶせて、正拳突きで鋭く打ち抜く。すかさず凛子がガードを固めた瞬間に投げ技でつかみかかり、巨漢の力士を持ち上げて地面に叩きつけた。

一息にコンボで畳みかけようとすると、凛子が操作する力士は投げられた衝撃を利用して、後ろへ猛スピードで転がって避ける。さらにバックステップで下がって、頼助が操作する空手家から距離を大きく取った。おそらく凛子は目の力に制限時間があることを見抜き、頼助が限界を迎えるまで時間稼ぎに徹するつもりのだろう。強いプレイヤーになればなるほど、初見の技への対応が早い。

ＮＩＲとの対戦で目の力を使った直後、速攻で挑んだ頼助の攻撃を回避することに専念されて、使用制限時間の60秒間を潰された記憶が蘇った。

「…………」

特別な目の力を手に入れたからわかることがある。「天才」という枠でまとめられる人たちの中には雲泥の差があって、ＮＩＲや凛子のような「本物」と比べれば、頼助はどれだけ頑張っても「偽物」でしかないことを。努力では越えられない壁の先には、選りすぐりの才能を持つ怪物しか通れない狭き門がある。どんな操作キャラでも活躍できるように調整された格闘ゲームと違って、現実世界は個人の能力のパラメータが調整されていない。

「――学習しろ」

けれども、頼助は負けたくないと思った。今の実力が通用しないなら、今この瞬間に成長すればいいと強く思った。これまで格闘ゲーマーとして強くなれたのは、特別な目の力があったからじゃない。どうすれば今の自分を超えられるのか、ずっと必死に考えつづけることを諦めなかったからだ。

「――学習しろ、学習しろ」

だから、頭脳をフル稼働させて、目の前の状況を整理しろ。対戦相手の思考を分析して、未来の行動を予測しろ。全力を出し切って、限界を超えて、最善を尽くせ。

絶対に攻略できないゲームがないように、絶対に勝てないプレイヤーもいない。

視野を広げて、見方を変えて、攻略法を見つけるんだ！

逆転勝利のルートを探そうとした瞬間、今まで対戦してきた記憶が走馬灯のように駆け巡った。

無限にコマ送りされている場面の中に、たった一つだけ虹色に光り輝いているものがある。

凛子を攻略するための鍵は、この対戦の中にあった。

「――学習しろ、学習しろ、学習しろ！」

頼助は前のめりになって、全神経をレバーとボタンに触れる指先に集中させる。隣に座る凛子が瞬きでまぶたを下ろす瞬間、稲妻が走ったような操作音が轟き――赤い鉢巻をした空手家は一気に加速して、竜巻のような回転蹴りで歌舞伎メイクの力士を蹴り飛ばした。第一ラウンドで凛子が披露した、「最速かつ正確無比なコマンド入力」の見様見真似。瞬きでゲーム画面が見えなくなる「コンマ数秒の隙」を突いて、瞬間移動のように感じた攻撃の速さを疑似再現。吹っ飛んだ歌舞伎メイクの力士がステージ端に激突して戻ってきたところに、頼助は対空技のコマンドを入力して、昇り龍のように飛び上がるアッパーカットを食らわせる。

――距離を詰めたところで、離れられてしまえば意味がない。

――画面端まで追い詰めて逃げられないようにする必要がある。

だが、時間との戦いになる予想に反して、凛子が操作する力士はまっすぐ突っ込んできた。目の力で追える体当たり。頼助は攻撃が当たるタイミングを見極めて、操作する空手家のジャストパリィで捌く。突進を弾かれた力士が硬直した隙を見逃さず、流れるように反撃のコンボを決めていく。

どうして凛子は距離を取らず、自らが不利になる戦い方を選んだのか？　意表を突いたところで、目の力で見切られることはわかっていたはずだ。空手家が投げ技を決めるモーションに入った瞬間、頼助は隣に座る凛子に横目を向ける。

透明感のある栗色のショートヘア。小顔ですっきりとした輪郭に、眉間からすうっと通った高い鼻。清らかで明るく白い肌で、淡い鳶色《とびいろ》の瞳には吸い込まれそうな目力がある。

凛子は心から楽しそうに笑っていて、煌びやかなゲーム画面よりキラキラと輝いて見えた。

「つまんないでしょ？　せっかく君が想像を超えてくれたのに、私が想像どおりに戦っても。１２０％で向かってくるなら、１２０％で応えなきゃもったいないじゃん」

赤い鉢巻をした空手家が歌舞伎メイクの力士を石畳に投げたとき、散り敷かれた桜の花びらが宙へ水飛沫のように舞い上がる。高く一斉に舞い上がった花びらははらはらと落ちていき、この世界を祝福するような桜吹雪として、対戦の舞台を美しく彩った。起き上がった力士が頭突きを出すモーションが見えて、咄嗟に垂直ジャンプで避けたと思った直後、対空技の体当たりで吹っ飛ばされる。

最初の攻撃が避けられる未来を見越していたような超反応。凛子が次の一手を打つスピードが速すぎて、頼助が目の力で技を見切っても、対応するコマンド入力が追いつかない。純粋な反応勝負で、目の力を攻略するつもりらしい。

——凛子が素早く攻め込んでくるなら、こっちはもっと素早く反応するだけだ。

頼助は目を凝らして、光り輝くゲーム画面を見つめる。次に来る攻撃の予備動作よりも早い段階——、歌舞伎メイクの力士の画素が微かに揺らぐ瞬間を捉えることに集中した。荒々しい張り手のラッシュを捌き、即座に放たれた四股踏みを受け流して、正拳突きを力士の胸に突き刺す。そのまま追撃を加えようとしたとき、鬼気迫る力士のかち上げを打ち込まれた。頼助は歯を食いしばり、赤い鉢巻をした空手家の拳で間髪入れずに殴り返す。

桜吹雪が舞う中、お互いに持てる力すべてを懸けて死力を尽くし合う。全身が熱くなっていく戦いを通して、頼助は魂が剥き出しになっていき、凛子と共鳴していくのを感じた。凛子の一瞬一瞬

のプレイから、彼女の心が流れ込んでくる。頼助の一つ一つのプレイから、自分の心が浸透していくのがわかる。

凛子の想像を超えるプレイに影響を受けて、頼助の限界を超えた力が発揮された勝負。

もしも願いが1つ叶えられるなら、この対戦がいつまでも続いてほしかった。

しかし、お互いの体力ゲージは無限ではない。対戦には制限時間があり、永遠であってほしい時間には必ず終わりが訪れる。

宙へ舞い上がった桜の花びらの最後の1枚が、激闘を繰り広げたファイターたちの間に落ちた。

満身創痍の両者、立っている勝者が倒れている敗者を見下ろしていた。そして、歌舞伎メイクの力士は首をの字に回して、片足で踏み出すと同時に手を広げて見得を切る。

第二ラウンドも凛子が制して、3本勝負は頼助のストレート負けで決着がついた。

「……俺の負けか」

後頭部が激しく痛み出す。対戦に集中しすぎたせいで気づかなかったが、目の力の使用時間をとっくに超えていたらしい。頼助は目を閉じて、筐体のコントロールパネル端に置いた眼鏡をかけ直した。両目をもう一度開けると、細部まで鮮明だった視界は元に戻り、後頭部の痛みはすうっと消えていく。絶対に負けたくない思いで勝負した対戦だったのに、負けても清々しい気持ちになっているのが不思議だった。

「いい勝負だったね、頼助くん！　こんなワクワクしたのは久しぶりだよ！　ていうか、君の目、とってもすごいんだね！」

凛子は眼鏡を外すポーズを取って、明るくいたずらっぽい笑みを浮かべる。淡い鳶色の瞳はキラキラと輝いていた。頼助は眉間に触れて、自分の顔にスクエア型眼鏡をかけていることを確認する。今この瞬間は目の力を使っていないのに、凛子が輝いて見える理由がわからなかった。

「対戦ありがとう、凛子。実りある勝負だったよ」

「よかった。じゃあ、私が教えたいことはわかってくれたかな？」

「教えたいこと？　ああ、たしか『ゲームの楽しさを教える』だっけ？」

「そう！　そのための勝負だからね。――というわけで、ゲームの楽しさはわかってくれたかな、頼助くん？」

凛子は改まった口調で尋ねる。淡い鳶色の瞳を持つ目は真剣だった。頼助は凛子をまっすぐ見つめる。凛子との対戦は脳が痺れるような快感があった。心地よい疲労感があった。ＮＩＲに初めて近づくことができた手応えがあった。この満たされて温かくなった気持ちを一言で表すなら、それは「楽しい」が最も近かった。

「……ごめん、正直ゲームの楽しさはまだわからなかった」

だが、頼助は「嘘」をつくことにした。これから凛子に一番言いたいことを伝えるために。精一杯の勇気を振り絞るために。震えそうになる手を握りしめて、喉にぐっと力を込める。

この本音は嘘で包まなければ、言葉にすることができなかった。

「だから、凛子、頼みがある。また俺とゲームセンターで一緒に遊んでくれないか？」

頼助は凛子に思いの丈をぶつける。ＮＩＲにリベンジを誓ってから、遠くに見える背中を追いかけつづけた日々。一人なら追いつくことができなくても、隣に彼女がいれば張り合っているうちに追いつけそうな予感があった。それに、100%以上の力を発揮しても負けた凛子に勝ちたい気持ちが心の底で燃えている。こうやってゲームセンターで出会えたことも何かの縁だし、同世代の格闘ゲーマー同士でもっと色んなことを話してみたかった。

賑やかなゲーム機たちの音がハーモニーのように重なって聞こえてくる。頼助は凛子の返事を待った。心臓の鼓動が速くなった。緊張のあまり、息をすることができなかった。答えを早く知りたい気持ちと、永遠に知りたくない気持ちが同時に強くなっていく。

凛子は目を瞬かせていたが、嬉しそうに顔をぱっと輝かせた。

「いいね、それ！　私もまた頼助くんとゲームできたらいいなって思ってたし」

せっかくだしＬＩＮＥ交換しようよ、と凛子はスマートフォンを手に取る。彼女が頼助に見せたスマホ画面には、ＬＩＮＥのＩＤが表示されていた。頼助がＩＤを入力して検索すると、『凛子』という名前のアカウントがスマホ画面に登場する。友達に追加するボタンを押したとき、頼助が挨拶のスタンプを送るより先に、凛子から歌舞伎メイクの力士のスタンプが送られてきた。

「じゃあ、次は何やる？　頼助くん、レースゲームは好き？」

「……えっ、今からやるつもりなのか？　こういうのって連絡先を交換したら、一旦解散して後日にやる流れだろ？」

「もちろん今度も遊ぶけど、別にこの後も遊んでいいじゃん。お互い学校サボってるんだし、時間はあるでしょ？」

「いや、大丈夫だけど。ただ、なんていうか、今の対戦でやり切ったというか、ちょっと疲れたというか。そもそも、レースゲームは別に好きじゃ――」

「なに変なこと言ってるの、頼助くん。対戦1回やったくらいで疲れるわけないじゃん。むしろ暴れ足りないくらいでしょ?」

凛子は頼助の発言を遮って、前のめりになるように顔をぐっと近づけた。何でもいいからゲームで遊びたくてウズウズとしている表情。もしかしたら生粋のゲーマーの彼女にとんでもない提案をしたのかもしれない。けれども、この想定外の展開を心の片隅でワクワクしている自分もいる。

「ほら、早く一緒にやろう!」

凛子はスツールからぴょんと立ち上がって、楽しそうな顔で頼助の腕をグイッと引っ張った。

1話 Continue? ▼Yes/No

生まれる前に流行ったものを見て、「懐かしい」と思うのはどうしてだろう?

狭いエレベーターのドアが5Fで開いたとき、頼助は目に飛び込んできた光景に不思議な安心感を覚えた。アーケード筐体が所狭しと並べられて、休憩スペース用の木製ベンチが奥にポツンとあり、駄菓子屋コーナーには瓶コーラの冷蔵ショーケースが設置されている。

1990年代頃のアーケードゲーム全盛期を再現したレトロゲームセンター、『ウルトラポテト秋葉原店《あきはばら》』。

当時は頼助が生まれる何十年も前なのに、時間がゆっくり流れていそうな空気感が、「あの頃の自分」に戻ったような気持ちにさせた。

「いいでしょ、ここ。私のお気に入り」

隣にいる凜子は前屈みになって、頼助の顔を下から覗き込む。真っ赤なキャップからはみ出た栗色の髪が、グレー色のパーカーの紐とともに揺れた。明るくていたずらっぽい笑顔。とっておきの秘密基地を紹介する子どものように、淡い鳶色の瞳はキラキラと輝いている。

「……それ、この前のゲームセンターでも同じこと言ってただろ。何でもいいから早く勝負しよう」

頼助はスクエア型眼鏡をかけ直す。指先に武者震いが走った。闘争心で燃えているかのように、いつも冷たい手が熱くなっているのを感じる。

凜子と一緒にゲームセンターで遊ぶようになってから3ヶ月。頼助は凜子の熱烈なゲーム愛に押し負けて、『烈闘ファイターⅦ』に限らず、色んなアーケード筐体を二人でたくさんプレイしてきた。凄腕ゲーマーの彼女と一緒にプレイする日々のおかげで、頼助はゲームの本質みたいなものがわかるようになり、格闘ゲーマーとして格段にレベルアップできた実感はある。

けれども、昔からゲーム全般は得意だという自信があったのに、様々なジャンルのゲームで勝負を挑んでいるものの、今まで凜子に勝てたことは一度もない。どんなゲームでも負けるのは死ぬほど悔しいし、今日という日こそは凜子に何が何でも勝ちたかった。

「あはは、ほんとバトル脳だね。そういうとこ嫌いじゃないけど。でも、最初は普通に仲良くやろうよ。お楽しみは後でってことで。ね？」

凛子は100円玉を丸めた人差し指に乗せて、親指で上に向けて高く弾く。頼助は左腕を横に広げて、落ちてきた凛子の100円玉をキャッチした。近くにある『ダイナミック刑事』のアーケード筐体へ二人で並んで歩いて、背もたれのないパイプ椅子に肩を並べて座る。1P側に座った凛子はレバーとボタンの感触を確かめて、2P側に座った頼助は100円玉をコイン投入口へ2枚入れた。

いつも凛子とプレイするたび、実力以上のプレイができているように感じる。反応スピードが0・1秒以上早くなり、レバーとボタンを操作する指が滑らかに動くような気がした。一人でやる方が集中できそうなのに、どうして二人でやる方が上手くプレイングできるのか？ 自分の体を思い通りに動かせるように、ゲーム画面の操作キャラもイメージどおりに動かすことができる。

もっとも、個人のプレイの調子がよくても、協力プレイがうまくいくかどうかは別の話だけど。

「凛子。体力満タンなんだから、回復アイテムを取らないでくれ」

「落ちてるアイテムは誰の物でもないでしょ？ 君もゲーマーなら、欲しいアイテムは進んで取りに行かないと」

「……ああ、そうだな。じゃあ俺も進んで取りに行かせてもらうか」

「うわっ！ ひどい！ それやる⁉ さすがに味方に攻撃するのは反則だよ、頼助くん！」

凛子は横目で頼助を睨みつけて、人差し指でボタンを強打した。彼女の操作する女性警官が拳を突き出して、頼助の操作する男性警官にパンチを食らわせる。すかさず頼助は連続蹴りのコマンドを入力して、凛子の操作する女性警官にやり返した。周りの敵キャラを無視して、お互いの技を容赦なくぶつけ合っていく。

それから頼助と凛子はいがみ合いながら、ラスボスを倒してエンディングまで辿り着いた。隣同士で視線が合い、頼助は眉間に皺を寄せて、凛子はしかめ面で口の端を指で横に引っ張る。怒った幼稚園児みたいな凛子の変顔に噴き出すと、頼助のわざとらしい表情もおかしかったのか、凛子もくすくすと笑っていた。「ナイスプレイ」と高く澄んだ声に呼びかけられて、頼助は凛子とハイタッチを交わす。

時代の波に呑まれて消えた名作を多く集めたレトロゲームセンター。あの頃にゲームセンターで熱狂した人たちが少なければ、今の時代にゲームセンターは残っておらず、頼助は凛子と一緒に遊ぶことはなかっただろう。

凛子がぴょんと立ち上がって、握り拳を頼助に突き出した。頼助は手のひらを上に向けて、新しい100円玉を受け取る。そして、二人でゲームセンター内を歩き回って、気になったゲームから順番にクリアしていった。

「……凛子、そろそろいいか？」

「えー！　もうしょうがないな〜。で、今日は何にするの？」

「この世界一有名な横スクロールアクションゲーム。どこかのステージでゴールまで競走ってのはどうだ？　ゲームは俺が選んだから、ステージは凛子に任せるよ」

「いいね！　じゃあWORLD3-1でやろうよ！　敵キャラが多くて楽しそうだし」

絶対に負けないよ頼助くん、と凛子は右手を差し出す。頼助は何も言わず、右手を前に向けた。

お互いの目を見つめ合って、力強い握手を交わす。対戦するテーブル筐体の前にある椅子に座り、二人でWORLD3-1までアイテムを取らずに攻略を進めていく。

WORLD3-1のスタート地点の城から赤帽子の兄と緑帽子の弟が出てきたとき、頼助と凛子は操作しているキャラの位置が重なるように合わせた。

「スタートは残り時間のＴＩＭＥが３５０になったらでいいか？」

「オッケー！　全力で楽しもうね、頼助くん」

凛子は目を閉じて、細長い指に息を吹きかける。そして、握っては開くことを繰り返して、両手をレバーとボタンに添えた。真剣勝負が始まる前に漂う、静かで張り詰めたような空気。意識がゲームの世界に入り込んだと思うくらい集中している。

いま隣に座っている対戦相手は、天才女子高生ゲーマー。反射神経・操作技術・判断力・精神力・状況対応力など、プレイヤーとしての能力は頼助よりすべて上回っている。「ゲームの才能」という点において、頼助は凛子に一生敵わないだろう。

だが、ゲームの勝敗は、対戦中のプレイングスキルの差で決まるとは限らない。対戦前に行った「準備」や「対策」が勝敗を決めることもある。

頼助は片手をポケットに突っ込み、ライムミント味のフリスクケースを引っ張り出す。凛子からＵＦＯキャッチャーの景品としてもらったことをきっかけに、集中するためのルーティンとして取り入れることにしたアイテム。口の中にフリスクを一粒放り込んで、奥歯でガリッと噛み砕いた。

対戦が始まる５秒前、ワインレッド色のスクエア型眼鏡を外す。旧式のビデオカメラを最新機種に切り替えたように、煌びやかなゲーム画面がより鮮明に見えるようになった。

凛子はゲームの難易度を選ぶとき、初めて遊ぶゲームでも『ＨＡＲＤ』一択のプレイヤー。今回の横スクロールアクションゲームでスピードランの対決を挑めば、敵キャラだらけのWORLD3-1のステージを選ぶのは読めている。凛子とここで遊ぶ約束をしてから1週間、今日まで頼助は『ウルトラポテト秋葉原店』に通い詰めて、WORLD3-1を最速でゴールできるように特訓を重ねていた。

残り時間のＴＩＭＥが３５０秒になった瞬間、頼助と凛子はレバーを同時に倒す。操作するキャラたちがシンクロしたかのように、横並びで重なり合いながら走り出した。翼の生えたカメを踏みつけて、空中に浮いているブロックへ足並み揃えて着地する。同じタイミングでボタンを叩き、紅白色の人食い植物が飛び出す土管を一緒にジャンプで越えた。

両者一歩も譲らない競走に差がついたのは、次の落下ポイントの穴に差し掛かったとき――。凛子が操作する赤帽子の兄がジャンプに踏み切るのが遅れた。頼助が操作する緑帽子の弟は０・１秒先にブロックの上へ着地する。

どれだけ凛子が並外れたゲーマーだとしても、次にどう操作すればいいのか、１つ１つの判断にはコンマ数秒かかる。一瞬も積み重なれば、目に見えるタイムロスに変わる。

頼助は事前に決めたルートをなぞるように操作して、凛子との差を徐々に広げた。２００回以上のプレイで導き出した最速ルート。レバーダコのできた指は、考えるよりも先に動く。

頼助がミスしないかぎり、凛子は追いつくことができない。

『YOU WIN!』というテロップが脳裏をよぎった。

「……ワクワクするね、頼助くん。やっぱり君と一緒にプレイするのは楽しいよ」

隣から凛子の弾んだ声が聞こえた。悪い流れを断ち切るように、軽やかにボタンを叩く音が響いた。ピンチの場面で凛子は前のめりになって、心から楽しそうに笑っている。淡い鳶色の目は闘志に燃えていて、ゲーム画面より明るく輝いていた。

凛子がレバーを指で挟むように持ち変えた瞬間、彼女の操作する赤帽子の兄は荒々しくダイナミックに飛び跳ねる。前方のしいたけ型モンスターの後頭部を踏みつけた勢いで加速した。すかさず低空ジャンプして、土管から出てくる人食い植物をギリギリの高さで飛び越える。通常のジャンプより早いタイムで着地して、頼助が操作する緑帽子の弟との差を縮めた。

お互いにゴール地点まで残り10秒もかからない距離。凛子が操作する赤帽子の兄は、頼助が操作する緑帽子の弟と違うルートに進んだ。障害のないハテナブロックの上段の列ではなく、ハンマーを握ったカメ兄弟の兵士が待ち構えるレンガブロックの中段の列へ。頼助が200回以上プレイして「全速力で走り抜けようとすれば、ゲームオーバーになる」と判断した、幻の最短ルートへ突き進んでいく。

2匹のカメ兄弟の兵士は振りかぶり、打製石器のようなハンマーを投げた。高速で回転しているハンマーが、赤帽子の兄の頭に当たる。

だが、赤帽子の兄は当たったはずのハンマーをすり抜けた。ゲーム画面上ではハンマーが当たったように見えても、プログラミング上の当たり判定の範囲には触れなかったのだろう。「赤帽子の兄の大きさ」と「当たり判定の範囲」の微差を見極めたスーパープレイ。頼助がプレイ不可能だと切り捨てた、幻の最短ルートが開拓される。

ゴールまで残り5秒にも満たない距離。凜子が操作する赤帽子の兄は、頼助が操作する緑帽子の弟に並んだ。そして、ブロックより一歩先の空中でジャンプして、1マス分リードする。

光り輝くゲーム画面内の逆転劇を目の当たりにして、頼助は口元が緩むのを感じた。なぜ凜子がピンチの場面で笑ったのか、今ならわかるような気がした。けど、このまま負けていいとは思わない。頼助は指先に全神経を集中させて、緑帽子の弟をコンマ1秒でも素早く動かそうとする。凜子のプレイを模倣して、しいたけ型モンスターの後頭部の踏みつけで加速させる。

横スクロールアクションゲームのテーブル筐体で行った、WORLD3-1のスピードラン対決。凜子が操作する赤帽子の兄が階段のブロックを駆け上がり、ゴール地点の旗を掲げたポールへ先に辿り着いた。

「よし、私の勝ち！　ギリギリの勝負だったね、頼助くん」

「嘘つくなよ、凜子。その割にはずいぶん余裕そうな口調じゃないか」

頼助はため息をついて、凜子に右手を差し出した。凜子も右手を出して、笑い合って握手を交わす。

それから二人でゲーム画面の方を向き直して、WORLD3-2以降をプレイした。敵キャラを一匹残らず倒して、隠しブロックを含めた全ブロックを叩いて、たまに味方同士で甲羅を投げ合って戦いながら、時間をかけて攻略していった。最終ステージのゴール前に辿り着いたとき、お互いに目配せを交わして、二人で同時に高くジャンプする。そして、ラスボスの頭を飛び越えて、ゲームクリアの証となる斧を一緒に取った。

「……もう4時か。凛子、たしかそろそろ塾の時間だろう?」

「まあサボってもいいんだけどね。頼助くんは用事あるんだっけ?」

「ああ。小学生たちに勉強を教えなきゃいけないから、サボるわけにはいかないな」

「だよね。じゃあ、残念だけど終わりにしよっか。――ねえ、ゲームの楽しさはわかった、頼助くん?」

隣に座る凛子はパイプ椅子を寄せて、頼助に顔をぐっと近づける。淡い鳶色の目を輝かせて、いたずらっぽい笑みを浮かべていた。真っ白な花を想起させる香りが鼻先にふわりと漂う。凛子のパーカーの袖と頼助のセーターの袖が触れ合っていた。

――君、つまんなそうな顔でプレイしてるね。ゲームは楽しんでやるもんだよ。

頼助は凛子と出会った日のことを思い出す。こうして毎週のように会っているのは、「君にゲームの楽しさを教えてあげる」と凛子が格闘ゲームで勝負を挑んだのが始まりだった。色んなゲームセンターを巡り、協力したり対戦したりして過ごす日々。今日に限らず、凛子とゲームをプレイするのは楽しかった。

――もしも素直に「ゲームの楽しさはわかった」と答えても、今の関係が変わることはないだろう。凛子はわかっていないふりをしているだけで、頼助が前からゲームを楽しんでいることに間違いなく気づいている。隣で一緒にゲームをプレイしているときに、頼助が凛子の気持ちを察する瞬間があるように、凛子も頼助の感じていることがわかる瞬間があるはずだから。今となっては「ゲームの楽しさを教える」という目的は、頼助と凛子が二人で遊ぶための口実にすぎない。そんなものがとっくに必要ないことは、お互いに言葉にしなくてもわかりきっていた。

「全然わからないよ。凜子に負けて悔しいだけだ」

だが、頼助は「嘘」をついた。淡い鳶色の目を見つめて、凜子に微笑み返す。どうして答えをわかっている凜子がわざと質問したことに、否定するような言葉を返したのかはわからない。ただ、本音を共有し合う関係より、嘘を嘘だとわかり合える関係の方が、今の頼助と凜子にとって居心地が良いような気がした。

「ふーん、そっか。じゃあ、また次も遊ばないとね！」

凜子はウィンクして、大きめのリュックサックからスケジュール帳を取り出した。「今度いつ会える？」と明るい声で尋ねて、青色のボールペンをくるくると回す。来週の予定を二人で確認し合って、次にゲームセンターで遊ぶ日を決めた。いつもどおり駅までの帰り道を横並びに歩いて、「またね」と改札で言い合って手を振って別れた。

季節が寒くなって冬になり、やがて暖かくなって春へ移ろい、桜が咲いて散って若葉が生い茂るようになっても、頼助と凜子の二人だけの関係は続いた。毎週のようにゲームセンターで遊んで、「ゲームの楽しさはわかった？」と凜子に訊かれて、「全然わからないよ」と頼助は嘘をつく。いつもと変わらない時間を共に過ごした。光り輝くゲーム画面を共有して、笑ったり喧嘩したりするのは心地よかった。いつか就職や進学で環境が変わったとしても、「ゲームの楽しさはわからない」と頼助は嘘を変わらずついて、凜子と一緒にゲームセンターで遊んでいる予感があった。

だが、その年の夏、頼助と凜子の関係は何の前触れもなく終わった。翌週の凜子の誕生日に渡すプレゼントをUFOキャッチャーで取ろうとしていたとき、ちょうど彼女からLINEのメッセージが届いた。すぐ既読マークをつけて凛子を驚かせるのは悪いと思い、LINEを起動した頼助は彼女とのトークルームを長押ししてメッセージを読む。

『頼助くん。あのね、私、今から『Fake Earth』ってゲームをプレイしてくる』

『ちょっとだけ会えなくなるかもしれないけど、絶対にクリアして戻ってくるから、心配しないで待っててね』

急いで頼助は凛子とのトークルームを開いて、送られてきたばかりのメッセージに既読マークをつけた。丸みのあるゲームコントローラーのアイコンをタップして、彼女に初めてLINE電話をかける。『Fake Earth』とはどんなゲームなのか？「絶対にクリアして戻ってくる」という文面が意味することは、「クリアできなければ戻って来られなくなる」ということではないか？突飛な想像がよぎり、まさかそんなことはないと頭では思いつつも、ひどく不安な胸騒ぎを覚える。

だが、頼助が応答を長く待っていても、凛子は電話に出なかった。もう一度電話をかけ直すかどうかを悩んで、「今すぐ話がしたい。連絡してくれ」とメッセージを送る。しばらくスマートフォンを握りしめていたが、LINEのメッセージ通知音は一向に鳴らない。

結局、その日に凛子からメッセージが帰ってくることはなかった。1日、3日、1週間と待っても、頼助のメッセージに既読マークがつくことすらない。

それから1ヶ月の月日が経ったが、凛子から連絡が来ることはなかった。

2話　BAD END

真っ赤なリボンの飴細工で彩った誕生日ケーキのプレートが、隣の三人家族のテーブルに運ばれた。点灯されたキャンドルは火花がスパークしていて、「Happy 17th Aniversary」とチョコの飾り文字がプレートに記されていた。「こんな目立つことしなくていいのに」と高校生らしき息子はため息をついて、息を吹きかけてキャンドルの火花を消す。そして、両親が笑顔で拍手する音に紛れ込ませるように、「ありがとう」と小声でつぶやいた。

頼助は何も見なかったことにして、メインディッシュの牛フィレ肉のグリリアータをナイフとフォークで切り分ける。都内随一の高層ビルの最上階に位置するレストラン。広いフロアを見渡すかぎり、一人でコース料理を食べている客は頼助以外にいない。一人では大きいテーブルの向かいにあったカトラリーと椅子は下げられており、幾千万ものビジネスマンたちが築き上げた夜景がよく見えた。

『すまない。政府からの緊急要請で、サイバーテロの対策会議に出席することになった。店には連絡して会計は済ませてあるから、ディナーは一人で済ませてくれ』

待ち合わせ時間の5分前に予約した席へ案内してもらったとき、離れて暮らしている父の千秋から電話で欠席の連絡を受けたことを思い出す。毎月に一度顔を合わせるためのディナーに、ＡＩ研究の第一人者である父が当日来られなくなるのはよくあることだった。「忙しいなら無理に時間を割いてもらわなくていいのに」と予定をキャンセルされるたびに思っているが、頼助は電話口で「わかった。連絡ありがとう」と物分かりのいい息子を演じることを決めていた。もし本心を言葉にしてしまうと、血のつながりはない親子関係であるため、父と会う機会が一切なくなりそうな予感があったからだ。

当時10歳で身寄りがなかった頼助を養子に引き取ってくれた父は、金銭的に不自由のない暮らしを送らせてくれている。保護者として必要な手続きはメールで依頼すれば、24時間以内に漏れなく対応してくれた。進路に反対されたことはないし、勉強や価値観のことで口出しされたことは一度もない。クラスのみんなが実の親に対して不満に思っている要素が1つもない父だった。

どうして今更こんなことで胸がざわつくのか？　もしかしたら日常的に孤独を感じる時間が増えたからかもしれない。

頼助はナイフとフォークを八の字に置いて、スマートフォンを手に取る。新着メッセージの通知は届いていない。頭では無駄な行為だとわかっていながら、万が一の可能性を捨て切れず、凛子とのＬＩＮＥのトーク画面を開く。頼助が最後に送ったメッセージは相変わらず未読のままだった。

——頼助くん。あのね、私、今から『Fake Earth』ってゲームをプレイしてくる。

——ちょっとだけ会えなくなるかもしれないけど、絶対にクリアして戻ってくるから、心配しないで待っててね。

頼助は内心ため息をつき、凛子のメッセージを眺める。親指が自然と動いて、『Fake Earth』に関する情報をネットの海で調べた。仮想回線でダークウェブに潜り込んでも、凛子と音信不通になった直後に調べたとき以上の情報は見つからない。頼助は電源ボタンを押して、スマホ画面を真っ暗にする。

頼助がネットで調べた情報によれば、『Fake Earth』は海外のゲーマー界隈で知られているゲーム。人類にとっては未完成とされているフルダイブ型のＶＲゲームだそうだった。ただし、どんな仮想空間を舞台にしているのか、どうすればプレイすることができるのか、詳しいことは一切明らかになっていない。『Fake Earth』をプレイしたと思われる人たち全員が、実際にプレイしたときの記憶を失っているからだ。

記憶を失った彼らは一時的に行方不明になっていて、戻ってきたときには人が変わっていたらしい。ある人は自室に引き込もるようになり、ある人は男装するようになり、ある人は毎朝目覚めるたびに腕を採血するようになっていたようだった。いったい彼らの身に何が起きたのか、誰一人として覚えている者はいない。それまでの記憶は人並みにあるのに、「ゲームの世界にいた」と話す期間だけは動画編集アプリでカットされたように抜け落ちていた。

ただし、記憶喪失の元プレイヤーたちは、時折『Fake Earth』に関する情報を口走ることがあった。例えば、ドラッグで酩酊しているとき、高熱で意識が朦朧としているとき、あるいは心療内科の医者から記憶を取り戻すための催眠療法を受けたとき――。突然目が据わって、次の３つのことをうわ言のように繰り返すそうだった。

一、『Fake Earth』をゲームクリアできれば、「どんな願いも叶えることのできるアイテム」が与えられる。
二、『Fake Earth』をゲームクリアできたプレイヤーは一人もいない。
三、『Fake Earth』でゲームオーバーになれば、現実世界へ帰ることができなくなる。

後から確認した話によれば、記憶喪失の元プレイヤーたちは『Fake Earth』について話したことを覚えていなかった。まるで誰かにプログラムされているかのように、無意識のうちに語っていたらしい。

このように何者かに記憶を操作されていることから、『Fake Earth』を開発した会社は、世界的大企業であるアーカイブ社ではないか噂されている。地球規模の環境問題をいくつも解決して、「人類の叡智を結集した企業」と称されているアーカイブ社の技術なら、記憶の改竄ができてもおかしくないからだ。

もっとも、『Fake Earth』はその存在を裏付ける証拠がないため、海外のゲーマーたちのほとんどが都市伝説と見なしているようだった。

——凛子は他人に心配をかけるような嘘をつく奴じゃない。

——『Fake Earth』は間違いなく実在するのだろう。

凛子と連絡が取れなくなった日の夜、頼助が『Fake Earth』の情報を調べた結果、彼女がゲームの世界へ旅立ったことを確信した。そして、凛子の最後のメッセージを信じて、近日中に返信が来ることを待つことにした。匿名で自由に発信できるネットの情報は当てにならないし、大げさに話を盛っていることも多い。それに、凛子がゲームで負ける姿は想像できない。もし『Fake Earth』が危険でクリアできた者がいないという話が真実だとしても、凛子なら難なくクリアしそうな気がした。

しかし、凛子からの返信は1週間経っても来なかった。毎朝起きたらスマートフォンをすぐ手に取って、既読すらついていないことに落胆する日々。肌身離さずスマートフォンを持ち歩いて、通知のバイブ音を感じるたび即座に確認したが、学校の友達からの連絡が届いただけだった。不安と焦りは日に日に募っていき、いつしか通知のバイブ音が空耳で聞こえるようになった。

音信不通になってから10日後、頼助は痺れを切らして、行方不明になった凛子を探すことにした。とはいえ『Fake Earth』をプレイするための方法はわからず、凛子の両親や友人の連絡先もわからない。唯一できることは、消息を絶った日の彼女の足取りを地道に追いかけることだった。できれば警察に捜索をお願いしたかったが、友人による行方不明届の提出は認められていない。ＳＮＳで目撃情報を集めることを考えたが、どんな人が利用しているのかわからないネットの海で、本人や家族に迷惑がかかるかもしれないことはできなかった。

都内のゲームセンターを訪れて、店員や客に凛子とのツーショット写真を見せて、彼女が消息を絶った日に来ていなかったか聞き込みをする。これで凛子の足取りが追える可能性は低いと思ったが、これより可能性のある方法は思いつかなかった。不幸中の幸いか、今は夏休みのおかげで時間はたっぷりある。真夏の太陽が激しく照りつける中、地道にゲームセンターを足で回りつづけた。

祈りを込めて聖地を巡礼するかのように、凛子と一緒に遊んだゲームセンターを一人でしらみつぶしに当たっていく。思い出の場所へ足を踏み入れるたび、当時どんなゲームを二人でプレイしたのか、楽しかった思い出がフラッシュバックして胸が痛んだ。店員や客に凛子とのツーショット写真を見せては首を横に振られて、目ぼしい成果を得られない日が続く。都内の１００余りある店舗すべてに聞き込みを行ったが、凛子の足取りをつかむことはできなかった。

――これが限りなく不可能に近い捜索であることはわかっている。

――たかが1周目がうまくいかなかったくらいで諦めるわけにはいかない。

頼助は気を取り直して、都内のゲームセンターを周回することにした。聞き込みした店員が何か思い出したかもしれないし、前回いなかった客から重要な情報を得られる可能性もある。隠しイベントの発生条件を検証するように、同じ店舗へ連日通ったり訪れる曜日や時間帯を変えたりして調べ回った。そして、移動中はネットの情報を漁って、謎に包まれている『Fake Earth』について新たな手がかりはないかを並行して探した。ゲームを開発した疑惑のあったアーカイブ社やフルダイブ技術を研究している企業に怪しい点がないかも調査した。

夏休みのすべての時間を、凛子の捜索に捧げる。学校の友達からの遊びの誘いも断り、去年のリベンジに挑む予定だった格闘ゲームの世界大会『EX JAPAN』のエントリーもキャンセルすることにした。前回王者のＮＩＲも大会を欠場した話がネットニュースに載っていたが、今の頼助にはどうでもいいことだった。騒がしいセミたちの声を浴びて、炎天下のアスファルトの熱気に晒されながら、一人で黙々とゲームセンターを渡り歩く。

だが、どれだけ聞き込みを行っても、凛子の目撃情報はなかった。何日も前のことは覚えていない人ばかりで、万が一の奇跡は起きなかった。状況は頑張れば頑張るほど悪化していき、今では店員に煙たがれて、客にも迷惑がられるようになってしまっている。海外のサイトや疑わしい企業なども膨大な時間をかけて調べ回ったが、『Fake Earth』につながる情報も見つからなかった。

都外のゲームセンターにも足を運んでみたが、無駄足だった。各ゲームセンターの周辺で聞き込みを行っても、無意味だった。日に日に足取りは重くなっていき、わずかな希望が靴底のようにすり減っていく。

そして、凛子と音信不通になってから42日後――。陽炎《かげろう》揺らめくアスファルトの上で、結び直そうとしたスニーカーの靴紐がプツンと切れたとき、頼助はしばらくその場から動くことができなくなった。

一人きりのディナーを終えて、頼助は家に帰らず繁華街へ出かける。極彩色のネオンサインに照らされた街並みも、酔っ払いたちの底抜けた笑い声も、今の頼助の孤独を際立たせているような気がした。居酒屋のキャッチを無視して、泥酔してふらついて歩く人を避けて、楽しそうに会話している高校生カップルとすれ違う。そして、煌びやかなゲームセンターの中へ入った。

今日も何の収穫がないことがわかっていても、頼助は都内のゲームセンターを回ることはやめなかった。正確に言えば、やめられなかった。非日常のゲームの世界に集中している時しか、辛い現実を忘れることができなかったからだ。一人でゲームセンターで遊んでいれば、出会った頃のように凛子から声をかけてくれるかもしれない。そんな根拠のないものに期待する気持ちがないわけでもなかった。

１００円玉をアーケード筐体の投入口に2枚落として、頼助は両手でガンコントローラーを構える。悪の科学者にさらわれたヒロインを助けるために、全方位から襲いかかってくるゾンビの大群を撃ち倒していくシューティングゲーム。揺れながら迫りくるゾンビの頭に照準を合わせて、近い奴から順番にヘッドショットで仕留めた。撃って、撃って、撃ちまくって、首が取れて倒れても動く奴を撃ち殺して、天井から吊るされたシャンデリアを撃ち抜いて、真下にいた20体をまとめて押し潰す。凶暴なボスの巨人が振り上げた斧を破壊して、燃料の詰まったドラム缶を爆発させて、炎に焼かれながら苦しんでいるボスに銃弾を浴びせて撃ち殺す。そのまま全ステージをノーダメージでクリアすると、主人公はさらわれたヒロインを助け出して、感極まったように抱き合ってエンドロールが流れた。

頼助はガンコントローラーを置いて、『烈闘ファイターⅦ』の筐体に移動する。一人プレイ用の料金を払って、オンライン対戦モードを選んだ。試合開始のゴングが鳴った瞬間、先制攻撃を打ち込んで、追撃を加えて、連撃を一気に重ねて、全国のどこかの店舗にいるプレイヤーを叩きのめす。続けて二人目のプレイヤーを蹂躙《じゅうりん》して、三人目のプレイヤーを滅多打ちにして倒した。

凛子がいなくなってから、オンライン対戦で負けたことは一度もなかった。今まで遊んだことのあるゲームは自己ベストをすべて更新して、新しく稼働し始めたゲームは全国ランキング1位を軒並み獲った。もし凛子が『Fake Earth』から帰ってきたら、成長した頼助の強さに驚くだろう。

次に対戦したときには念願の初勝利を飾れるかもしれない。

凛子に話したいことはたくさんあった。３D対戦格闘ゲームのシリーズ最新作の発売が26年ぶりに決まったこと、遊び尽くしたレースゲームのアップデートで激ムズコースが解放されたこと、個人経営のゲームセンターが来年の春に閉店することになったこと――。他の人には伝わらないだろう気持ちを共有したかった。

けれども、凛子は『Fake Earth』から帰ってくる気配はなく、今日もＬＩＮＥのメッセージには既読がつかない。

頼助は１００円玉を2枚追加して、オンライン対戦をもう一度プレイした。手元のレバーとボタンを操作して、ゲーム画面で殴って蹴って投げて、三人のプレイヤーを立て続けに負かした。１００円玉を2枚入れる。激しい暴力を振るって、画面の向こう側にいる対戦相手を三人倒す。１００円玉を注ぎ込んで、行き場のない衝動をぶつける。苛立ちは何人倒しても消えなかった。むしろ連勝を重ねていくほど、怒りのボルテージは高まっていた。頭が真っ白になった頼助は握りしめた拳を振り上げる。

――頼助くんって負けたら悔しそうな顔するけど、絶対に台パンとか舌打ちしないのがいいよね。感情に呑まれない人は、ゲーマーとして強いと思うし。

いつか凛子に褒められた言葉が脳裏をよぎった。透明感のある栗色のショートヘア、淡い鳶色の瞳、明るくていたずらっぽい笑顔。隣で楽しそうにゲームをプレイしていた姿は記憶に焼きついている。歯を食いしばっていた頼助は目をつぶって、振り上げた拳を膝の上に置いた。

「……いつになったら戻ってくるんだよ、凛子。『絶対にクリアして戻ってくる』っていうのは、嘘だったのか？」

無人の隣席に向かって、頼助は胸の奥にしまっていた気持ちを吐き出す。泣いてはいけない。「泣くな」と脳で強く命じる。悲しくて涙を流したら、受け入れたくない現実を認めてしまうことになるから。

だが、視界が急にぼやけて、抑えきれない感情が目尻から流れた。凛子と音信不通になってから69日後、夏休みはとっくに終わって、2学期の授業は始まっている。2ヶ月プレイしても、攻略できないゲームは聞いたことがない。「GAME OVER」のテロップが思い浮かぶ。「『Fake Earth』でゲームオーバーになれば、現実世界へ帰ることができなくなる」というネット掲示板にあった書き込みを思い出す。

きっと凛子のことは忘れた方が楽になれるのだろう。彼女とゲームセンターで遊べなくなったところで、世界が滅びるわけでもないし、頼助の人生も終わるわけではない。地球の裏側にいる人でもネットでつながることができる時代、一緒にゲームで遊べる人はいくらでもいる。永遠に帰ってこない人を待って、心を自傷するような日々を送る必要なんてない。

けれども、凛子がいなくなって日が経つにつれて、頼助は記憶の彼方に消えていたゲームセンターで遊んだ日常の一瞬一瞬を思い出せるようになった。両目を閉じるだけで、些細な会話からふとした仕草まで、あの頃に体験したときよりも色鮮やかな思い出が蘇った。記憶は時間が経てば経つほど、色褪せていくとは限らない。むしろ時間が経つことによって、今までになかった輝きを放つことがある。

どれだけ時間が経とうとも、この先の人生で何が起きようとも、頼助は凛子と一緒に過ごした時間のすべてを忘れないだろう。忘れたくない。忘れられるわけがない。

凛子との思い出が今を苦しめる呪いに変わるなら、死ぬまで一生苦しめて胸に刻んでほしかった。

「あの、大丈夫ですか？　もしよかったら、これ使ってください」

隣から女性の優しい声が聞こえる。涙でにじんだ視界の端にハンカチらしき影が見えた。眼鏡を外した頼助は手で断り、手持ちのハンカチを目元に押し当てる。そして、無理のない笑顔を作って、気遣ってくれた女性にお礼を言おうと口を開いた。

だが、隣のパイプ椅子に座った女性を見た瞬間、取り繕った表情は強張って言葉を失った。幻覚かと思って目を瞬かせたが、心配そうにしている彼女の顔は変わらなかった。頼助はスクエア型眼鏡をかけ直して、スーツ姿の女性をまじまじと見つめる。

艶やかな栗色のミディアムヘア、淡い鳶色の瞳、綺麗な卵型の輪郭。隣に座って話しかけてきた女性は、10年後の未来からやってきた凛子を想起させる見た目だった。

「あれ？　嘘でしょ!?　あなた、もしかして――」

両手で口を覆った女性は目を丸くする。慌ててスマートフォンを取り出して、頼助の顔とスマホ画面を交互に確認した。淡い鳶色の瞳が潤み、リップの塗られた唇がぎゅっと結ばれる。そして、二度と離さない思いを込めるように、頼助の手を強く握った。

「……よかった。やっと見つけた。あなた、『ライスケ』さんですよね？」

「はい、そうですけど。どうして俺の名前を？　初めましてですよね？」

「あっ、いきなりごめんなさい。まさか会えると思ってもなくて、嬉しくてつい。でも、本当に良かった」

涙ぐんだ女性は目の縁を指でこすった。安堵した笑みを浮かべて、親しげな眼差しを頼助に向けている。

どことなく凛子の面影があって、頼助のことを知っている女性は何者なのか？

頼助は一瞬考えて、まさかと息を呑んだ。心臓が激しく脈を打った。行き止まりだと思っていた壁が崩れていき、隠れていた道がその先に現れたシーンが脳裏に浮かぶ。

「私、桜月沙織《さくらづきさおり》と言います。あなたと親しくさせていただいてる凛子の母親です。実は娘とずっと連絡が取れなくて、あの子から何か聞いていませんか？」

桜月沙織と名乗る女性は頼助にスマートフォンを見せる。凛子と頼助のプリクラの写真が目の前の画面に映っていた。

3話　隠しメッセージ

世界で一番強いプロゲーマーは誰なのか？

最強議論は格闘技ファンや漫画ファンが熱心に語り合うように、かつてゲーム好きの人たちの間で盛り上がる話題の1つとされていた。プロゲーマーの頂点を決める論争が尽きないのは、最強候補に挙げられる人たちが実際に戦うことがないからだろう。「eスポーツ」という名の通り、プロゲーマーはアスリートと同じように、専門的に取り組んでいるゲームの種目が異なっている。「『ぽよぽよ』の世界チャンピオン」と「『スプラクリーン』の世界ランキング1位」、どちらが強いのかは比べようがなかった。

だが、今ゲーム好きの人たちの間では、誰が最も強いプロゲーマーなのか、議論が白熱することはほとんどない。あるプロゲーマーの活躍によって、全員の意見が一致して話がすぐ終わってしまうからだ。

常に全身黒ずくめの格好でサイバーパンクマスクをつけて、話すときはボイスチェンジャーのソフトで声を変える、年齢・性別ともに不詳のプロゲーマー『NIR』。『EX JAPAN』で頼助が予選負けしたあの日。14ヶ月前に彗星の如く現れた「彼」もしくは「彼女」は、7つのジャンルのゲームの世界大会に参戦して、すべて優勝する偉業を成し遂げた。その圧倒的な強さから、多くのファンからは『魔王』という呼び名で恐れ称えられている。ただし、「特別で検出できないチートツールを使っているのではないか」、「素顔を隠すのは複数のプレイヤーが演じているではないか」という噂が囁かれており、NIRの実力を疑う者も少なくはない。

しかし、頼助は一度対戦したプレイヤーとして、NIRが一人のプレイヤーであり、数々の優勝は紛れもない実力で勝ち取ったものであることを確信していた。1年以上の月日が経った今でも鮮明に覚えている、格闘ゲームの世界大会の予選でパーフェクトK.O.でストレート負けした対戦。

独特の癖もなければ付け入る隙もない戦い方に、当時は絶望に打ちひしがれてしまったが、あの完璧で万能な強さは誰よりも格闘ゲームを愛する心がなければ身につかない。

そして、格闘ゲームに限らず、あらゆるゲームを深く愛して極めているプレイヤーの存在を、頼助は身近に知っている。

凛子と音信不通になってから70日後、生まれて初めて入った彼女の部屋。寝室兼ゲーム部屋の隅にはコレクションケースがあり、eスポーツ大会の優勝トロフィーが7本飾られていた。どれも作品の世界観を表現したデザインで、本物の宝石を加工したような質感。最上段のトロフィーの台座には、「WINNER：NIR」と金文字で名前が彫られている。

頼助は意外と驚かずにいる自分に内心驚きつつ、ＮＩＲの正体が凛子であることを悟った。

「どうぞ好きに調べて。あの子の行方がわかる物が見つかるといいけど」

凛子の母親の沙織は、レースカーテンが付いた出窓を開けて換気する。艶やかな栗色のミディアムヘアに、ブラウン色のアイラインを上下に引いて、二重の目が上品な印象になるように仕上げていた。休日でもオンライン会議があったのか、灰色のスーツをぴしっと着こなしている。引き出しのあるゲーミングデスクや24インチのモニターに埃がついていないあたり、定期的に凛子の部屋を掃除しているらしい。

——急にいなくなれば心配する人がいるのに、どうして凛子は姿をくらませたのか？

頼助はスクエア型眼鏡をかけ直す。沙織から聞いた話によれば、凛子はゲーミングチェアに書き置きを残して、頼助が最後のＬＩＮＥを送られた日にいなくなったそうだった。

『企業案件で新作ゲームのテストプレイヤーに選ばれたから、しばらく泊まり込みでプレイしてくる。遅くても1週間くらいで帰るから心配しないでね』

凛子と連絡が取れなくなった沙織が警察に相談したところ、捜索に動いてくれたようだが、今のところ足取りはつかめていないようだった。

新作ゲームのテストプレイで泊まり込みはあり得る話だが、電話やメッセージなどのやり取りがまったくできないのはおかしい。おそらく凛子が母親に嘘をついたのは、とあるゲームをプレイすることを隠したかったのだろう。もしそのゲーム――『Fake Earth』がどんなゲームなのかを知れば、沙織はショックで倒れてしまうかもしれないから。

『Fake Earth』は海外のゲーマーの間で都市伝説として知られている、世界初のフルダイブ型のVRゲーム。真偽は不明であるが、誰も完全な意味でクリアできたプレイヤーはおらず、それを成し遂げられた者には「どんな願いも叶えることのできるアイテム」を与えられるそうだった。ただし、ゲームオーバーになったプレイヤーは「現実世界に二度と戻れない」らしく、それが何を意味するのかは謎に包まれている。

どうして凛子は『Fake Earth』に挑戦したのか？　なぜ頼助を誘わないで、一人でプレイすることにしたのか？

彼女がいなくなった今、答えを知れる可能性のある場所はこの部屋しかなかった。

「すみません。凛子のお母さんが部屋を調べたとき、何か気づいたことはありますか？　例えば、変わった物があったとか」

「残念ながら、そういうものは何も。でも、そういえば、あの子の日記が見当たらなかったわね」

「日記ですか？」

「そう。昔から毎日書いててね。隅々まで探したんだけど、どこにも見つからなくて。……もしかしたらあの子が処分したのかも」

遠い目をした沙織はため息をつく。直接言葉にはしないけれど、最悪の可能性を想像しているようだった。年頃の娘が自宅に1ヶ月も帰ってこないとなると、親としては希望に縋《すが》るよりも諦めた方が楽なのかもしれない。凛子が無事に帰ってくることを願いながら、毎日それが叶わずに絶望していく沙織の姿が思い浮かぶ。

しかし、頼助は凛子の日記はここにあるに違いないと確信していた。凛子は消息を絶つ前、頼助に送ったＬＩＮＥの文面と同じように、沙織にも「すぐクリアして帰ってくる」と家出が短期間であることを伝えている。少しの間だけ不在にするつもりでいる人が、わざわざ自分の日記を処分するとは思えなかった。おそらく凛子は日記を部屋のどこかに隠している。一緒に遊んだゲーム仲間として、隠し要素みたいな遊び心をインテリアに取り入れている直感があった。

頼助は凛子の部屋を見回して、自分なら日記をどこに隠すのかを考える。「隠し部屋」や「隠し扉」という単語が頭に浮かんだが、一緒に暮らしている沙織が知らない設計があるとは考えにくい。日記は基本的に毎日書く物である以上、物理的に取りにくい場所にも隠さないだろう。

となると、思いつく隠し場所は1つしかない。

頼助はゲーミングデスクに近づき、天板の下の引き出しを開ける。箱型の引き出しの中には何も入っていない。そのまま奥まで引っ張っていくと、簡単にゲーミングデスクから取り外すことができた。外した引き出しを斜めに傾けると、「隠し引き出し」が向こう板の裏から現れる。

『10 Years Diary』と題された日記帳が、隠し引き出しの中に入っていた。

「すごい。よくわかったね。もしかして凜子から聞いてた？」

「ゲーミングデスクに引き出しがあるのは珍しいので、気になってたんですよ。この部屋を見るかぎり、日記を書ける場所は他にないですし」

「なるほど。さすがゲーマーね。とりあえず早く読みましょう」

「ですね。何かいい情報があればいいんですが」

凜子の日記をゲーミングデスクの上で開いて、頼助と沙織は最後のページから遡《さかのぼ》るように読んでいく。お互いに読むスピードが異なるので、頼助は途中からスマートフォンで撮影したものを読むことにした。購買からお気に入りだったねり飴が消えて残念なこと、沙織と台湾茶のアフタヌーンティーを満喫したこと、頼助と『ヘビヘビパニック』で強く叩きすぎて故障させてしまったこと――。充実した毎日を送っていて、悲しいこともさっぱり明るく書いている、頼助のよく知っている凜子らしい日記だった。

「……どうやら手がかりはなさそうですね」

「そうね。3ヶ月分以上調べてもダメみたいだし。最後のページが消されてなかったら、話は違ったんだろうけど」

沙織はしかめ面をして日記を間近で見つめる。凜子がいなくなる前日に書かれた日記は、消しゴムで綺麗さっぱり消されていた。書いている途中で気分が乗らずやめたのか、書いた後で誰かに万が一見られたらまずいと思ったのか。真っ白になったページから凜子の気持ちを読み取ることはできなかった。

「ちょっと休憩にしましょうか。せっかく来てくれたのに、まだ何も出せてなかったし」

「いえ、そんなお構いなく」

「遠慮しないで。それにリフレッシュしたら、何か気づくかもしれないし。いい紅茶とクッキーがあるから待ってて」

沙織は日記を頼助に渡して、凜子の部屋をささっと出ていく。落ち着いた栗色の髪の後ろに白髪が交じっているのが見えた。

実は消された日記が読めることを、思わず口走りそうになる。

頼助は唇を結んで、一人になった部屋で凜子の日記を手に取った。

凜子の最後の日記には、万が一のときに備えたメッセージを残っていた可能性がある。RPGでボス戦の前にセーブしていくように、何らかのリスク管理を考えていてもおかしくなかった。例えば、『Fake Earth』へ勧誘した人の連絡先、あるいは凜子の位置情報を示すGPSの追跡IDなど。書くどうか迷ったことほど大事な言葉はない。

もし『Fake Earth』をプレイする方法が記されていれば、沙織は大事な一人娘を助けに行くだろう。今も凜子が戻ってこないことを考えて、沙織を危険なことに巻き込むのは避けたい。

頼助はスクエア型眼鏡を外す。目が見えすぎるあまり脳に高負荷がかかる病気、「視覚野過敏症候群」。膨大な情報量に脳が耐えられなくなるまでの60秒間、頼助は超人的な視力を発揮することができる。消された日記のページに残った凛子の鉛筆痕《えんぴつこん》が、文字として浮かび上がって見えるようになる。

凛子に辿り着くための手がかりが書かれていることを願いつつ、頼助は最後に綴られていた日記を読んだ。

『眼鏡を外すと目が良くなる頼助くんへ

この日記は君に宛てたメッセージとして書くことにする。ビックリしたかな、頼助くん？

いつか君がここに来るかもしれないと思って、手紙の代わりに書き残すことにしたんだ。

でもね、できたら読まれないでほしいって願ってる。だって君が私の日記を読んでるってことは、私は『Fake Earth』からまだ帰って来てないってことだから。

『Fake Earth』のプレイヤーに誘われたのは、ちょうど今から8ヶ月くらい前、まだ君とゲームセンターで仲良く遊んでない頃だね。パズル系ゲームの大会で優勝して、3つ目のトロフィーを手に入れた翌日の放課後、運営の人が会いに来て招待状を渡されたんだ。世界初のフルダイブ型VRゲームは興味あったけど、そのときの私は普通に断った。色んなゲームの大会で忙しかったし、ゲームクリアできたら報酬がもらえる系のゲームって胡散臭いしね。断った後に運営の人がしつこく勧誘することもなかったから、『Fake Earth』の存在は完全に忘れちゃってた。

でも、『烈闘ファイターⅦ』に新キャラが追加された夏の日、私は別の人から『Fake Earth』のプレイヤーになってほしいと頼まれた。申し訳ないけど、その人が誰なのかは言えない。とりあえず『Fake Earth』の運営と違う組織にいて、NーRの正体が私だって突き止められる人だ。

その人は頭を深く下げて、私にこう頼んだ。

「『Fake Earth』をプレイして帰って来なくなった人たちが何十万人もいる。全員を安全に現実世界に連れ戻すためには、『Fake Earth』をゲームクリアして終わらせるしかない。だから、誰よりもゲームが得意な君の力を貸してくれないか？」って。

正直言うと、私はとても困った。ゲームオーバーになれば帰れなくなる。そんな危険なゲームに参加してほしいってお願いするなんて。いくらゲームが得意だからって、普通の女子高生に頼むようなことじゃない。何十万もの人たちがゲームの世界に閉じ込められてるとか言われても、私には関係ない。

でも、私はその人の頼みを引き受けた。正義感に燃えたからじゃないし、脅されたからでもないよ。困っている人に頼まれ事をされたら、「引き受ける」か、それとも「引き受けない」か。これがRPGだったら、迷わず受ける依頼だったから、今回も私はゲーマーとして、そう返事することを選んだだけ。

こんな大事なことを軽く決めない方がいいことはわかってる。バッドエンドルートに入りそうな選択なんてすべきじゃない。

けど、『Fake Earth』をクリアして終わらせて、ゲームの世界に閉じ込められた人たちをみんな助けて、頼助くんとゲームセンターで遊ぶ日常に戻る——そんな「最高のエンディング」に辿り着ける可能性があるなら、ゲーマーとして目指さずにはいられなかった。

ここまで読んで、たぶんは君はこう思ったでしょ？

「なんで俺と一緒に『Fake Earth』をプレイしようって誘ってくれなかったんだ」って。

もちろん私も君と協力プレイして、『Fake Earth』を攻略することは考えたよ。きっと君は誘ったらついてきてくれるだろうし、何より二人で楽しくやってる未来もイメージできた。

でも、私の独りよがりに付き合わせたくなかった。

一緒に人生を賭けてくれる君だから、君だけは絶対に巻き込みたくないと思った。

だからね、頼助くん、『Fake Earth』をプレイすることだけはやめて。君には『EX JAPAN』で優勝して、格闘ゲーマーとして世界一になるって目標がある。ずっと頑張って歩んできた道がある。だいたい、君はどのゲームの対戦でも私に勝てたことがないんだから、『Fake Earth』に挑むのは、自殺しに行くようなもんだよ。

私なら大丈夫。攻略に時間がかかってるだけで、そのうちクリアして帰ってくる。もしかしたら『Fake Earth』が楽しくてやり込んで、何年も帰ってこないかもしれないけど。なーんてね！

私ね、今でもよく覚えてるんだ。N－Rとして『EX JAPAN』に出場して、君との初めての勝負で勝ったときのこと。君は誰よりもリベンジを決意した顔をしていて、君とだけは「また対戦したいな」って思ったことを。だから、勝ちつづけてどのゲームをやっても楽しくなくなっていた頃、ゲームセンターで君を見つけた時は本当に嬉しかった。

これは偶然なんかじゃなくて、運命なんだって思った。

『君、つまんなそうな顔でプレイしてるね。ゲームは楽しんでやるもんだよ』

あのとき私が君に声をかけたのは、単に君を挑発して対戦してもらうためだった。ゲームの楽しさを教えてあげるなんて嘘だよ。

私に逆にゲームの楽しさを教えてくれたのは君だもん。

君がつまんない日常を変えてくれた。

君のおかげで、私はゲームをもっと好きになることができた。できれば、ずっと君とゲームしていたかったけど、『Fake Earth』から戻れなくなって叶わなくなっても、私はもう後悔なんてしないよ。

もう満たされすぎなくらい楽しかったからね。

さて、いい感じに伝えたいことは伝えられたし、そろそろ「最後」の挨拶をさらっと済ませよっか。

これからも『烈闘ファイターⅦ』の練習頑張ってね、頼助くん。努力家で真面目な君なら、いつか必ず『EX JAPAN』で優勝を成し遂げられる。世界一のプロゲーマーと呼ばれた私が保証するよ。

くれぐれも一時の感情に流されて、私のことを追いかけて、『Fake Earth』に挑戦しないように。

そういうの嬉しくないし、私のことなんて忘れてくれていいから。

じゃあね、今まで遊んでくれてありがとう！

君に会えてよかったよ。

一緒に遊べて楽しかった凛子より』

後頭部に激痛がズキンと走る。誰かに銃で撃たれたような痛み。凛子の日記を読むことに没頭する間に、目の力のタイムリミットを大幅に超えてしまったようだった。頼助は目を閉じて、外していたスクエア型眼鏡をかけ直した。消されたページに残っていた凛子の鉛筆痕が見えなくなる。

しかし、最後の日記に何が書かれていたのか、一字一句が脳に焼きついて離れなかった。

「……『これから『Fake Earth』をプレイすることだけはやめて』、か」

凛子がいなくなった日から、ずっと頭の片隅で考えつづけていたことがあった。「凛子の行方を追いかけるのは正しいのか？」ということを。凛子は頼助を誘わず、一人で『Fake Earth』をプレイすることを選んだ。いつものように一緒にプレイしようと誘わなかったのは、頼助に『Fake

Earth』をプレイしてほしくない意思表示ではないか？　もし凛子が頼助に追いかけてほしくないと望むなら、たとえ『Fake Earth』から一生帰ってこないことになったとしても、その気持ちを尊重するのが優しさではないかと考えていた。

頼助は震えそうになる手を握りしめる。そうしないと胸の奥から湧き上がる気持ちを抑えることができなかった。上を向いて、唇をぎゅっと結ぶ。握りしめた手に力を込めて、痛いほど爪を手のひらに食い込ませる。

来客用のクッキーと紅茶を取りに行った沙織に不審に思われないように、嬉しくて笑いそうになるのを必死で堪えた。

「ほんと、凛子らしいな。最後まで『隠し要素』を用意するなんて」

この日記に書かれていることは、一生の別れを告げるメッセージだろう。突然いなくなった理由を明らかにして、残された人への願いを伝えて。その人との思い出を振り返りながら、面と向かって言えなかった感謝の気持ちを述べて、最後に未来を応援する言葉を残す。これを書いた人はすでに死んだことを想像させる「遺書」のような文章構成だった。

——ねえ、ゲームの楽しさはわかった、頼助くん？

——全然わからないよ。凛子に負けて悔しいだけだ。

——ふーん、そっか。じゃあ、また次も遊ばないとね！

けれども、頼助は覚えている。いつも二人でゲームセンターで遊んだ日の最後、頼助は自分の気持ちを偽って、凛子は頼助の嘘に気づかないふりをしていたことを。本音を共有することよりも、嘘を嘘だとわかり合うことが、頼助と凛子にとって信頼の証だった。大事なことだからこそ、誰にでも理解できる本音よりも、二人だけにしか理解できない嘘で通じ合いたかった。

この凛子の日記で頼助に残した願いは「嘘」だ。「最後」の言葉だからこそ、凛子が本音をそのまま伝えるわけがない。

一生の別れを告げるメッセージが反転して、凛子が頼助に本当に伝えたかった思いが浮かび上がる。

【現実世界で帰ってくるのを待っていないで、『Fake Earth』に挑んで追いかけてきてほしい】

最初にゲームセンターで頼助を挑発して対戦を申し込んだときのように、凛子は頼助に発破をかける「嘘」をついて、『Fake Earth』をプレイするよう誘っていた。

頼助は片手をポケットに突っ込み、ライムミント味のフリスクケースを引っ張り出す。口の中にフリスクを一粒放り込んで、奥歯でガリッと噛み砕いた。爽やかな清涼感のある酸っぱさが喉の奥まで広がり、目が冴えて脳が覚醒した。全身に力がみなぎり、集中力が研ぎ澄まされるのを感じる。

凛子の部屋の光景がガラリと変わり、頼助が人生の分岐点に立ち、目の前に道が枝分かれしているイメージが広がる。『Fake Earth』に挑む道は、刺々しい茨《いばら》が生い茂っていて、何が待ち受けているのかが見えず、一歩でも近づいてはいけない禍々しい臭いが漂ってきていた。『Fake Earth』は誰もクリアできず、帰ってこない人が続出しているゲーム。どんな仮想空間にフルダイブして何をやるのかは明らかになっておらず、事前に対策や準備をしておくこともできない。未知のゲームである以上、この世界でゲーマーとして培った経験が役に立たないどころか、むしろ先入観となって足枷《あしかせ》になることも十分あり得る。現実的に考えて、間違いなく選ばない方がいい道だ。

けれども、この茨の道の先には凛子がいる。真剣勝負で負けることの重さを教えてくれたプレイヤー、一緒にいて楽しいと思えるゲーム仲間がそこにいる。対戦で勝ちたいライバルがいる。

そもそも、ゲームに人生を賭けることは、今まで頼助が歩んできた道と変わらない。

凛子が攻略に苦戦しているゲームなんて、心が燃えないわけがなかった。

だから、頼助は『Fake Earth』のゲームクリアに挑む道を選ぶ。『Fake Earth』を終わらせて、ゲームの世界に閉じ込められた人たちをみんな助けて、凛子とゲームセンターで遊ぶ日常を取り戻すために。どれだけ難易度が高くても、『Fake Earth』が「ゲーム」という形式を取っている以上、プレイヤーには「勝利条件」が用意されている。攻略不可能なゲームなんて存在しない。

凛子と同じゲーマーとして、「最高のエンディング」に辿り着いてみせる。

では、どうすれば『Fake Earth』をプレイすることができるのか?

頼助は優勝トロフィーが7本飾られたコレクションケースを見つめる。凛子の最後の日記によれば、彼女は3本目の優勝トロフィーを手に入れた頃に、運営から『Fake Earth』のプレイヤーに勧誘されていた。だとすれば、運営は何らかの分野で優れた能力を持つ人をゲームに招待している可能性がある。例えば、オリンピックで金メダルを獲ったり、数学の未解決問題を解いたりなど、普通の人には成し遂げられない実績を上げることが、正規ルートだろう。

けれども——どうやら、特異な体質を持った人の場合は、何の実績がなくてもゲームに参加できるらしい。

頼助は手を握りしめて、凛子の最後の日記の下に残されている鉛筆痕を見つめる。

『はじめまして、藤堂頼助様。私はアーカイブ社ゲーム事業部スカウト係のオッド・ストーンと申します。この度は優秀な頭脳を持つあなたを『Fake Earth』のプレイヤーとしてスカウトしたく、誠に勝手ながらメッセージを書き残させていただきました。この消された日記に書かれていましたとおり、あなたのご友人の桜月凛子様も『Fake Earth』をプレイしておりますので、ぜひご参加いただけますと幸いです。詳細につきましては、お手持ちのスマートフォンより下記の番号にワンコールした後、メールアプリをご確認ください』

いったいどうやって運営のアーカイブ社は凛子の部屋に侵入して、隠された彼女の日記を見つけて加筆したのか？　頼助が沙織とゲームセンターで奇跡的に出会ったことも、凛子が『Fake Earth』に参加する動機を日記に書いて消したことも、とても事前に把握できることとは思えない。ただ、こうやって頼助をプレイヤーとして確実にスカウトするために、個人の紙媒体の日記にメッセージを書き残すことは、世界的大企業の彼らにとって簡単な作業なのだろう。

頼助は片手をポケットに突っ込んで、スマートフォンを引っ張り出した。指紋認証でロックを解除して、日記に記された番号をワンコールかけて切って、メールアプリを起動した。次の瞬間に届いたメールの宛名を見つめて、これから学校へ休学届を申請するなど必要な準備を考える。

「アーカイブ社ゲーム事業部」からのメールが、スマートフォン画面に表示されていた。

4話　You are ready!

いつも真っ暗闇の中で目覚めるたび、まるでゲームのロード中みたいだと思っている。頼助は枕元のヘッドボードに手を伸ばして、目元の「アイマスク」を外して「スクエア型眼鏡」をかけた。窓際のレースカーテンから朝日が差し込むベッドの上で、充電していたスマートフォンを手に取る。明るくなったスマホ画面にはカレンダーアプリの通知が届いており、今日がイベント当日であることを知らせていた。

「……いよいよか」

頼助はベッドから起き上がり、ユニット洗面台で顔を洗う。作り置きした青豆のポタージュをＩＨコンロで温めて、路地裏のパン屋で買っておいたベーコンエピと一緒に食べた。空になった鍋やスープ皿などの食器を洗って、布巾で水気を拭いて食器棚に戻す。冷蔵庫が空になっているのを確認して、電源に挿さっているコードを引っこ抜いた。

――今日ここから出て行けば、しばらくは帰ってこられないだろう。

頼助は高校の制服に着替えて、口の中へライムミント味のフリスクを一粒放り込んだ。奥歯でガリッと噛み砕き、「『Fake Earth』プレイヤー招待状」と題されたメールをスマートフォンから開く。世界時価総額のトップを誇るＩＴ企業のアーカイブ社が秘密裏に運営しているゲーム、『Fake

Earth』。招待状のメールによれば、ネットの掲示板に書かれていた都市伝説のとおり、このゲームは仮想世界に入り込むフルダイブ型のＶＲゲームだそうだ。もしゲームクリアすることができれば、「賞金10億円」もしくは「どんな願いも叶えられるアイテム」を報酬としてもらうことができるらしい。ただし、万が一ゲームオーバーになった場合、「現実世界へ帰れなくなる」と注意書きが記されていた。

人間が仮想空間にフルダイブすることは本当にできるのか？　死ぬことと同等のペナルティーとは何なのか？　まだ『Fake Earth』がどういう仮想空間を舞台にしているのかもわからない。なぜ運営のアーカイブ社が「能力の高い人」をプレイヤーに選んでいるのかも疑問だ。

頼助はＬＩＮＥを起動して、凛子とのトーク画面を開いた。既読の文字がメッセージの上にないことを確認して、親指でスマホ画面を上にスクロールしてトークを遡る。１年前のやり取りまで戻ると、二人で撮ったプリクラの画像が貼られていた。写真の凛子は満面の笑みでピースしていて、頼助は照れ臭そうな顔で眼鏡をかけ直している。

――プリクラ？　普通にスマホで撮ってアプリで加工すればいいじゃないか。

――わかってないな、頼助くんは。記念感出るし、形に残るからいいんだよ。

――記念って別に今日は特別な日じゃないだろう。それにデータの方がなくさないし、いつでも見返せるし。

――もう～めんどくさいなー！　屁理屈言ってないで行くよ！　一緒に撮れば恥ずかしくないから、ね？

頼助は電源ボタンを押して、凛子とのプリクラが映っているスマホ画面を暗くした。制服のズボンのポケットにスマートフォンをしまって、肩にスクールバッグをかけた。玄関でランニングシューズを履いて、オロビアンコの手袋をはめる。大きく一回深呼吸して、真鍮《しんちゅう》のドアノブに手をかける。

【当日は弊社スタッフが会場までご案内しますので、準備ができましたら玄関のドアを開けてください】

招待状のメールの文面を思い出したとき、頼助は胸がざわつくのを感じる。どうして運営のアーカイブ社は当日に出迎えに来る時間を指定しないのか？　些細な疑問が頭の片隅で引っかかっていた。『Fake Earth』は世間に存在を隠しているゲームである以上、普通なら人目につくようなことは避けたいはずだ。それなのに、運営の社員がプレイヤーの自宅まで迎えに来て、準備ができるまで待機しているのが不思議だった。

頭の中で「Time up!《時間切れ》」というテロップを浮かべて、頼助は謎を解くことを諦めることにした。玄関のドアを開ければ、アーカイブ社の社員が待ち構えている。これから常に油断ならない状況に置かれる中で、いつまでも答えの出ない疑問に気を取られているわけにはいかない。

目の前のドアの向こう側は、不気味なほど静まり返っていた。ドアノブにかけた手が汗をかくのを感じた。心臓の鼓動がドクドクと鳴っているのが聞こえる。

頼助は真鍮のドアノブをひねって、玄関のドアをゆっくり開けた。

「……えっ」

頼助は息を呑み、自分の目を疑った。頭が真っ白になって、思わずドアノブを持ったまま固まる。

いったい何が起きたのか、状況に理解が追いつかない。とっくに朝目覚めたことはわかっているのに、まだ夢を見ているような錯覚を覚えた。

玄関のドアを開けた先には、仕立てのいいスーツを着た20代くらいの男女が手を前に組んで並んでいる。どちらも絵画のモデルになりそうな美形で、すらっとした体型。男性は龍のピアスを左耳につけて、女性は虎のピアスを右耳につけている。「双子」よりも先に「クローン」という単語が先に思い浮かぶくらい、二人の顔のパーツはそっくり同じだった。

だが、頼助が驚いたのは、ゲーム会場へ案内する社員の見た目がそっくりだからではない。一人暮らしの部屋を振り返って、玄関のドアを開けた先の光景に目をもう一度向けた。速くなっているはずの心臓の鼓動が遅く感じて、真鍮のドアノブを握った手に力が入る。

目の前から長く続いている通路は、メタリックなフロアに埋め込まれた照明で青く光っていた。4面ガラスの展示ケースが通路の両側に並べられて、世界の家庭用ゲーム機が発売順に納められている。青く光っている通路の終わりには、近未来感あふれる装甲ゲートが設置されていた。

頼助が住んでいるマンションの廊下から見える、歩道橋やコンビニはどこにも見当たらない。電線近くのゴミ捨て場も街路樹の並ぶ遊歩道も何もかも消えている。

玄関のドアが異世界につながったかのように、今まで見たことのない光景が広がっていた。

「お待ちしておりました、藤堂頼助様。『Fake Earth』のゲーム会場までの案内人を務めさせていただきます、趙翠龍《ちょうすいりゅう》です。本日はどうぞよろしくお願いいたします」

「同じく案内人を務めさせていただきます、趙翠虎《ちょうすいく》です。もし気分が優れないなどお困りごとがありましたら、いつでも我々にお申し付けください」

合わせ鏡のような案内人の二人は同時にお辞儀する。頭を下げる速さや角度だけではなく、それぞれの耳につけたピアスの揺れ方までも完璧に揃っていた。一人ずつ見れば、彼らの所作は人間の動きとしておかしな点はない。けれども、二人の不自然なくらい息の合った姿は、機械じみたモーションに見えた。

「……ここはどこだ？　お前たちは何をした？」

頼助は平静を装って質問する。いざというときに部屋の中へ引くために、ドアノブから手を離すことができなかった。どうして一人暮らしの部屋が知らない場所に移動したのか。答えを1つだけ思いついたが、さすがにありえない。背筋に冷や汗が流れるのを感じる。

「ご質問いただいたことについて、1つ目も2つ目も回答はほぼ同じです。もっとも、常識が認識を拒んでいるだけで、あなたは答えをすでに察しているでしょう」

「今朝あなたが目覚めた部屋は、我々が藤堂頼助様の記憶をもとに作ったものです。弊社固有の技術を使用して、昨晩あなたが寝ている間に部屋へ入り、弊社のVRヘッドセットを装着して、『Fake Earth』とは異なるプラットフォームの仮想空間に転送させていただきました」

女性の案内人は淀みなく答える。事実を淡々と説明する口調だった。頼助は信じられず、さっきまでいた部屋の様子を思い出す。家具の配置からフローリングの凹《へこ》み傷まで、頼助が住んでいる部屋との違いはなかった。

今朝目覚めた自分の部屋は、本当にアーカイブ社がコピーして作った部屋なのだろうか？　部屋の見た目を同じにすることはもちろん、生活の匂いやフローリングの感触まで再現するのは難しい気がした。そもそも、現実世界と比べて違和感がないレベルで、人間の五感を仮想空間で再現できるとは思えない。考えれば考えるほど、不可能だと思える点が次々と浮かんでくる。

だが、玄関のドアを開けた先の景色が変わった理由として、「頼助が夜に寝ている間に、アーカイブ社に仮想空間へ移動させられたから」以外の答えを思いつかなかった。「なぜ運営は自宅へ迎えに来る時間を指定しなかったのか」という疑問にも説明がつく。常識的にありえないはずなのに、それ以外の選択肢が残されていない。

頼助は舌を強めに噛んで、痛みも現実世界と変わらないことを確かめた。

「ご質問はほかにありませんか、藤堂頼助様？」

「特にないようであれば、『Fake Earth』の参加について、最終意思確認させていただきます」

「もし『Fake Earth』に挑戦する気持ちが変わらないのであれば、参加の意思を改めて表明してください。我々はあなたをゲーム会場まで案内させていただきます」

「しかし、『Fake Earth』への挑戦をおやめになりたい場合は、我々が用意した部屋のベッドでお休みになってください。プレイヤーの資格を失う代わりに、あなたを本物の部屋へ帰すことをお約束いたします」

男性の案内人と女性の案内人が交互に話す。そして、主人公の選択を待つＮＰＣのように、両手を前に組んだ姿勢のまま口を閉ざした。二人の目は瞬きのタイミングも完璧に揃っている。「あなたは人生を賭ける覚悟はありますか？」と問いかけるような目をしていた。

頼助は二人の案内人を見つめ返す。凛子と一緒にゲームセンターで遊んだ日々と、凛子がいなくなって一人だった日々が、交互にフラッシュバックする。頭に思い浮かんだコマンド選択画面、その中にある選択肢は「はい」の一択しかない。

凛子を助けるために、プレイヤーとして戦う覚悟はとっくにできていた。

「やめるわけがないだろ。早く案内してくれ。『Fake Earth』をプレイすることを楽しみにしてるんだ」

頼助は微笑み、握りしめていたドアノブを離す。敷居をまたいで、ゲーム会場へ続く通路へ一歩前に踏み出した。現実世界へ戻る道が断たれるように、玄関のドアが閉まる音がする。後戻りできなくなった瞬間、心が不思議と落ち着くのを感じた。

「「かしこまりました」」

二人の案内人は声を揃えて返事する。お互いが左右対称になるように背を向けて、床が青く光っている通路を並んで歩いていった。揺れる三つ編みの軌道も、鏡で映したようにシンクロしている。

頼助は二人の案内人の後をついていく。

そして、近未来感あふれる装甲ゲートの前で、二人の案内人は立ち止まった。ピアスをつけた側の手を前に出して、それぞれの手のひらで同時に装甲ゲートに触れる。重厚感のあるゲートが液体に変わったかのように、二人が触れたところから波紋が広がった。通路の両側に発売順に飾られた家庭用ゲーム機が、電源スイッチをオンにした音を一斉に鳴り響かせる。

「行ってらっしゃいませ、藤堂頼助様」

「あなたがゲームをクリアして、無事に戻ってこられることを心より祈っております」

二人の案内人が頼助の後ろに下がったとき、『Fake Earth』のゲーム会場につながるゲートが開かれた。


頼助の目に飛び込んできたのは、真っ白なドーム型の空間だった。天井は5メートル以上の高さで、大型のプラネタリウム館くらいの広さ。近未来感あふれる装甲ゲートが、曲線の壁に等間隔で配置されている。ドーム型の空間の中央には、直径10メートルのラウンドテーブルが備え付けられていた。


18人のプレイヤーらしき人たちが、ラウンドテーブルの前のボールチェアに座っている。

金髪碧眼のゴシックドレス姿の老婦人、サソリの標本を制作している白人の子ども、幸せそうな顔でよだれを垂らして寝ている中東系の女性、縫合跡だらけでサイボーグ義手をつけた黒人男性——。18人のプレイヤーは国際色豊かなメンバーで、年代もばらけているようだった。全員が何者かはわからないけれど、一目で只者ではないことがわかる。何人かが頼助に視線を向けた瞬間、重たいプレッシャーが正面からぶつかるのを感じた。

頼助は眼鏡をかけ直すふりをして、思わず緩んだ口元を隠す。凛子とゲームセンターで対戦する前、緊張感で空気が張り詰めていたのを思い出した。彼らは協力し合う仲間なのか、それとも蹴落とし合うライバルなのかはわからない。どちらにせよ、心からワクワクしている自分がいる。

座っているプレイヤーの数が18人に対して、ラウンドテーブル前に置かれたエッグ型ゲーミングチェアの数は19台。一番手前のゲーミングチェアの背面がほのかに光っている。

頼助は胸を張って、堂々と見せつけるように歩いた。後ろの装甲ゲートが閉じていく音がしても、振り返らずにまっすぐ進んだ。18人のプレイヤーたちに一礼して、一番手前のゲーミングチェアに腰を下ろす。

『第2000期のプレイヤー全員の着席が確認できました』

『ただいまより皆様がご参加いただくゲーム、『Fake Earth』についての説明を始めます』

中性的な声のアナウンスがエッグ型ゲーミングチェアの内側から聞こえたとき、「地球のホログラム」がラウンドテーブルの上に浮かび上がった。


このゲームの舞台は、現実世界を模倣した仮想空間です。プレイヤーのみなさまが脳で知覚する、ありとあらゆるものを、完璧に再現した世界がそこには構築されています。

もしゲームの中で海に潜れば、青くぼやけた視界や海水の冷たさから、プレイヤーのみなさまは「海の中にいる」と感じることができます。海に潜った状態で口を開ければ、海水が口の中に入って「塩辛い」と感じることができるでしょう。長く潜りつづければ、息がだんだん苦しくなり、最後にはゲームの中で「溺れること」を体験することになります。

この世界に存在するすべてのものは、イメージとして「存在しているように見える」のではありません。プレイヤーのみなさまは、皮膚や目などの感覚器官を通じて、「本当に存在している」と認識することになります。

これからプレイヤーのみなさまには、この現実世界によく似た世界に入っていただき、そしてそこから「脱出」するために、最善を尽くしてもらいます。

つまり、「世界からの脱出」がゲームの目的です。

もし〈ある条件〉を満たした上での「脱出」に成功した場合には、私たちアーカイブ社が発行する「ブラックカード」をお渡しします。こちらは全世界で1枚しか存在しない、唯一無二のクリア報酬《ほうしゅう》です。

ただし、このゲームには、「ゲームオーバー」もあります。『大きなリターンを得るためには、それなりのリスクを背負わなければいけない』ということです。

ゲームオーバーになると、どうなるのか。

簡潔に言えば、ゲームオーバーになったプレイヤーは、現実世界に帰ることができなくなります。

10代から20代の頃に、将来の夢を語りあった親友とは二度と会えなくなります。

いつかは一緒に暮らしたいと思っていた彼、あるいは彼女にも二度と会えなくなります。

まだ年端《としは》のいかないお子さん、温かく成長を見守ってくれたご両親、家であなたの帰りを待つペットにも二度と会うことはできません。

そのため、プレイヤーのみなさまには、1つだけお願いしたいことがございます。

ゲームを始める前には、必ずあなたにとって大切な方へ、〝最後のあいさつ〟を済ませておくようにしてください。

さて、イントロダクションはここまでです。

このゲームの名前は、『Fake Earth《フェイクアース》』。世界の表舞台に登場することのない、「偽りの地球」が舞台のゲームです。

それでは、さっそくゲームのルール説明を始めましょう。

まず、『Fake Earth』の世界から脱出する――ゲームクリアの方法は2つあります。


中性的な声のアナウンスが流れる中、頼助を含んだ19人のプレイヤーが囲んでいるラウンドテーブルの上には、「地球のホログラム」が浮かんでいる。頼助はスクエア型眼鏡を外して、目の前で反時計回りに自転している惑星を見つめた。

鮮やかな群青色の海、立体感のある大陸、真っ白で渦巻いている雲。この「地球」には宇宙空間から肉眼で直接見ているかのようなリアリティがある。これが「虚像《フェイク》」であることはわかっているのに、本物の地球が1億分の1の大きさに縮小されたようにしか見えなかった。

●脱出方法その1：【ゲームマスターを倒すこと】
この世界の管理者であるゲームマスターを活動停止にすることができれば、ゲームクリアです。

『Fake Earth』の世界が崩壊した直後、みなさまは現実世界に戻り、アーカイブ社の「ブラックカード」を手に入れることができます。

●脱出方法その2：【他プレイヤーが持つコインを7枚集めること】

他プレイヤーのスマートフォンを壊して、画面の下に埋め込まれた「コイン」を合計7枚手に入れる。そして、電話アプリで自分のプレイヤーIDをダイヤルして、運営に「ゲームクリア」を申請すれば、『Fake Earth』の世界から脱出できます。

ただし、この脱出方法の場合の報酬は、「賞金10億円」のみとなります。アーカイブ社の「ブラックカード」を手に入れることはできません。

ここでいくつか注意していただきたいことがあります。

▲注意その1：【アイテム】について

ゲーム開始時、プレイヤーは「スマートフォン」を支給されます。SIMカードの代わりにコインが中に埋め込まれた、ゲーム専用のスマートフォンです。

もし『コインが壊れる』あるいは『他プレイヤーのゲームクリア時にコインを使われる』など、ご自身のコインを失った状態になった場合、プレイヤーの故意・過失を問わず、ゲームオーバーになります。

また「プレイヤーはスマートフォンと一心同体」です。わかりやすく説明すれば、「プレイヤーの心臓が動いているかぎり、スマートフォンの電池は切れない」ということです。

しかし、逆に言えば、「スマートフォンの電源を落とせば、プレイヤーの心臓は止まる」ということになりますので、くれぐれも丁重に扱ってください。

▲注意その2、【ギア】について

このゲームには『ギア』というシステムがあります。支給されたスマートフォンで使えるアイテムで、おおよその仕組みはアプリと同じです。プレイヤーの戦闘などゲーム攻略に役立てることができます。

ちなみに全プレイヤーは《対プレイヤー用ナイフ》と《対プレイヤー用レーザー》のどちらかを使うことができます。この2つのギアは「スマートフォンの電力を『ナイフ』または『レーザー光線』に変換する機能」です。ゲーム開始から12時間経つまで、新人プレイヤーはどちらのギアも特別に使うことができますので、お試しになった上でどちらかをお選びください。

▲注意その3、【サービス終了】について

このゲームは、ゲームマスターが活動停止した直後、サービスは終了いたします。

つまり、アーカイブ社の「ブラックカード」を手に入れることができるプレイヤーは、ゲームマスターを活動停止にした1名のみということです。

なおサービス終了時には、ゲーム内のプレイヤーは一人残らず現実世界へ強制転送します。世にある多くのオンラインゲームのように、半永久的に存続することを目指していません。あらかじめご了承ください。

　ゲームのルール説明は以上です。

　これよりゲームを始める前に、質疑応答の時間を10分間設けますので、お訊きしたいことがある方は挙手してください。

　質問はありますか、記念すべき第２０００期の選ばれし挑戦者のみなさま？


　中性的な声のアナウンスが呼びかけたとき、地球のホログラムが音もなく消えて、頼助を含む19名のプレイヤーたちの前に「ネームプレート」のホログラムが一斉に浮かび上がった。『高校生藤堂頼助（17歳）』と記された文字の前には、国籍である日本の国旗マークが付けられている。

　質疑応答の残り時間10分を示すデジタル数字が、ラウンドテーブルの天板に映し出される。

　頼助を含む19名のプレイヤーたちは、カウントダウンが始まるよりも先に手を挙げた。

質問者：サンダー・ディヴィス（41歳）〔輸入車ディーラー・アメリカ（男性）〕
Ｑ１、Hey!　プレイヤーが操作するアバターはどうなってる⁉　現実世界の自分と同じかい？　それとも希望したら、僕は美少女アバターになれるのかい？
Ａ１、プレイヤーが操作するアバターは、運営が『Fake Earth』で活動しているＮＰＣの中からランダムで振り分けさせていただきます。

生まれるときに国や肌の色を選べないように、アバターの名前から性別・年齢・職業・身体能力など何もかもが運によって左右されます。そのためゲームが始まったとき、現実世界の自分と大差ないと思う方もいれば、まったくの別人に生まれ変わったと思う方もいるでしょう。みなさまは魂が憑依《ひょうい》したように、振り分けられたアバターを自由に操作することができます。

ただし、当たり前のことですが、「脳」は現実世界と同じものです。「質問するために、手を挙げよう」と思ったときに手を挙げられるように、みなさまが操作するアバターもそのアバターの能力の限界を超えない範囲で、思いどおりに動かすことができます。

また「現実世界での記憶」や「共感覚」など、脳に関するものは引き継いでおりますので、ご安心ください。

質問者：シャルル・ヌニーナ（120歳）［資産家・フランス（女性）］

Q2、操作するアバターが何者なのか、プレイヤーが知るにはどうすればいいのでしょう？　NPCに憑依するということは、その人の記憶を引き継ぐことができるのでしょうか？

A2、大変申し訳ございませんが、プレイヤーは操作するアバターがNPCだった頃の記憶を知ることはできません。もしNPCの記憶を共有した場合、その人が歩んできた人生を追体験することになり、みなさまの脳に望まぬ影響を及ぼす恐れがあるからです。

いかに本物から偽物になり代わっているのを隠すのか？　相手を欺くことは、このゲームの醍醐味の1つです。

操作するアバターの個人情報は、持ち物やコミュニケーションアプリのトーク履歴などから把握してください。

質問者：マリウス・イプセン（54歳）［記者・ノルウェー（男性）］

Q3、ギアについて詳しく説明してください。どうやって手に入れることができるんですか？《対プレイヤー用ナイフ》と《対プレイヤー用レーザー》以外にどんなギアがあるんですか？

A3、『ギア』は《ガチャストア》という専用アプリを起動し、他プレイヤーのコイン1枚を使うことで、新しいギア1つを引くことができます。このほか運営が開催するイベントを攻略したり、一部の特殊な条件を満たしたりすることで入手することできます。

なお、《対プレイヤー用ナイフ》および《対プレイヤー用レーザー》以外のギアにつきましては、ゲームが始まってからのお楽しみです。

ご自身の目でご確認ください。

質問者：ネラ・フレイザー（15歳）［祈祷師・ニュージーランド（女性）］

Q4、すみません、アーカイブ社の「ブラックカード」とはどういうものでしょうか？　私、今日までスマホも知らなかった世間知らずですので、どれくらい価値のあるものかわからなくて……。

A4、【アーカイブ社グループのサービスを無料で受ける権利が付与される】――これがアーカイブ社の発行するブラックカードの特典です。

たとえば、一人旅で月に行くことができます。ミシュラン三ツ星のレストランの食事を日替わりで楽しむことができます。全身をハリウッド俳優そっくりに整形することができます。

そして、「死者を生き返らせること」も実現できます。

みなさまがブラックカードを手にできれば、これからの人生で物質的な不自由を被ることはありません。アーカイブ社が存続するかぎりは、無期限の保証が適用されますので、お子さん、お孫さんの代までお使いください。

質問者：武青蝶《ブチンディエ》（22歳）［拳法家・中国（女性）］

Q5、「死者を生き返らせること」、本当に信じていいんだな？　もし嘘だったら、〝タダ〟じゃ済まさねえぞ。

A5、はい。西暦2000年以降に生存していた人間であれば、誰でも生き返らせることができます。肉体につきましては、病院の電子カルテデータから、記憶につきましては、みなさまや生き返らせたい人の家族の思い出などから、情報を集めて、完璧に再現することができます。数世紀前の絵画を復元するように、本人そのものを30日間で復活させることをお約束いたします。

――おかしい。この質疑応答、明らかに不自然なことが起きている。

頼助は手を挙げたまま、他のプレイヤーたちを横目で見る。同じ疑問を持っていそうな人は誰もいないようだった。

質問するプレイヤー以外は発言できそうにない緊迫した空気の中、19人のプレイヤーの前にあるネームプレートのホログラムのうち、頼助の右隣にあるプレートが縁取られるように光り輝く。挙げていた手の指が6本あるマフィアのボスみたいな人相の男は、威圧するように指をボキボキと鳴らした。

質問者：メフメト・セイスマン（69歳）［政治家・トルコ（男性）］

Q6、実際プレイヤーがゲームオーバーになったらどうなる？　「現実世界に帰れない」というのは、やはり「死ぬ」という理解でいいか？　私は答えを知る必要はないが、他のプレイヤーのために教えてくれ。

A6、もしプレイヤーがゲームオーバーになった場合、生まれたときからゲームオーバーになるまでの記憶を消去させていただきます。そして、アーカイブ社が作った記憶を組み込んで、『Fake Earth』のキャラクターとして寿命が尽きるまで生きてもらいます。

〝第二の人生〟といいましょうか。

新たな記憶に替わったみなさまは、路上ライブからメジャーデビューを目指したり、気の合う仲間と新しい会社を立ち上げたり、愛する人と結婚式を挙げたりなど、現実世界と同じように人生を体験することができます。

なお現実世界の肉体につきましては、こちらで「完璧」に管理させていただきます。これからみなさまが中に入ることになるハード機のコクーンで、1日に必要な栄養量は血液への点滴注射で摂取して、適度な運動は微弱な電気で全身を振動させる方法で行います。

みなさまの体は、概ねゲームを始める前よりも健康な状態になりますので、ご心配なさらずにプレイしてください。


質問者：フォラフ・アルバジーニ（27歳）［ITエンジニア・オーストラリア（男性）］

Q7、なんでゲームオーバーになったプレイヤーをゲーム空間で生かす？　高額なクリア報酬まで用意して、おたくら何が目的だ？

A7、人間の脳のデータがほしいからです。それもできるかぎり詳細なデータを。

みなさまもご存じのとおり、アーカイブ社は「人類の進化」を目標としています。生物の起源から、宇宙の果ての先まで、世界のすべての謎を解き明かすために。そして、みなさまの中にもいらっしゃるかと思いますが、超情報化社会の膨大な情報量を浴びたことで脳が覚醒して、望まぬ力を与えられた人たちが増えている問題を解決するために。IT・医学・脳科学を中心としたあらゆる分野に注力して、全人類が種族として進化する方法を研究しています。

長年の研究の結果、人間の四肢や内臓器官などは、赤ん坊や老人への移植も問題ないレベルで再現できるほどに解析しました。

しかし、「人類の進化」の鍵と考えられている脳につきましては、研究の行き届いていない部分があります。補足しますと、物体としての脳はすでに再現できているのですが、どうすれば生物としての限界を超えた成長ができるのか、進化のメカニズムを解明できていないのです。

だから、数多くの脳のデータを集めて、人類共通の進化理論を見つけるために、ゲームオーバーになったプレイヤーは、その後も「人類の進化」の協力者として、ご活躍いただきます。

とりあえず、「アーカイブ社がみなさまの命を奪うことはない」とお考えください。

質問者：アジダ・ネシャット（33歳）［現代アート作家・アフガニスタン（女性）］

Q8、運営ちゃん、ゲームオーバーの条件って何～？

A8、ゲームオーバーの条件は、次の3つになります。

1．自分のコインが壊れる。

2．他プレイヤーにスマートフォンからコインを奪われる。

3．ゲーム内で死ぬ。

みなさまの残機はたった1つしかありません。アクションゲームやシューティングゲームのように、ゲームオーバーから数秒後に復活することはありません。

人生と同じように、1回かぎりのチャンスとなります。

質問者：ルドラ・シン（24歳）［カバディ選手・インド（男性）］

Q9、はいはい質問っす！　馬鹿なんでルールまったく理解してないっすけど、とりあえず「ゲーム内で死ぬ」ってどういうことっすか!?

A9、簡潔に言えば、「アバターの活動が完全に停止すること」です。

現実世界では「死んだら終わり」と考えられているように、このゲームでも高層ビルから飛び降りるなどして、アバターが生命を維持できない状態になれば、みなさまはゲームオーバーになります。

もちろんアバターと現実世界の肉体は別物ですので、みなさまがゲーム内で死んだとしても、現実世界で死ぬことはありません。

今後はゲームオーバーになったということで、『Fake Earth』のキャラクターとして、「人類の進化」の研究にご協力いただきます。


質問者：エドワード・ウェブスター（30歳）［探偵・イギリス（男性）］

Q10、ゲームマスターの情報を教えてくれ。いくら何でもノーヒントというのは、この名探偵エドワード・ウェブスターをもってしても、さすがに手こずると言わざるを得ないんだが。

A10、ゲームマスターの情報について、みなさまが満足できる回答をすることはできません。これはネタバレ防止のためではなく、「ゲームマスターの外見的特徴は何もない」としか答えようがないからです。

世界のどこかにいるゲームマスターは、基本的に誰かのアバターに変装しています。そして、『Fake Earth』が現実世界を再現しているように、その変装も外見は完璧に再現しています。場合によっては、みなさまがよく知るアバターに変装することもあり、ゲームマスターを見つける難易度は非常に高いでしょう。

もっとも、これはあくまで「ゲームマスターを探すだけでは、ゲームマスターは見つけることができない」という話です。

みなさまがプレイヤーとしてご活躍いただければ、いつか必ずゲームマスターを見つけられる。特別な人間として選ばれた挑戦者たちの中でも、傑出したプレイヤーであることを証明してください。

ラウンドテーブルに映し出された残り時間は、まもなく半分の5分に差しかかろうとしている。第2000期の参加者たちは、誰ひとり質問の順番を譲るつもりはないらしく、質問を終えた人を含めた全員が手を挙げつづけていた。「操作するアバターを選べないこと」といい、運営がルール説明で開示していない情報があまりにも多い。セーブの有無や他プレイヤーの見つけ方など、まだまだ訊きたいことはたくさんあるのだろう。

だが、頼助は挙げていた手を下げた。運営に確認しておきたいことは、他のプレイヤーたちが代わりに質問してくれている。この質疑応答が始まってから抱いていた疑問に思考のリソースを割きたかった。人差し指でスクエア眼鏡をかけ直して、今まで質問したプレイヤーたちの前にあるプレートの国旗マークを改めて見ていく。

アメリカ、フランス、ノルウェー、ニュージーランド……。質問した10人のプレイヤーたちは、その国を代表するかのように出身国が異なっている。事実上、英語を公用語としている国からの参加プレイヤーは4名、各国特有の言語を公用語とする国からの参加プレイヤーが6名。

今のところ頼助と同じ日本人はいない。

――どうして世界中から来たプレイヤーたちは「自国の言葉」ではなく、「日本語」で質問しているのか？

頼助は口元に手を当てて、10人のプレイヤーたちが質問したときのことを思い出す。彼らが話した日本語は、日本人が声の吹き替えをしているかのように流暢な発音だった。全員の唇の動きを見るかぎり、運営が同時通訳している可能性はない。誰もが日本語を使いこなせることに不自然さを感じる。

そして、一番奇妙なことに、頼助以外のプレイヤーたちは、質疑応答が日本語で行われていることに疑問を抱いている様子がない。お互いに初対面であるはずなのに、他の外国籍のプレイヤーたちが日本語を話せることを当たり前のように受け入れている。

もし頼助以外のプレイヤーたちが知っている何かがあるなら、ゲームが始まる前に解き明かさなければいけない。質疑応答の終了まで、残り5分3秒。後半に出そうな質問と運営の回答はだいたい想定がつく。

頼助はプレイ前の質疑応答に耳を傾けながら、他の18人のプレイヤーたちに隠された謎の答えを導き出すことに集中した。

質問者：イ・ハヌル（19歳）［アイドル・韓国（男性）］

Q11、これがゲームなら「セーブ」とか「コンティニュー」はあるのか？　個人的にはない方が燃えるんだけど。

A11、『Fake Earth』には、セーブもコンティニューもありません。現実世界でみなさまが時間を止めることや過去に戻ることができないように、このゲームも一時中断とやり直しはできないシステムとなっています。

質問者：テオ・ブラウン（8歳）［動画配信者・カナダ（男性）］

Q12、じゃあさ、「ギブアップ」ってできる？　ぼく途中で飽きたら、お家に帰りたいし。

A12、他プレイヤーのコインを3枚集めれば、プレイヤーはいつでもギブアップすることが可能です。電話アプリで自分のプレイヤーIDをダイヤルして、運営に「ギブアップ」を申請すれば、みなさまは『Fake Earth』をプレイしていた頃の記憶を失う代わりに、現実世界に帰還して普段どおりの生活に戻ることができます。

ただし、ギブアップした場合、『Fake Earth』をふたたびプレイすることは認められません。人生がやり直しできないように、このゲームもやり直すことができない。

チャレンジは1回かぎりですので、その点だけご注意ください。

質問者：ネコ（18歳）［傭兵・無国籍（女性）］

Q13、もしコイン7枚集めてゲームクリアしたら、またプレイすることってできないの？　七人殺して10億円なら、いい収入源だしライフワークにしたいんだけど。

A13、他プレイヤーのコインでクリアしたプレイヤーは、『Fake Earth』にふたたび挑戦することができます。【ゲームマスターを倒す】というエンディングを迎えないかぎり、『Fake Earth』のサービスが終了することはありません。

またゲームマスターを倒してクリアした場合でも、他プレイヤーのコインでゲームクリアした場合でも、みなさまはゲームで体験したことを忘れることはありません。クリアしたプレイデータが消えないように、みなさまの素晴らしき成功体験も記憶に残りますので、ご安心ください。

質問者：ブルーノ・サンパイオ（63歳）［投資家・ポルトガル（男性）］

Q14、最初に「チュートリアル」とかないのかな？　おじさん、誰かに手取り足取り教えてもらわないと不安でね～。

A14、プレイ前にルール説明と質疑応答を行っても、ゲームは実際にプレイしたときに疑問が出てくる場合があります。そのため、運営はプレイヤーがゲーム開始から24時間以内にチュートリアルと接触できる機会を用意しています。

もちろん、「自分で考えながらプレイしたい」と感じるプレイヤーもいますので、ゲーム内のチュートリアルはスキップ可能です。

質問者：デズモンド・ノア（44歳）［無職・南アフリカ共和国（男性）］

Q15、ゲームと現実世界を区別するものはあるか？　たとえばアバターは痛みを感じないとか。
——俺がいた頃と変わってないなら、お前たちはそういう遊び心を入れるだろう？

A15、まず、みなさまの感覚は、現実世界と変わりありません。『Fake Earth』で怪我をすれば、脳から痛みを感じさせる信号が送られてきます。大気のウィルスが体内に入れば、インフルエンザの発熱で苦しむこともあります。もし自分の手で心臓にナイフを刺せば、死ぬ瞬間の感覚を体験できるでしょう。

ただし、現実世界の肉体との相違点として、アバターの血は「シアン色」に変更されています。これはプレイヤー同士の戦闘が「現実世界」ではなく、「ゲーム」での出来事だと認識してもらうための措置です。

質問者：ビアンカ・ゴルゴーネ（29歳）［マフィア・イタリア（女性）］

Q16、プレイヤーとNPCを見た目で区別することはできるのかしら？　NPCと見分けがつかないなら、コインのために無差別に殺してくしかなさそうだけど、あんまりヒドいことはゲームでも気が進まなくて……。

A16、プレイヤーとNPCを見た目だけで区別することはできません。大勢のNPCたちがいる環境下で、いかに敵プレイヤーを自分が見つかる前に探し当てるのか？　FPS／TPS系のゲームと同じように、「索敵」は『Fake Earth』にとっても重要な要素の1つです。

その一方で、プレイヤー同士が対戦しやすくするために、『Fake Earth』では「バトルアラート」というシステムを導入しています。これは運営がみなさまのスマートフォンに警報音を鳴らしている間、「近くにいるプレイヤーの現在位置」をロック画面に表示された地図で見ることができるものです。バトルアラートの配信頻度は週におよそ1回、時間は5分間鳴らしますので、ぜひゲーム攻略にご活用ください。

質問者：ミネス・ミミズク（25歳）［ペット散歩代行業者・アルゼンチン（女性）］
Q17、あの〜プレイ中のお金はどうなります？　お金がないと、私たち生活できませんよね〜？なんていうか、人生賭けたゲームに参加するわけですし〜、軍資金をたっぷりもらえませんか〜？
A17、支給するスマートフォンの電子マネーを活用ください。ゲーム開始時とプレイ時間30日間が経過するたびに、毎回100万円ずつ自動でチャージします。
このほかプレイヤーはお金を現実世界と同じ方法で稼ぐことができます。必要に応じて、投資やギャンブルなどで、所持金を増やしてください。

質問者：アンナ・ソルダトワ（44歳）［弁護士・ロシア（女性）］
Q18、私がお訊きしたいのは「数字」です。「①現在『Fake Earth』にいるプレイヤー」、「②ゲームオーバーになったプレイヤー」、「③ギブアップしたプレイヤー」、最後に「④他人のコインでゲームクリアしたプレイヤー」、以上4点のデータをお願いします。

A18、ご質問に対する回答は次のとおりです。

ゲームに参加中のプレイヤーは「21万9224名」。

ゲームオーバーになったプレイヤーは「108万425名」。

ギブアップしたプレイヤーは「3万7564名」。

そして、他人のコインでゲームクリアしたプレイヤーは「891名」です。

質問者：藤堂頼助（17歳）〔高校生・日本（男性）〕
Q19、これは「質疑応答に見せかけたルール説明の続き」か？　今この場にいる俺以外の参加者全員、お前たちアーカイブ社が作ったフェイクだろう？
A19、――正解です。プレイ前のデモンストレーション、お楽しみいただけましたでしょうか？

質疑応答時間が終わったことを知らせる、大音量のアラーム音が鳴り響く。直径10メートルのラウンドテーブルの天板には、「『Real World』→『Fake Earth』」と光った文字が映し出された。

頼助は挙げていた手を下ろす。自分の胸に手を当て、生きている感覚が手のひらへ伝わることを確かめる。

他の18名のプレイヤーたちは全員いなくなっていた。挙げていた手の指が6本あったトルコ人の男性も、民族衣装のニュージーランド人の少女も、誰もかれも綺麗さっぱりと消えている。いったいどんな技術を利用して、アーカイブ社が人間のフェイクを生みだしたのかはわからない。消えた参加者は全身がホログラムのように透けていなかった。整髪料で固めた光沢のある髪型や手の甲に浮き出た血管などの質感はリアルだった。

人間として間違いなく実在しているように見えた。

もし参加者全員が日本人だったら、きっと質疑応答が終わるまで「フェイク」に気づかなかっただろう。

本物だと思っていたものが、アーカイブ社が作った偽物だった。今まで当たり前だと信じていたものが正しいものなのか、急にわからなくなる。

「……なあ、俺は本当にリアルに存在してるのか？」

誰もいない部屋で、頼助は問いかける。

時間切れの質問に答えが返ってくることはなかった。


さて、プレイ前のデモンストレーションは以上をもちまして終了です。これより『Fake Earth』の世界へ転送するために、プレイヤーの意識の接続を開始します。意識の接続が完了するまでの時間は5分――この時間をどう過ごすのかは、プレイヤーのご判断にお任せいたします。

もしゲームのルールを再度確認したい場合は「Aボタン」を、家族や友人にメッセージを残したい場合は「Bボタン」を、プレイを中止したい場合は「Cボタン」を、ただいまお手元に用意しましたコントローラーから選択してください。

また新たな質問を思いついた場合は、運営のチュートリアル担当社員にお尋ねください。我々はプレイヤーが〝最善〟を尽くしてくれることを望んでいます。

準備はいいですか？

覚悟はできましたか？

もしものとき思い残すことはありませんか？

……それでは意識の接続を開始いたしましょう。

――『Fake Earth』。みなさまの世界によく似た空間へようこそ。

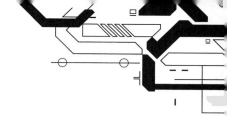

第 1 章

本物とフェイクの境界線

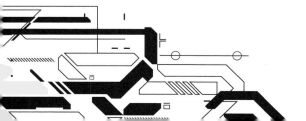

ルール1

プレイヤーがゲーム内で操作するアバターは、
運営によって名前から年齢・性別・身体能力などを
ランダムに決められる。

1話　ゲームスタート

【ゲーム世界：『Fake Earth』】
プレイヤー名＝遊津暦斗《あそづれきと》（Asodu Rekito）

【現実世界】

戸籍名＝藤堂頼助（Todo Raisuke）

雨の音がした。

落ちたときに砕け散る雨粒の音がした。

一粒一粒の雨粒が呼び水となったかのように、凛子とゲームセンターで遊んだ記憶が次々と蘇った。色んなゲームを二人で協力したり対決したりした記憶が浮かんでは消えていく。

『Fake Earth』に参加する前までの記憶が走馬灯のように駆け巡る中、全身が闘争心で燃え盛るのを感じた。武者震いが指先に走った。雨に打たれていくにつれて、集中力が高まっていき、五感が研ぎ澄まされていく。

俺は電源ボタンを押して、スリープ状態で暗くなったスマホ画面を明るくした。

【遊津暦斗　プレイヤーＩＤ：9891/1122/2000】

暗灰色の曇天から雨が降りそそぐ中、俺は光り輝いたスマホ画面に表示された「プレイヤーＩＤ」と「プレイヤー名」を改めて見つめる。後でいつでも見返せるように、電源ボタンとホームボタンを同時に押して、スマホ画面をスクリーンショットで撮って保存した。とりあえず今この手の中にあるモノが、プレイ前に運営から注意事項として説明のあった「ゲーム専用のスマートフォン」と考えて間違いないだろう。参加したプレイヤー全員に配られ、「ゲームクリアの条件を満たす」あるいは「ゲームオーバーになる」、そのどちらの場面にも出てくる、ゲーム内の最重要アイテム。

とくに画面下に埋め込まれたコインは奪われても壊されてもいけない。

「それにしても『頼助』じゃなくて『暦斗』か。違和感があるな。ＲＰＧのキャラっぽく『レキト』って認識した方がしっくりくるか？」

俺は――レキトは学ランの胸ポケットにスマートフォンをしまって星印のついたエナメルバッグを引き寄せた。ゲームを始めるにあたって、運営がプレイヤーに用意した支給品ボックス。中に何が入っているのかは、プレイヤーによって異なっている。手榴弾や防弾チョッキなどの武器・防具があればいいが、見た目で判断するかぎり、このゲームで操作するアバターは「普通の男子高校生」。これが現実を再現したゲームなら、高校生のアバターの設定に合わない、軍人の持ち物みたいなアイテムは支給されていないだろう。

だが、プレイヤーが見方を変えれば、日用品でも武器や防具として活用することができる。どんなゲームだろうと、役に立たないアイテムは存在しない。真のゲーマーであれば、どんなアイテムでも使いこなすことができる。

星印のついたエナメルバッグを開けたとき、頭の中にＲＰＧでお馴染みのコマンド画面から「アイテム」を選択する場面が浮かんだ。

▼電子ノート
（学校の授業で板書を写すときに使用？　薄くて軽い端末で角も丸いため、攻撃力・防御力は低い。全教科の授業を教科別に保存できるのは便利だが、戦いには使えそうにない）

▼デジタルペン
（電子ノートに文字を入力するデバイス。持ち手もペン先も丸いため、攻撃力は低い。吸い付くような手触りだが、戦いには使えそうにない）

▼革製のメガネケース
（イギリス産のブランド物。柔らかい素材でできているので、攻撃力は低い。オシャレではあるが、戦いには使えそうにない）

▼アーカイブ社製の英和辞典
（紙質にこだわったのか、分厚いのに軽い。しかし、その軽さゆえに、攻撃力は低い。鈍器としては重さが足りず、盾としては面積が狭い。語学スキルの向上には使えるが、戦いには使えそうにない）
▼ライムミント味のフリスク
（期間限定商品。レア度は高い。眠気覚ましの効果はあるが、戦いには使えそうにない）
▼ワイヤレスイヤホン
（投げやすいボール状の形。ただし、投擲《とうてき》武器としては重さが足りない。気分転換したいときには役立つが、戦いには使えそうにない）
▼ポールスミスの長財布
（現金2万7000円、小銭なし。学生証あり。柔らかい素材なので、攻撃力は低い。お金で道具を購入できるが、戦いには使えそうにはない）

「……くそ、全然使えないじゃないか」
レキトは思わず毒づいて、雨が降っている空を仰ぐ。「せめて折り畳み傘くらい用意しとけよ」

と内心思ったが、目を閉じて気持ちを切り替えることにした。ゲームスタート時に確認しなければいけないことは、まだたくさんある。「ライムミント味のフリスクケース」を手に取って、口の中へ一粒放り込んだ。

どうやらレキトが目覚めた場所は、高層ビルが立ち並ぶオフィス街の一角にある広場らしい。街の中のアバターたちは傘を差して、各々がランダムな行動を取っていた。赤信号の前で貧乏ゆすりをしている男。俯《うつむ》いてスマートフォンをいじりながら歩く男子中学生。黒いパンストが破けているのを気にしているＯＬ――。傘を差さずに濡れているレキトに対しても、「素通りする人」もいれば「蔑むような目を向ける人」や「心配そうな顔をする人」もいて、全員のリアクションが異なっている。

同じ行動を繰り返しているアバターはいない。一人の人間として、それぞれが自由に生きているように見える。

――「不気味の谷」を超えた、というようなレベルではない。

――本物の人間とまるで区別がつかない。

レキトは奥歯でフリスクを噛み砕き、「ライムミント味のフリスクケース」をポケットに突っ込んだ。ゆっくりと立ち上がり、星印のついたエナメルバッグを肩にかけた。そして、雨の中のオフィス街を見回す。背後を振り返ると、現在地はよく知っている場所であることに気づく。

「さて、スタート地点は『東京』。――初心者には不利なステージだな」

渋い赤色のレンガ造りの建造物が、高層ビル群の前に立ちはだかっている。その全長は数百メートルを優に超えており、正面から改めて見ると、西欧諸国にある城壁に似ていた。美しくレトロな佇《たたず》まいは、現代のオフィス街で異彩を放っている。雨で濡れたレンガは深い赤みを帯びており、その重厚感のある存在をより一層主張していた。

開業100年を超えた、日本の表玄関と呼ばれた重要文化財。「帝都《ていと》」という称号が東京に与えられていた時代の象徴となる建造物。

この世界でレキトが目覚めた場所は、『東京駅赤レンガ駅舎前の広場』だった。

──初心者プレイヤーにとって、都会はプレイ環境に適さない。

レキトは人差し指で眼鏡をかけ直す。『Fake Earth』は人口が多い場所ほど、プレイヤーが集まりやすくなるゲーム。賞金10億円を獲得するためにも、戦いの武器となる「ギア」をガチャで入手するためにも、他プレイヤーからコインを奪わなければいけないからだ。もし都会で敵プレイヤーに見つかれば、「逃げる」選択も「戦う」選択も人混みの中から目立ってしまい、新たな敵プレイヤーに見つかる可能性が高いだろう。誰のコインでも同じ1枚である以上、初心者プレイヤーは絶好のカモでしかないはずだ。

レキトは赤色のスマートフォンを手に取る。ホーム画面内にあるアプリを確認して、「カメラ」を起動した。端末の裏側のカメラレンズを向けると、目の前の光景を縮小コピーしたかのように、雨の中の赤レンガ駅舎がスマホ画面に出てくる。すかさずインカメラに切り替え、自分の顔をスマホ画面に映した。

「サブカル系って感じか。思ってたより元の自分に似てるな」

大人びた男子高校生の顔が、スマホ画面に映っていた。濡れた髪はアッシュグレーに染められている。痩せた顔にはワインレッドのスクエア型眼鏡をかけていて、レンズの中の瞳の色は青かった。肌の色は白くも黒くもない。細めの眉毛はアーチの形に整えており、鼻と口も顔の大きさとバランスが取れている。

現実世界の自分と顔立ちが似ているのは、プレイ前のルール説明で他の参加者が偽物であることを見抜いたボーナスなのか。それともアイドルがみんな同じ顔に見えるように、人間の顔のバリエーションは思っているよりも多くなく、操作するアバターが似たような顔になる確率は実は1%くらいあるのか。仮説がいくつか思い浮かんだが、答えを確かめようのないことを考えても時間の無駄なので、ひとまず頭の隅に追いやることにした。

「……さて、アレは使えるかな」

レキトはスクエア型眼鏡を外す。視線を斜め上に向けて、細い雨をじっと見つめた。落下する雨粒は空気抵抗を受けて、自らの形を変えていく。「球体」だった雨粒は下半分が潰れて、「ドーム型」の雨粒に変形していく。一粒一粒の雨粒の中に、ビルの窓が映り込んでいるのが見えた。

眼鏡をかけていたときよりも、目はよく見えている。遠くの雨粒の形まで鮮明に見えるようになったことで、脳内で処理する情報量は多くなり、頭がフル回転しているのを感じた。ゾーン状態に入ったスポーツ選手みたいに、集中力が最大限に高まっているのがわかる。けれども、後頭部が10秒後に疼《うず》き始めて、痛みは徐々に増していき、最後には血管がちぎれそうな激痛に変わった。

レキトは目を閉じる。視界が真っ暗になると、後頭部の痛みは引いていった。鮮明に見えるようになってから頭痛に耐えられなくなるまで、有効持続時間は約60秒。プレイヤーが操作するアバターの「脳」は現実世界と同じだから、この世界でも眼鏡を外せば「目の力」は使えるらしい。最後に「ギア」のシステムを確認しようと思ったとき、急に降っていた雨が激しくなる。BGMの音量を上げたように、雨粒が地面を叩く音が強くなった。まだスタート地点から動きたくなかったが、これ以上雨にひどく濡れて風邪を引くわけにはいかない。外していた眼鏡を装備して、レキトは閉じていた目を開ける。

赤レンガ駅舎前の広場を行き交うアバターたちは各々のペースで歩いていた。誰もが近くにいるアバターを気にかけることはなく、時には肩が触れ合いそうな距離ですれ違っている。全員が傘を差しているせいで、どんな表情をしているのかは見えにくい。彼らの中の一人が傘を手から離して、走ってレキトに襲いかかる――そんな悪い想像が脳裏をよぎる。

――NPCかプレイヤーか、見た目で区別することができない。

――東京駅前の広場を通る人たちが、みんな怪しい人に見える。

レキトは赤色のスマートフォンを握りしめた。頭からつま先までずぶ濡れになっている。額から流れる水滴が、雨粒なのか冷や汗なのか、レキトにはわからなかった。

「どうしたの君？　大丈夫？　もしかして傘がなくて困ってるのかな。――初心者プレイヤーくん」

雨音のBGMが流れている中、後ろから若い女性の声が聞こえた。優しくて安心感を与えるような声色。聞き覚えのない声のはずなのに、どこかで会ったことがあるような親しみを感じる。気品のあるヒールの足音が近づいてくる。

レキトが振り返ると、傘を差したパンツスーツ姿の女性が手を振っていた。華やかな顔立ちで、スレンダーで引き締まった体型。後ろで束ねている髪は艶があり、暗めのブルージュに染めている。彼女のダークカラーのスーツの襟には、運営のアーカイブ社の企業ロゴと同じ「赤い地球のバッジ」を付けていた。

「ねえ、早くこっちにおいでよ。『Fake Earth』は病気も再現してるゲーム。そんなところに突っ立って、状態異常になってもいいの？」

強めの雨が降り続ける中、傘を差したパンツスーツ姿の女性はちょいちょいと手招きする。切れ長の目を細めて笑う顔は、明るくさっぱりした印象を感じさせた。駅前の広場を歩く男性アバターたちは、彼女を横目でちらっと見て通り過ぎていく。華やかな顔立ちとヒールが映える立ち姿に目を惹かれているようだった。

「……あの、すみません。あなたは誰ですか？」

「さて、誰でしょう？　まあ、おおよその見当はついてるよね。ゲームを始めたばかりのプレイヤーに話しかけるキャラクターなんて、お約束みたいなものなんだし」

得意げな顔をした女性は、スーツの襟を彩る赤い地球のロゴバッジをアピールした。そして、手帳型のケース付きのスマートフォンをレキトの前で開く。光っているスマホ画面には、控えめに笑っている彼女の顔写真入りの社員証――このゲームを運営する「アーカイブ社の社員証」の電子データが表示されていた。

「『Fake Earth』の世界にようこそ。私は紫藤《しどう》ライ。この世界のチュートリアルを任された、アーカイブ社の社員よ。ほらほら、とりあえず傘に入って」

雨は弱まる気配はない。レキトは頭を軽く下げて、水色の傘の中に入ることにした。近づきすぎないように傘の下の端で立ち止まると、「もー遠慮しないの」と紫藤に学ランの袖を引っ張られる。紫藤と肩が触れ合う距離まで縮まったとき、湿った空気の中から、柑橘《かんきつ》系の香水の匂いがした。

「はい、これ私からのチュートリアル記念のプレゼント。『状態異常を防ぐアイテム』だから大事に使ってね」

紫藤は弾んだ声で言って、レキトに水玉模様のギフト袋を手渡した。手のひらと同じくらいのサイズのギフト袋。「いい素材を使ったプレミアムアイテムだよ」と紫藤の楽しそうな声を聞きながら、レキトはギフト袋のリボンを解く。水玉模様のギフト袋の中には「ギンガムチェックのハンカチ」が入っていた。

「……ありがとうございます」

レキトはお礼を言って、濡れた髪をプレゼントされたハンカチで拭いた。柔らかい質感は現実世界と変わりない。髪を拭いたハンカチが雨粒を吸水するところも、細かいチェック柄の色が濃くなるところも、完璧に再現されている。試しに指でそこをつまんでみると、綿の繊維に染み込んだ雨水がじわりとにじみ出てきた。

「じゃあ、さっそくチュートリアルやろっか。最初はギアの話でいいかな？　使い方とか知りたいでしょ？」

「えっここでですか？　人目につきますし、場所を変えた方がいいと思うんですけど」

「ああ、それなら大丈夫！　私たち運営は、世界中どこでもチュートリアルできるように、便利なギアを持ってるから。今から使うとこ、よーく見ててね。これが君たちプレイヤーの可能性を広げるギアの力。――№１１６《我らは世界の端役なり《フーズロール》》」

紫藤はスマートフォンのマイクに向かって、呪文みたいな言葉をつぶやく。そして、いたずらっぽい笑みを浮かべて、細長い指で足元を差した。視線を下に向けると、濡れた路面にレキトと紫藤の映る影が、傘の影より明らかに薄くなっている。目の錯覚でもなければ、光の加減の差でもない。傘の下にいる二人の影が透き通っている。

そして、紫藤がギアを起動した後で変わったのは、「レキトたちの影の濃さ」だけではなかった。赤レンガ駅舎前の広場を行き交う人たちの反応。さっきまで誰もが雨で濡れたレキトや紫藤を通りざまにちらっと見ていたのに、今は一人も見向きもせずに歩いていく。近くを通る人たちがレキトと紫藤を避けていくあたり、彼らから存在自体が見えなくなっているわけではない。紫藤を横目で見ると、隣にいる彼女は満足げな顔でレキトを見つめていた。

「どう？　面白いでしょ？　これ、起動してから30分間、ＮＰＣにモブキャラだと思われるギアなんだ」

「……色々と活用できそうなギアですね。ちなみに、ギアはプレイヤーが名前を言えば、それを音声認識で使える仕組みなんですか？」

「おっ察しがいいね。あとはホーム画面でアイコンを叩けば使えるけど、あんまりそうする人はいないかな。戦いながらだと操作ミスがあるし、必殺技っぽく叫んだ方が指を動かすより早いし」

紫藤は手帳型のスマートフォンのロックを解除する。彼女のホーム画面はアプリがぎっしり詰まっていた。各アプリの間隔はわずか5ミリくらいしかない。親指がほんの少しズレるだけで、違ったものを起動してしまうことは目に見えて明らかだった。

「こんな感じで改めてギアの説明するね！　今見てくれたとおり、『ギア』は『超科学を現実化するアプリ』。だいたいのプレイヤーは戦うときに使ってるかな。もちろん包丁や拳銃とかで攻撃してもいいんだけど、最初から使える《対プレイヤー用ナイフ》と《対プレイヤー用レーザー》の方が便利だしね」

「なるほど。たしかに『支給されたスマートフォンは電池切れしないシステム』ですから、刃こぼれや弾切れの心配もしなくていいですもんね」

「そういうこと！　いや～話が早くて助かるよ。君は優秀な脳を持ってそうだし、今日は特別に色んなことを教えてあげようかな」

紫藤は切れ長の目でウィンクした。

「じゃあ説明を続けるね。ギアが実質アプリと同じだから、電波がないところで使えるかどうかなんだけど――」

「実は『使える』ですよね？　この世界はゲームですから、どこでも電波があるようなものですし」

「こらこら、チュートリアルより先に答えを言わない。私の仕事がなくなるでしょ？」

「すみません。……それでちなみになんですが、電波なしで使えるなら、速度制限の心配もいらないですよね？」

「ちょっとちょっと！　勝手に自分で補足もしない！　私の存在意義がなくなるから、ね？」

紫藤はレキトを睨みつけて、念を押すように指差す。有無を言わせないような顔をしていた。あまりの剣幕に気圧されて、レキトは無言でこくりとうなずく。正直こちらの質問にだけ答えてほしかったが、それを言うと怒られそうなので、黙っていることにした。

それから紫藤は身振り手振りを交えて、「使わないギアを整理する方法」や「他プレイヤーのコインの保管方法」などを教えてくれた。先輩が後輩に手本を見せるように、ゲーム専用のスマートフォンの操作方法を実演していく。

昔からゲームのチュートリアルが苦手だった。長い時間をとられるし、言われなくてもわかっていることを聞かなければいけない。「プレイヤーが感覚的にシステムを理解できるように、制作者はゲームデザインしてほしい」と思ったことは何度もある。

けれども、隣で一生懸命説明している紫藤のチュートリアルは、聞いていて不思議と心地良かった。

「じゃあ、最後に、ゲーム開始から使えるギアの1つ、《対プレイヤー用ナイフ》を使ってみよっか。実はこのギアは初心者がより簡単に使えるように、『ホームボタンの長押し』で起動できるんだよ。あとナイフを起動した後にも長押ししつづけたら、刀身を長くすることができるし、切れ味もコンクリートブロックを斬れるくらい鋭くなるから覚えててね」

「ということは、もう1つの《対プレイヤー用レーザー》にもショートカット機能があるってことですか？」

「うん、同じくホームボタンの長押しだよ。両方使えるお試し期間中は消音モードをオンにしたら、《対プレイヤー用レーザー》に切り替わる仕組みだけど、プレイ時間が12時間経ったら片方しか使えなくなるから、『ナイフ』と『レーザー』のどっちにするのかは考えてといてね。……とりあえず私に持ってるスマホを貸してもらっていいかな？　ショートカット機能が使えるように、スマホの設定を変えるからさ」

相合傘の中、紫藤は微笑んで、手帳型のスマートフォンを軽くスイングする。女子大生がテニスラケットを遊びで素振りする姿によく似ていた。色白の手首に香水をつけているのか、柑橘系の匂いが鼻をふわりとくすぐる。

「そうですね。これからプレイヤーと戦うときに、《対プレイヤー用ナイフ》や《対プレイヤー用レーザー》をすぐ起動できなかったら、戦いは不利になりますからね。ぜひお願いしたいと思います。――ただ、その前に質問を1つだけいいですか？」

「なーに、改まった言い方をしちゃって。プレイヤーは何でもチュートリアルに質問していいのよ。私は、君にこの世界の仕組みを理解してもらうために存在してるんだから」

水色の傘を差す紫藤は、切れ長の目を細めた。透き通った笑顔は眩《まぶ》しい。歯並びもきれいに整っていた。暗めのブルージュの髪に、細身のダークカラーのスーツも、華奢《きゃしゃ》な体に似合っている。

もしも恋愛シミュレーションゲームに登場していたら、魅力のあるキャラクターとして、かなり人気が出ていただろう。SNSで話題となり、たくさんのファンアートが投稿されて、多くのプレイヤーから愛されていたに違いない。

「紫藤さん、あなたはプレイヤーですよね？」

声のトーンを落として、レキトは質問した。冷えた指先に息を吹きかけて、握っては開いて手を温める。

突然フリーズしたゲームのように、雨の音がザーッと響いていた。

2話　誰もが主人公として

無数の雨粒が垂直に落下していた。地面に勢いよく叩きつけられる雨の音は、ありとあらゆる音をかき消していた。出張帰りらしきサラリーマンがスーツケースを引く音も、濡れた道路を走るタクシーの音も、青信号の誘導音も、何もかも。

紫藤はきょとんとした顔をした後、口元に手を当てて笑いはじめた。

「ふふっ、急に変なこと言わないでよ。私がプレイヤーだなんて。色々と親切に教えてあげたのに、そんなわけないでしょ？」

「じゃあ、俺の名前を言ってもらっていいですか？　チュートリアルの最中、あなたが一度も呼んでない名前を。本当に運営なら、担当するプレイヤーの名前は当然知ってますよね？」

「……もちろん。知ってるに決まってるじゃない。君の名前は『神崎ヨシフミ』でしょ？」

「全然違います。遊津暦斗《あそづれきと》です。……勘で当たる確率は低いのに、よく当てる気になりましたね」

ルール2

<クリア報酬について>

①ゲームマスターを見つけ出して倒せば、
プレイヤーは「脱出」に成功したと見なされ、
クリア報酬として「ブラックカード」が手に入る。

②他プレイヤーのコインを7枚集めて、
自分のスマートフォンよりプレイヤーIDをダイアルすれば、
プレイヤーは「脱出」に成功したと見なされ、
クリア報酬として賞金10億円が手に入る。

水色の傘の下、レキトたちの頭上で、雨粒の弾かれる音が響きわたっていた。濡れた路面が冷たくなったせいか、気温が少しずつ低くなっているのを感じる。

紫藤はため息をつき、スーツの襟に付けていた「赤い地球」のロゴバッジを外した。

「あ〜あ、チュートリアルの演技、けっこう練習したんだけどな〜。せっかくそれっぽいギアも持ってたのに。やっぱり君は察しがいいね、レキトくん」

赤い地球のロゴバッジを放り捨てたとき、紫藤の顔から笑みが消えた。切れ長の目は据《す》わっていた。喉元に刃物を突き付けられるような殺気。華奢な手は手帳型のスマートフォンを握っている。

「……すみません、紫藤さん。1つだけ質問してもいいですか？」

「えっ、自分でチュートリアルを終わらせといて、まだ質問するの？　これから戦う相手に何を訊くつもり？」

「あなたがチュートリアルしてくれた理由です。正直言って、俺のコインを奪いたいなら、演技で騙すより、《対プレイヤー用ナイフ》で刺し殺したほうが早かったですよね？」

レキトは紫藤と出会ったときのことを思い出す。NPCかプレイヤーかを見分けられない通行人たちに戸惑い、雨の中で傘も差さずに動けなかったゲームスタート直後。後ろからナイフで襲いかかれば、レキトの不意を突くことはできたはずだった。

なぜ親切なチュートリアルを装って、標的であるレキトにギアの使い方などを教えてくれたのか？

紫藤の正体はすぐ見抜くことができても、彼女がチュートリアルを演じていた理由はわからなかった。

「なんだ、そういうことか。大した理由じゃないよ。戦わずにコインを奪えたらいいなって思っただけ。別に無理ってわけじゃないんだけど、普通に血とかあんまり見たくないでしょ？」

紫藤は軽い口調で答えて、スマートフォンの角でこめかみをトントンと叩いた。レキトの質問に答えるときの態度は、チュートリアルの演技をしていた頃と変わらなかった。

絶えず降り続ける雨音のＢＧＭを聞きながら、レキトはズボンのポケットの中で「ギンガムチェックのハンカチ」の冷たさを感じる。チュートリアルが始まるとき、紫藤らもらったプレゼント。これで髪や首についた水滴を拭ったおかげか、雨に濡れていたときの寒気を感じなかった。

——じゃあ、最後に、ゲーム開始から使えるギアの１つ、《対プレイヤー用ナイフ》を使ってみよっか。

——実はこのギアは初心者がより簡単に使えるように、『ホームボタンの長押し』で起動できるんだよ。

紫藤のチュートリアルは偽物《フェイク》だ。その正体はプレイヤーで、レキトのコインを奪うことを目的としている。レキトにとって、「敵」であることは間違いない。

しかし、プレイ前に詳細は明かされなかった『ギア』について、紫藤は簡潔にわかりやすく説明してくれた。身振り手振りを交えたり、実際にスマートフォンの画面を見せたりして、初心者でも理解できるように説明の仕方を工夫していた。

そして、紫藤はギアを説明するとき、嘘をついたようには見えなかった。おそらく彼女はレキトにチュートリアルだと信じ込ませるために、実際のギアの設定を偽りなく教えてくれたのだろう。

もし偽物のチュートリアルであったとしても、プレイヤーに説明したことが正しいのなら、その人は本物のチュートリアルと変わらないのではないだろうか？

何をもって「フェイク」と判断し、何をもって「本物」と判断するのか。

頭の中で浮かんだ疑問に、レキトは答えを出すことができなかった。

「ねえレキトくん、私のこと勘違いしてたでしょ？　私がチュートリアルをしたのは、『ゲームを始めたばかりの君を狙うことに罪悪感があったから』とかさ。だから、私の正体を見破っても、君は演技中の私を攻撃できなかった。人生を賭けたゲームなのに、戦う相手に甘さを捨てることができなかった」

紫藤はくすっと笑う。傘を持つ彼女の手は笑ったときの振動で震えて、水色の傘に貼りついていた雨粒がパラパラと落ちた。雨水が数ミリほど溜まった地面に、一斉に落ちた雨粒の描いた波紋が重なり合う。重なり合った波紋は一瞬で消える。

「……何を勘違いしてるんですか？　俺が先に仕掛けなかったのは、あなたと対等な条件で戦うためです。良心が痛んだとか、そんな理由じゃありませんよ」

「はあ、素晴らしいフェアプレイ精神ね。君がチュートリアル中に不意打ちしてれば、私を倒せたかもしれないのに」

「ええ、楽に倒せたでしょう。けど、あなたにそれで勝ったところで、プレイヤーとしては何も成長しません。明日生き残るためにも、このゲームを終わらせるためにも、俺は強くならなければいけないんです」

『Fake Earth』に参加している20万人以上のプレイヤーたち。彼らの中には大所帯のギルドの頂点に立つ者もいれば、一人で何年もプレイしつづけている猛者もいるだろう。

そして、この世界の管理者である「ゲームマスター」。全プレイヤーが倒せていないラスボスは、並大抵の強さでは絶対に勝てないはずだ。

「だから、俺は演技中のあなたを攻撃しませんでした。今ここで『戦いの経験値』を稼ぐために。万全の状態のあなたを倒してこそ勝つ意味があるんですよ、紫藤さん」

レキトは学ランの胸ポケットからスマートフォンを取りだす。真っ赤なケースの付いたスマートフォンは、アバターの手によく馴染んだ。

雨の勢いが増していく。地面を叩く雨粒の音がうるさくなる。

紫藤は片方の眉を上げて、挑戦的な眼差しを向けていた。

「ふーん、私に勝つ気でいるんだ。この世界に来たばかりの初心者のくせに、ちょっと生意気じゃない」

「格上の相手であることは十分にわかってますよ。ただ、勝てる可能性はそんなに低くないとも思っています」

「へぇ、どうして？」

「本当に実力のあるプレイヤーなら、初心者狩りなんてしないからですよ。初心者は倒したところでコイン1枚。強いプレイヤーを倒せば、その人が集めてたコインをまとめてもらえるんですから、どちらが得かは明白です。――あなたが初心者のコインを狙うのは、初心者以外のプレイヤーに勝てないからでしょう？」

レキトは微笑み、星印のついたエナメルバッグを肩から下ろす。紫藤も口元に笑みを浮かべて、ハイヒールの踵《かかと》をコツンと鳴らした。

東京駅の前、水色の傘の下。

レキトと紫藤はお互いの目を見つめる。

半径1メートルにも満たない空間。どちらの攻撃も確実に当たる間合い。

激しく火花が散っているように、雨粒が傘を叩く音がバチバチと響いている。

紫藤が傘を真上へ軽やかに投げた瞬間、素早く浮かせた右足をレキトの足に向かって踏み下ろした。尖った踵がVANSのスニーカーへ一気に迫る。レキトは全速力で後ろに跳んで、紫藤のハイヒールを間一髪で避けた。尖った踵は水たまりに衝突して、勢いよく水しぶきが飛び散る。

視線と視線がぶつかり合った。

紫藤は片手を上げて、宙に投げた傘をキャッチした。雨を浴びているレキトは、肩にかけていたエナメルバッグを下ろす。

――目の前の女性型アバターは「紫藤ライ」。

――この世界で最初にエンカウントしたプレイヤーだ。

負ければ人生が終わる戦いに、レキトは心臓の鼓動が速くなるのを感じた。緊張なのか、それとも高揚感なのかはわからない。

戦闘BGMともいえる雨音が激しくなっていく中、「RPGのコマンド画面」が頭の中で表示される。

▼たたかう
▼にげる
▼ぼうぎょ
▼どうぐ

レキトは「たたかう」を選び、紫藤に向かってエナメルバッグを振り上げる。紫藤が距離を取ろうとした瞬間、エナメルバッグを水たまりに衝突させて、底から雨水を掬《すく》いあげた。

物理攻撃と見せかけた、地形利用攻撃《ギミック》。

後ろに下がった紫藤めがけて、掬い上げた雨水を飛ばす。

――初心者と経験者の一番の差は、「ギア」を使いこなせるかどうか。

――「ギア」さえ起動させなければ、戦いの経験の差は大きく埋められる。

前のめりの体勢になって、レキトは紫藤のスマートフォンを奪いに走った。アバターが加速するにつれて、地面を蹴る力が大きくなる。一歩一歩先に進むたび、濡れた地面の水しぶきはより高く跳ね上がっていく。

だが、紫藤は水色の傘を前に向けて、レキトが掬い上げて飛ばした雨水から身を守った。そして、華奢な手で押し出すようにして、開いたままの傘をレキトのほうへ投げた。

真正面から飛んできた傘が、レキトの視界を遮《さえぎ》る。対戦相手の姿が見えない。レキトは左足を蹴り上げて、水色の傘を視界の外へ弾き飛ばす。

傘を蹴飛ばしてから、視界が開けるまで――タイムラグはほんの1秒。

紫藤はスマートフォンを構えて、親指でホームボタンを長押ししていた。

「やるじゃん、レキトくん。初心者なのに、ちゃんと動けててビックリしたよ。まあ、でも驚くことでもないか。このゲームに入ってくるのは、運営に才能や実績を認められたプレイヤーだけだもんね」

紫藤の目が優しくなったとき、手帳型ケース付きのスマートフォンの端末上部が光った。淡く光り始めた端末上部の真ん中には、イヤホンジャックのような穴が開いていた。戦闘BGMの雨音に混じって、放電するような音が微かに聞こえてくる。端末上部のイヤホンジャックの光は明るくなっていく。

「でもね、わかってる？『Fake Earth』に参加してるプレイヤーはみんな選ばれてるってことは、君と同じように、私にもアーカイブ社に認められたものがあるってこと。このゲームの主人公は、君だけじゃないんだよ」

輝いていたイヤホンジャックから、バイオレット色の光線が飛びだす。放たれた光線は波状に揺れて、美しい螺旋《らせん》の形を描いていった。螺旋状の光線は収束していき、光の刃を形づくる。

切れ長の目を細めた紫藤は、バイオレット色の光の刃を振った。

透き通っていた雨粒は地面に衝突する前、バイオレット色の光に染められる。雨雲の影が落ちた暗い広場で、紫藤に降りそそぐ雨粒はキラキラと光った。暗めのブルージュの髪はしっとりと濡れている。濡れた髪を光り輝く雨粒が艶《つや》やかに照らす。

光の雨の中心にいる紫藤は、舞台でスポットライトを浴びた女優のように美しかった。

――スマートフォンの電力を刃に変えるギア、《対プレイヤー用ナイフ》！

――近づいて戦うのは確実にヤバい！

レキトは紫藤にエナメルバッグを放り投げた。《対プレイヤー用ナイフ》を使うことはできるが、紫藤と同じ武器で戦うには熟練度に差がある。リーチの長さで有利を取るために、制服のズボンに通していた「ベルト」を引っ張りだした。片手でバッグを払った紫藤の顔を狙って、ベルトの留め金が当たるように振り抜く。

「――遅いよ」

だが、紫藤は体勢を低くして、レキトが鞭《むち》のように振ったベルトの下へ潜り込んだ。ハイヒールを履いているとは思えないフットワーク。すかさず紫藤はベルトを引っ張り、レキトを前へグイッと引き寄せた。切れ長の目は、レキトの目を凝視しつづけている。濡れた地面に映るバイオレット色の光が急接近する。

そして、紫藤は力強く踏み込んで、対プレイヤー用ナイフを振り抜いた。体勢を崩されたレキトの目の前で、バイオレット色の光が駆け抜けた。真っ二つに切断された学ランの襟のホック。焼けるような痛みとともに、レキトの首の皮膚が裂ける。

傷口から飛び散った血が雨粒と同時に落ちたとき、濁った色の波紋が音もなく広がった。

雨の勢いはさらに激しくなっていく。濡れた地面に降りそそぐ雨粒が、大小さまざまな波紋を描いていた。雨粒が落ちるたび、首から飛び散った血は水たまりの中で薄まっていく。

紫藤はため息をついて、右足の踵の折れたハイヒールを見下ろした。

「はあ、踏み込みに耐えきれなかったか。可愛いデザインだったし、けっこう気に入ってたのに……」

濡れた地面を後ろ向きに滑りながら、レキトは紫藤から数メートル距離を取った。赤色のスマートフォンのインカメラを起動して、アバターの首の傷の状態を確かめると、爪で引っ掻いたような切り傷がスマホ画面に映った。紫藤のハイヒールの踵が折れたおかげで、対プレイヤー用ナイフの切っ先がかすっただけで済んだらしい。

「……『ゲームで怪我をすれば、痛みを感じる信号が脳から送られる』、か」

レキトは首の傷に触れて、自分の手を見る。親指に「シアン色の血」がついていた。現実世界とゲームの区別をつけるための措置として、アバターの血の色は「シアン色」に変更してあることを思い出す。淡い水色の血はくすんだ赤色の生々しさがなく、絵の具かインクにしか見えない。

しかし、数ミリの首の傷は焼けるように痛かった。HPが1ポイント減ったくらいのダメージなのに、痛みはクリティカルヒットを食らったような体感がある。

日常生活で意識できなかっただけで、人間の体は思ったよりも脆い。頭や首や心臓はもちろんのこと、全身を覆う皮膚ですら攻撃を受ければ、致命傷になりうる。

『Fake Earth』はＲＰＧ感覚でプレイしてはいけないゲームだ。

「なに休んでるの？　それで距離を取ったつもり？」

紫藤は左足のハイヒールを地面に蹴りつけて、右足のハイヒールと同じように踵を折った。そして、左右の折れた踵をつま先に当てて、二度続けて蹴り飛ばした。尖った踵は手裏剣のように回転しながら、レキトに勢いよく向かってくる。

――近距離攻撃のナイフではない！

――中距離攻撃の飛び道具！

意表を突かれたレキトは反応が遅れて、またも避けるモーションに移れない。咄嗟の判断で、両手でスマートフォンを横向きに持ち、一か八か盾の代わりとして構えた。手裏剣のように飛んできた左側の踵から身を守る。

だが、盾として使うには小さく、防ぎきれなかった右側の踵が耳にヒットする。

「……ッ！」

痛みがブワッと耳に広がった瞬間、紫藤はレキトとの間合いを詰めていた。ハイヒールという枷《かせ》が外れて、爆発的に速くなったスピード。流れ星が駆け抜けるような速さで、眉間にバイオレット色の光の刃が迫った。慌ててレキトは上半身をひねって、紫藤が突き出したナイフを危うく回避する。

しかし、勢い余ってバランスを崩して、レキトは濡れた道路に背中をぶつけた。派手に水飛沫が上がると同時に、眩しいバイオレット色の光が頭上に見える。レキトは全速力で飛び起きて、紫藤が振り下ろしたナイフをかわした。

戦いが始まって気づいたが、このアバターを思い通りに操作できていない。現実世界の体より筋肉がついているせいか、いつもより数センチほど動きすぎている。「身体感覚」と「身体能力」が一致していない。格闘ゲームに喩《たと》えるなら、使い慣れていないキャラクターで戦っている気分だ。

そして、紫藤はプレイヤーとして純粋に強い。現実世界で「武術の達人」あるいは「プロのスポーツ選手」だったのか、一つ一つの動作が素早く洗練されている。特に膝を抜くようなフットワークで、間合いを詰めるのが異常なまでに速い。

紫藤は舞い踊るようにして、対プレイヤー用ナイフを振り回した。連続で、連続で、連続で斬りかかってくる。

雨音がザーッと鳴っていた。プレイ中にバグが起きたゲーム機から聞こえてくる、ホワイトノイズを彷彿《ほうふつ》とさせる音。水中から浮かび上がったように、赤レンガ駅舎前の広場は水浸しになっている。

雨粒の描く波紋はシアン色に染まっていた。淡い水色の波紋は少しずつ色濃くなっている。

レキトは息を切らせながら、皮膚がえぐれた肩を手で押さえた。血のざらついた感触が手のひらに伝わる。学ランは切り傷だらけになっている。

額から流れる滴は、冷や汗なのか、雨粒なのか、それとも血なのか、頭がぼんやりして考える力はなかった。

「ねえ、レキトくん。そろそろ勝負は終わりにして、私にスマートフォンごとコインを渡してくれない？　どうせゲームオーバーになるなら、痛い思いはしないほうがいいでしょう？」

紫藤はレキトに手を差しだして、にっこりと笑みを浮かべる。反対の手は、対プレイヤー用ナイフをつかんだままだった。

雨の中の赤レンガ駅舎前の広場を行き来する人たちは、レキトたちが見えていないかのように素通りしていく。№116《我らは世界の端役なり《フーズロール》》、NPCにプレイヤーが30分間注目されなくなるギア。きっと紫藤がチュートリアルの始めに使ったのは、レキトと戦っても騒ぎにならないように、布石を打っていたのだろう。

「……何を……勘違いしてるんですか？　……どこまで攻撃を食らってもいいのか……アバターの体力を調べてただけですよ。……ここまで……計算通りに進んでるのに……コインを渡すわけが……ないでしょう」

「……そっか。まあ、そうだよね。みんな事情があって、ここに来てるもんね。死ぬまで諦めるわけないいか」

紫藤は笑みを消して、対プレイヤー用ナイフを構えた。親指でホームボタンを長押しして、バイオレット色の光の刃を長剣くらいのリーチまで伸ばす。

雨粒が地面に降りそそいでいた。辺り一面で波紋が広がっては消えていく。濡れた地面の模様は絶えず変化している。

そして、紫藤の足元の波紋がわずかに大きく広がった。

目の前の路面の雨粒で描かれた波紋が切り裂かれる。急加速した紫藤は水飛沫を上げて、レキトとの距離を一気に詰めてきた。瞬間移動したのかと錯覚するほどのスピード。湿った空気の中から、柑橘系の香水の匂いが漂い、バイオレット色の光の刃が襲いかかってくる。

レキトは上半身を反らして、紫藤のナイフをすれすれで避けた。桜の花が彫《ほ》られたボタンが、学ランの留め具からちぎれた。雨に逆らうようにして、宙にボタンが舞い上がる。レキトの目線の高さを超えたとき、落ちてきた雨粒がボタンにピシャリと当たる。

ＱＴＥのボタン入力画面が、脳内にカットインした。

レキトは両手でデコピンの構えを取り、親指から中指を離した勢いでボタンを弾き飛ばす。

「うん、わかるよ。目の前にアイテムがあったら、思わず使いたくなっちゃうよね」

だが、紫藤はレキトが弾き飛ばしたボタンをナイフで切り裂いた。続けざまにバイオレット色の光の刃を振って、急いで顔を逸らしたレキトの頬に一文字の傷をつける。斬られた痛みを感じる間もなく、紫藤は華麗なターンで向きを変えて、レキトが避けた方向にナイフをもう一度振り切った。

飛び散るシアン色の血、皮膚がえぐれた肩の傷がさらに深くなる。

激痛が体中を駆け巡る中、レキトは後ろに飛び退いて、紫藤のナイフの追撃をかわした。必死に体勢を低くしたり、斜めに跳んだりして、紫藤の連続斬りを避けつづける。

雨に濡れた学ランが重たくなってきた。落ちてくる雨粒が傷口に染みる。状態異常の毒のダメージを受けているように、体力が徐々に低下していくのを感じる。

意識がだんだんと朦朧《もうろう》としていき、激しい雨の音は次第に聞こえなくなってきた。

「……ああ……くそ。……こんなふうに……凛子は一人で戦ってたのか」

レキトは自分の胸ぐらを握りしめる。傷だらけになっても戦おうとする凛子の後ろ姿が、脳裏に思い浮かんだ。誰に対してかわからない怒りが込み上げてくる。痛みなんてどうでもよくなり、全身に力がみなぎってくる。

紫藤は『Fake Earth』の世界で生き残ってきたプレイヤーだ。素早いフットワークで間合いを詰めるのが上手く、ナイフを使った接近戦に長けている。

チュートリアルのふりをしなくても、真っ向勝負でコインを奪うことのできる実力者。

プレイ開始直後の初心者が戦って、勝てるレベルの相手ではない。

「――学習しろ」

けれども、戦いを諦めてゲームオーバーになるわけにはいかない。この世界から凛子を救うまで負けるわけにいかない。一緒にゲームセンターで遊んだ日常を取り戻すために。たとえ相手が経験を積んだプレイヤーだろうと、驚異的なスピードを持っていようと、大事なコインを奪われるわけにはいかない。

「――学習しろ、学習しろ」

プレイヤー『紫藤ライ』を攻略する。

この瞬間、無限に分岐する未来の中から、「勝利」のルートを見つけだす。

「――学習しろ、学習しろ、学習しろ！」

だから、頭脳をフル稼働させて、目の前の状況を整理しろ。対戦相手の思考を分析して、未来の行動を予測しろ。全力を出し切って、限界を超えて、最善を尽くせ。

絶対に攻略できないゲームがないように、絶対に勝てないプレイヤーもいない。

視野を広げて、見方を変えて、攻略法を見つけるんだ！

――ねえ、ゲームの対戦で一番楽しいことって何か知ってる？

——それはね、『対戦相手の想像を超えること』だよ。

凛子の言葉が脳裏に蘇った。今は隣にいなくても、遠くに離れていても、彼女とゲームを通して得たものは心に刻まれている。

頭の中で分岐していた未来は消え去って、新しく解放されたルートが光り輝いた。

「プレイヤー『紫藤ライ』、学習完了」

レキトは目を見開き、スクエア型眼鏡を投げ捨てた。

そして、アバターの重心を前に移して、紫藤のナイフの間合いへ飛び込んだ。

視線と視線がぶつかり合う。紫藤は半身に構えて、対プレイヤー用ナイフの切っ先をレキトに向けた。レキトは片手をポケットに突っ込み、「ギンガムチェックのハンカチ」を取りだす。

「私のあげたプレゼント？　使ってくれるのは嬉しいけど、そんな物で動揺すると思ってるの？」

紫藤はレキトが間合いに入った瞬間、光り輝くナイフで連続突きを放った。激しい雨が降りそそぐ戦いの最中、凄まじい速度の連続突きが炸裂《さくれつ》する音とともに、彼女の目の前の雨粒が粉々に砕け散った。わずか1秒の間、半径1メートル以内の距離。横殴りの雨のように、絶え間なく光の刃が襲いかかってくる。

だが、レキトは瞬く間に繰り出されたナイフの軌道をすべて見切った。バイオレット色の光の刃が当たる直前、数センチだけ動いて、紙一重の差で避けきった。粉々に砕け散った雨粒たちの中に、色んな角度からレキトと紫藤が映っているのが見える。

後頭部がズキズキと痛み出して、両目が充血していくのを感じる。

「えっ？　なんで⁉　全然当たらない⁉」

「眼鏡を外したんですよ。目に映るすべてを鮮明に見すぎる脳疾患、『視覚野過敏症候群』を抑えるためのリミッターを。あなたはもう二度と俺に攻撃を当てることはできません」

レキトは無理やり笑みを浮かべて、「ギンガムチェックのハンカチ」を握りしめる。絞《しぼ》った繊維《せんい》から雨水を出し切って、固く丸めたハンカチを紫藤の顔にめがけて思いきり投げた。至近距離からの投擲。今の自分の選択肢にある「最速の攻撃」を放つ。

しかし、紫藤は対プレイヤー用ナイフを振り抜いた。それが最速かと嘲笑うかのように、バイオレット色の光が一瞬で弧を描く。投げたボール状のハンカチは縦に切り裂かれた。

「それで勝った気？　その目の力、最初から使わなかったってことは、長く持たないいんでしょ？じゃあ君が目を閉じるまで、じっくり楽しませてもらうよ、レキトくん」

「いいえ、勝負は終わりですよ。あなたはハンカチを斬ってしまいましたからね。この攻撃は『フェイク』です。俺、得意なんですよ。『嘘』をつくのは」

斬られたハンカチが丸めた状態から広がった瞬間――。

包んでいた「ライムミント味のフリスクケース」から、大量の粒が爆発するように飛び散った。解き放たれたフリスクの数粒が、紫藤の目へ飛び込んでいく。紫藤は目を反射的に閉じて、その上にナイフを持ってない腕を覆いかぶせる。

1秒にも満たない時の狭間。わずかな瞬間、紫藤のナイフを振る手が止まった。彼女のスマートフォンは、華奢な手の中から半分以上はみ出ている。

——このゲームのスマートフォンは、プレイヤーと一心同体。

——スマートフォンの電源を切られれば、プレイヤーの心臓は止まるシステム。

レキトは前に飛び出して、紫藤のスマートフォンに手を伸ばす。切り傷だらけのアバターを無理やり動かしたせいか、伸ばした腕と肩の傷口からシアン色の血が溢《あふ》れた。後頭部の痛みはガンガンと響いている。落ちていく雨粒に映るレキトの目は、痛々しいほどに充血している。

指先から力が抜けそうになった瞬間、凛子とゲームセンターで出会ったときの記憶が溢れかえった。明るくていたずらっぽい笑顔、120％の力を出し切った対戦、引っ張られた腕に伝わる体温。一緒にゲームセンターで遊んだ日々の思い出が頭の中を駆け巡る。凛子がいなくなってから、何のゲームをやっても楽しくなかった日常を思い出す。

レキトは歯を食いしばって、必死に激痛を堪えた。指先が1ミリでも早く近づくように、伸ばした手を限界まで開く。

そして、中指の爪先が手帳型のスマホケースに引っかかった。


——ビウィ！　ビウィ！　ビウィン!!

——ビウィ！　ビウィ！　ビウィン!!


激しく降りつづける雨の中、突然、大音量の警報音が鳴った。発信源のレキトと紫藤のスマートフォンは共鳴するように振動した。「地震」や「台風」の注意喚起をするときとは異なる、現実世界では聞いたことのない音。咄嗟に握った手から飛び出しそうなくらい、赤色のスマートフォンは強く震えている。

　嫌な予感がしたレキトは後ろへ飛び退いた。濡れた地面に着地したとき、後頭部にアイスピックをハンマーで打ちつけたような痛みが走った。目の力のタイムリミットを超えてしまったらしい。左目を手で覆い隠し、瞬きする右目で紫藤の顔を睨みつける。

　紫藤はスマホ画面を見ると、しかめ面で《対プレイヤー用ナイフ》を解除した。光り輝いていたナイフがイヤホンジャックから消えた。宙にバイオレット色の光の残滓が漂う。紫藤は近くのタクシー乗り場に走って、後部座席の窓をノックして運転手にドアを開けさせた。

「一時休戦よ、レキトくん！　私とタクシーに乗って！　早く‼」

「ちょっと待ってください！　そんな急に言われても、どういうことか説明してもらわないと！」

「いいから早く！　説明は後！　今は急いで‼　これが何なのかわかるでしょ！」

　紫藤は叫んで、必死の形相でレキトを手招きする。切れ長の目がコンマ1秒を争う状況であることを訴えかけていた。レキトは眼鏡とエナメルバッグを拾って、紫藤のいるタクシーへ全速力で走って乗り込む。傷だらけのアバターなので乗車拒否される心配をしたが、NPCに30分間モブキャラだと思われるギアの効果のおかげか、運転手には「客が二人乗った」以上の興味を持たれないらしい。「とりあえず出して！」と紫藤が叫ぶと、NPCの運転手はうなずいて、タクシーを発車させた。

　東京駅赤レンガ駅舎前の広場から離れる中、レキトは警報音が鳴りつづけるスマートフォンの画面を見る。赤色のスマートフォンのロック画面には、東京駅付近の地図が表示されて画面上部には

「東京エリア：プレイヤー数2008人」とバナーが表示されていた。複数のコインのマークが東京駅付近の地図に点在していて、スマホ画面上で少しずつ動いている。それぞれのコインには知らない人の名前が記されていた。

——これがおそらくプレイ前の質疑応答で説明された「バトルアラート」。

——運営がプレイヤーのスマートフォンに警報音を鳴らす5分間、近くにいるプレイヤーの現在位置がロック画面に表示されるようになるシステム。

たったいまレキトと紫藤がいる地点にも、「遊津暦斗」と「紫藤ライ」の名前が記されていたコインが2枚表示されていた。


謎のノイズがどこからか聞こえてくる。

運転中の暖房機器のファンの音によく似た音だった。

後ろから吹いた風がタクシーを追い越した瞬間、空調のついていない車内がもわっと暑くなった。

雨で空気は湿っているはずなのに、アバターの頬が乾燥するのを感じる。

違和感——大音量のスマホの警報音が鳴っている中、「別の音が聞こえる」異常性に気づく。

レキトは後ろを振り返った。目に入ってきたものに思わず息を呑む。

真っ赤な炎が数百メートル離れた高層ビルに広がっていた。壊れた壁らしき破片が宙を回転しており、割れた窓ガラスとともに地上に向かって落ちている。目の前の光景に圧倒されていると、炎上中のフロアより下のフロアが激しく輝いた。地鳴りのような爆破音と同時に炎が膨《ふく》れ上がる。

新たに爆破されたフロアは、テトリスで横一直線に揃ったときのように、端から端まで消し飛んだ。凄まじい勢いの風が駆け抜けて、一方通行の標識は反対方向を指すように裏返った。走っているタクシーの窓もガタガタと揺れる。爆風で雨雲が吹き飛ばされたのか、ゲーム開始時から降っていた雨が弱まり始める。

雨音が静かになってきた分、車内に響くスマートフォンの警報音が耳についた。

3話　最悪の雨

爆破されたビルのフロアから煙が上下に広がっていく。瘴気《しょうき》のような煙は雨雲に重なるだけではなく、地上にも覆いかぶさり始めていた。真っ赤な炎は弱まった雨風では消えそうにない勢いで燃え上がっている。揺らめく火先は上のフロアを少しずつ侵食していた。

東京駅から離れるタクシーに揺られながら、レキトは警報音が鳴り響くスマートフォンを見つめる。ロック画面に映し出された地図上のレキトと紫藤のコインは、タクシーが走行した距離に合わせて移動していた。親指をロック画面に当てて地図をスライドすると、爆破されたビルの位置には2枚のコイン。そのうち1枚には亀裂《きれつ》が入っている。

次の瞬間、3度目の爆発音が響き渡った。大勢の人たちが悲鳴をあげる声が聞こえた。亀裂の入っていたコインが粉々に砕ける。画面の地図からコインの破片は少しずつ砂になって消えていく。爆破されたビル内に残ったコインに、上から降ってきたコインが1枚積み重なった。

——たった1枚のコインを奪うために、高層ビルを爆破するプレイヤーがいる。

——そんな桁違いの破壊力を持つプレイヤーに、自分の居場所がスマホで晒《さら》されている。

レキトはスクエア型眼鏡をかけ直す。ロック画面に映し出された地図には、8枚のコインがレキトと紫藤の周辺に散らばっていた。残り七人のプレイヤーがどれくらい強いのかはわからない。

バトルアラートが鳴り止むまでの5分間。普段ならあっという間に過ぎる時間なのに、今はとてつもなく長く感じられた。

「……紫藤さん、今までよく生き残れましたね。たしかバトルアラートって週に1回くらい鳴るんですよね？」

「まあ近くにいるプレイヤーの居場所がわかったからって、どれくらい強いのかはわからないからね。みんなゲームオーバーにはなりたくないし、必ず戦いになるってわけじゃないんだよ。それに街中で戦いが長引いたら、『警察』は普通に捕まえに来るし」

「なるほど。クライムアクションゲームみたいな感じですか。返り討ちにしても指名手配されそうですし、あまり敵に回したくないですね」

「そういうこと。でも、警察を気にしないプレイヤーは結構いるから油断しないで。とりあえず二人でいれば狙われにくくなるから、ちょっとの間仲良くしようね、レキトくん」

紫藤はウィンクして、「《リカバリーQ》」とスマートフォンに呼びかけるようにつぶやく。そして、手帳ケース付きのスマートフォンをレキトに向けると、端末上部のイヤホンジャックから真っ白な光線が放たれた。秒速5センチくらいのスローペースで、放たれた光線はじわじわ近づいてくる。レキトは無言で避けようとしたが、紫藤の真剣な眼差しに気づき、妖しげに近づいてくる光線を受けることを決める。

謎の光線がレキトの左肩に当たった瞬間、紫藤にナイフで斬られた傷口が光って塞がり始めた。右腕や腹の傷も光り輝いて、皮膚が再生していく。真っ白な光線を浴びる左肩の傷の治りが一番早く、逆に左肩から離れている部位ほど治りは遅いらしい。

レーザー治療を彷彿とさせる、アバターの傷を回復させるギア。

斬られた傷が消えた肩に触れてみると、今までの痛みが嘘だったかのように消えていた。

「よし。じゃあ、チュートリアルの続きをやろっか、レキトくん。今すぐ使い方を教えるから、《対プレイヤー用レーザー》を起動してもらってもいい？」

「その必要はありませんよ、紫藤さん。《対プレイヤー用レーザー》は、『指でホームボタンを長押しして、撃ちたいときにホームボタンから指を離す』ですよね？」

「……ふーん、そっか。なら、『ホームボタンを長押しした分だけ、《対プレイヤー用レーザー》の威力も上がる』ってことも教えなくてもわかるよね？」

「ええ、もちろん。使ったことはありませんが、なんとなく察してますよ。——後ろから追いかけてきてるプレイヤーが、ちょうど実演してくれてますからね」

車内のバックミラーを見つめながら、レキトは後部座席の窓をスイッチで開ける。親指でホーム画面の「レーザー銃」のアイコンをタップすると、ライトグリーン色の照準点が運転席の背もたれに浮かび上がった。紫藤が横から見せたロック画面の地図では、1枚のコインが車道からレキトたちに近づいてきている。100メートル、80メートル、50メートルと急速に距離を詰められていく。

真っ黒な車体のタクシーがレキトたちの後ろを走っていた。後部座席の窓から出ている手は、バンカーリング付きのスマートフォンを握っている。不気味なくらい深爪の親指は、ホームボタンを長押ししていた。端末上部のイヤホンジャックは光り輝き、「マゼンタ色の光の球体」がどんどん大きくなっている。

――紫藤と戦いが終わってから、すぐに2戦目が始まろうとしている。

――何の会話をすることもなく、こちらの準備を待たず、いきなり対戦相手はチャージ技を撃とうとしている。

『Fake Earth』は対戦時間に制限がない、地球全体をステージとした、ルール無用のコインを奪い合うゲーム。

この世界に「安全」と呼べる場所は、どこにも存在しなかった。

突然、夕立が来る前兆の音がした。

土砂降りだった雨は止みかけていたはずなのに、空から勢いよく落ちてくる音が聞こえてきた。

目の前が急に明るくなっていく。

雲の切れ間から一筋の光が差し込んだように、濡れたアスファルトがキラキラと光りはじめる。

——雨音と矛盾する、雨上がりの光景。

嫌な予感がしたレキトは空を見上げた。

「それ」を目にしたとき、思わず自分の目を疑う。

落ちてきているのは「雨」ではなかった。


大量の《対プレイヤー用レーザー》が空から降りそそぐ。

街路樹から信号機まで、レーザー光線は無差別に貫いていった。後ろを走っているタクシーの車体も破壊されて、レキトたちの乗っているタクシーのサイドミラーも撃ち落とされる。色とりどりの水飛沫があちこちで上がっていく。

やがてレーザー光線の雨は止み、濡れたアスファルトの色は元どおりに戻った。運悪くレーザー光線に当たったのか、後ろのタクシーの窓から出したプレイヤーの手はだらんと下がっていた。バンカーリング付きのスマートフォンが手からずり落ちていき、深爪の親指がホームボタンから離れる。濡れたアスファルトに向いたスマートフォンのイヤホンジャックから、「マゼンタ色の光の球体」が真下に放たれる。

空気を震わすような爆発音が轟き、大きな水飛沫があがった。爆風で吹き飛ばされたタクシーは炎上しながら横転していく。後部座席のドアが剥《は》がれ落ちて、焦げたナンバープレートがちぎれる。そして、対向車線のガードレールを突き破り、引っくり返った状態でコンビニの中へ突っ込んだ。

「……何なんだ、今のは」

レキトは生きた心地がせず、恐る恐る胸に手を当てる。心臓の鼓動が手のひらにはっきりと伝わった。ロック画面の地図を見ると、追いかけてきたプレイヤーのコインに亀裂がミシミシと入っていく。ほかにも周辺にあった8枚のコインのうち、3枚のコインが粉々に砕けて、ロック画面の地図から消えた。今の無差別広範囲攻撃によって、三人ものプレイヤーが一気にゲームオーバーになったらしい。

いったい誰の攻撃なのか？　レキトがスマホ画面から顔を上げたとき、ゲームオーバーになった三人のプレイヤーがいた位置から、それぞれのコインが空高く浮かび上がるのが見えた。空に浮かび上がった3枚のコインは光って、流れ星が走るように秋葉原方面へ飛んでいく。何らかのギアの力で引き寄せたのか、それとも倒したプレイヤーの元へコインが届けられるシステムなのか。紫藤は運転席を揺すって、必死の形相で「近くで停まって！」と叫んでいた。

レキトは親指をスマホ画面に当てる。ロック画面の地図を見るかぎり、ゲームオーバーになったプレイヤーたちのコインが飛んで行った方向に、プレイヤーを示すコインは見当たらなかった。親指を上から下へ滑らせて、100メートルずつ地図の位置をずらしていく。

「……二人なら数の差で狙われにくくなる、か」

レキトはため息をつき、1キロ先へスクロールしたところで指を止めた。赤色のスマートフォンの警報音はまだ鳴り止まない。親指と人差し指をくっつけて、スマホ画面に当てる。2本の指を広げて地図を拡大する。

50枚のコインが同じビルの中に集まっていた。

ルール3

①プレイヤーはゲームオーバーになった場合、
生まれてからゲームオーバーになるまでの記憶を消される。

②そして、運営のアーカイブ社に作られた記憶を組み込まれて、
『Fake Earth』のキャラクターとして、
寿命が尽きるまでゲームの世界で生きつづける。

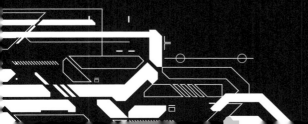

大音量のスマートフォンの警報が鳴り響く中、雨はありとあらゆるものへ平等に降りそそいでいる。強風で裏返った一方通行の標識にも、横転してコンビニに突っ込んだタクシーにも、レーザー光線に撃たれたサラリーマンの死体にも。雨雲の影に覆い被さったすべてを濡らしていた。

勢いの弱まった雨、落ちた雨粒は音を立てずに砕け散る。

落ちて砕け散る、落ちて砕け散る。

砕け散る、砕け散る、砕け散る……。

「急いでタクシーから降りるよ！　さっきは運良く当たらなかったけど、このまま逃げ切れる攻撃じゃない！」

紫藤は後ろを見上げながら、素早くシートベルトを外す。レキトたちを乗せたタクシーは減速して、地下鉄の出入り口そばの路肩に停まった。紫藤は電子マネーで支払いを済ませて、レキトの腕を引っ張って外に出る。後部座席のドアが自動で閉まるのを待たず、ＮＰＣの運転手はその場から逃げるようにタクシーを急発進させた。

バトルアラームが鳴り始めてから、経過時間はおよそ3分。レキトが50人のプレイヤーのいる方向を振り返ると、色とりどりのレーザー光線が1キロ先から打ち上げられていた。複数のギアでバフをかけているのか、打ち上げられたレーザー光線は分裂していき、別々の方向へ軌道が曲がっていく。空から落ちてくる雨粒とすれ違って、分厚い雨雲を突き破っていく。いつどこで放物線を描いて上から落ちてくるのか、レーザー光線の束は雨雲に隠れて見えなくなった。

「紫藤さん、地下鉄の通路で逃げましょう！　《対プレイヤー用レーザー》は地面まで貫通しませんから安全です！」

「たしかに《対プレイヤー用レーザー》の雨から逃げるなら悪くない作戦ね。けど、その作戦はダメよ。地上にレーザー光線の雨を降らせた後、地下に逃げてきたプレイヤーを事前に仕掛けた爆弾で仕留める。『ゲーム専用のギア』と『現実世界の兵器』の合わせ技が、あの迷信に取り憑かれたガチャ教ギルドの手口だからね」

「……ガチャ教ギルド？　ガチャって、『他プレイヤーのコインをギアとランダムで1つ交換できる』、《ガチャストア》のことですか？」

「そうよ。あのギルドは『多くの人を生贄《いけにえ》に捧げた後に、ガチャを回せば強いギアが手に入る』ってオカルトを信じて、そのためだけに世界中でテロを起こしてる。まあ簡単な説明はここまでにして、今は生き延びることを最優先にするよ」

紫藤は濡れた髪をかき上げて、親指でホームボタンを長押しする。そして、振り返ってスーツの裾をはためかせて、バイオレット色の光の刃を薙ぎ払った。

電磁ノイズが走る音が響くと同時に、「マゼンタ色のレーザー光線」が弾かれる。弾かれたレーザー光線は路上変圧器に衝突し、粒状の光の残滓となって消えていった。

——紫藤の側頭部をめがけたレーザー光線は、空から落ちてきたものではない。

レキトはロック画面の地図を見て、追いかけてきたプレイヤーのコインが亀裂の入ったまま残っていることに気づいた。爆風で横転してコンビニに突っ込んだタクシーの方を見る。

「はぁ……はぁ……。ちく……しょう……。なんで……こんな……目に……。僕は……アカウント……停止になるまで……世界で一番有名な動画配信者だったんだぞ！」

頭から血を流した男性プレイヤーが、バンカーリング付きのスマートフォンを構えていた。青年らしき面影のある顔はシアン色の血で塗りたくられている。《対プレイヤー用レーザー》で風穴が開いた腹部。事故で右足が折れているのか、エンジンルームから煙を上げているタクシーに寄りかからないと立てない状態らしい。

瀕死の男性プレイヤーは苦しそうに呼吸していた。血走った目がぐらぐら揺れている。シアン色の血だまりが足元に広がっている。

深爪の親指は痙攣《けいれん》していて、スマートフォンの操作もままならない様子だった。

「……同じ攻撃を受けたのに、結果はこうも違うのか」

レキトは赤色のスマートフォンを握りしめる。《対プレイヤー用レーザー》の雨が空から降ってきたときのことを思い出した。後ろのタクシーが車体を壊されたのに対して、レキトたちのタクシーの被害はサイドミラーを撃ち落されたのみ。レーザー光線の位置が少しでもズレていれば、レキトと紫藤のどちらかが致命傷を負っていてもおかしくなかった。

目の前で死にかけているプレイヤーに、血まみれになった自分の姿が重なる。

凛子を助けられなかったことを悔やみながら、失血死でゲームオーバーになって倒れるシーンが脳裏をよぎる。

「ねえ、レキトくん。君が何を悩んでるかわからないけど、あんまり考えすぎないほうがいいよ。メンタルに良くないいし、今はそんな余裕はないでしょ？」

「……そうですね、紫藤さん。たしかに気を取られてる場合じゃありませんでした。空が明るくなってきましたし」

「で、どうする？　逃げ場はどこにもないようだけど」

「わかってるくせに訊かないでください。攻略法はあなたがさっき見せてくれたじゃないですか。『対プレイヤー用ナイフは対プレイヤー用レーザーを弾くことができる』。ちょうどジャストガードの練習をしたいと思ってたところですよ」

レキトはスクエア型眼鏡をかけ直し、親指でスマホ画面の「ナイフ」のアイコンをタップする。端末上部のイヤホンジャックが輝いて、ライトグリーン色の光の刃が螺旋を描いて形作られた。紫藤は微笑み、レキトの隣から数歩離れたところに立つ。二人で眩しくなった雨雲を見上げて、対プレイヤー用ナイフを構えた。

《対プレイヤー用レーザー》の雨が空から雲を突き破って降りそそぐ。色とりどりの光線が一斉に向かってくる様子は、大きな虹が地上に足を下ろしてくるように見えた。ＮＰＣたちの悲鳴があちこちから聞こえてくる。死にかけの男性プレイヤーは空を見上げて、憎々しげに顔を歪める。

数十発のレーザー光線は、地上をふたたび無差別に蹂躙した。撃ち抜かれた自動販売機は、黄金色の炭酸飲料を中から噴き出した。逃げ惑っていたＮＰＣの手が腕から吹っ飛ばされた。コンビニへ突っ込んだタクシーは集中砲火を浴びた。レキトと紫藤は対プレイヤー用ナイフを振り回して、自分たちに降りかかってきたレーザー光線を弾き続ける。

血まれの男性プレイヤーは右足を引きずりながら、死に物狂いでタクシーから離れようとしていた。

しかし、ピンク色のレーザー光線がアバターの「左腿」を撃ち抜いた。

アバターが倒れて地面に顎をぶつけた瞬間、オレンジ色のレーザー光線が「右腕」を貫く。

▼カーキ色のレーザー光線が「背中」に命中した。
▼ブロンド色のレーザー光線が「肩」に命中した。
▼アイボリー色のレーザー光線が「右足」に命中した。
▼ローズ色のレーザー光線が「額」に命中した。
▼額に風穴の開いた男性プレイヤーは動かなくなった。

対プレイヤー用レーザーの雨は降り終わり、防ぎ切ったレキトと紫藤は一息つく。いつの間にかバトルアラートの5分間は過ぎたようで、ロック画面の地図は消えていた。NPCから30分間注目されなくなるギアの効果も切れたようで、透き通っていた影の濃さが元通りに戻っている。

次の瞬間、レーザー光線でガソリンに点火したタクシーが爆発した。死んだ男性プレイヤーに爆風が直撃した。血まみれになったアバターは吹き飛ばされて、炎が燃え移った状態で道路の真ん中まで転がっていく。

燃えている死体の手には、バンカーリング付きのスマートフォンが握られていた。稲妻が走ったかのように、焼かれているスマホ画面に亀裂が入る。

そして、粉々に割れたスマホ画面の中からコインが出てきて、死体近くの水たまりへ落ちた。


——カチッ。


そのとき誰かがスイッチを押したような音がした。

ゲーム機の電源を点ける音によく似ていた。

その音は道路の方から響いた。死体となったアバターしかいない場所で、「カチッ」とたしかに鳴った。

レキトが次に気づいた異変は、コンビニ前にある「シアン色の血だまり」だった。

初めは雨水に血が流されているのかと思いきや、路面の溝に落ちる直前でカーブを描いて、死んだプレイヤーの倒れている道路へ流れていった。シアン色の血は死体にぶつかるや否や、燃えている中指の爪先から逆流するように上っていく。

死んだプレイヤーの肩まで辿り着いた後、3つの支流に分かれて、対プレイヤー用レーザーで貫かれた風穴の中へ入っていった。

全身の傷口が塞がり、死体を燃やしていた炎が収まっていく。焦げた服が修復されていき、熱で溶けたスマートフォンが再生していく。傷のなくなった顔に付着していた血が、光の粒子となって消えていく。

――『Fake Earth』は死なないデスゲーム。

――ゲームオーバーになったプレイヤーは、生まれてからゲームオーバーになるまでの記憶を消され て、「ゲームのキャラクター」として寿命が尽きるまで生かされつづける。

死んだはずの青年は目を開けて、上半身をむくりと起こした。

「……あれ？　なんで外で寝てるんだ？　ていうか、ヤバっ！　めっちゃ事故ってるじゃん！」

青年は目を丸くして、さっきまで動かなかった足で立ち上がる。慌てたようにスマートフォンを構えて、どこか楽しそうな顔でコンビニに突っ込んだタクシーを撮影した。ここがどこなのか疑問に思ったらしく、辺りをきょろきょろと見回す。近くに立っていたレキトたちに気づくと、青年は媚びるような半笑いの顔で寄ってきた。

「あの、すみません。このテロみたいな感じ、何が起きたんすか？　ほら、あそこのコンビニで燃えてるタクシーとかヤバいっすよ！　なんであんなことになったんすかね？」

NPCとして復活した青年は、立ち止まっているレキトたちに親しげに話しかける。血まみれになった顔を歪めて、《対プレイヤー用レーザー》を撃ってきたプレイヤーとはまるきり別人だった。

あのタクシーに自分が乗っていたことを覚えていない。横転事故で片足が折れたことも、レーザー光線に撃たれて反対の足が使えなくなったことも、それでも地面を這いつくばって生き延びようとしたことも――何もかも忘れている。

忘れたことすら忘れている。

レキトはなんて言葉を返せばいいかわからなかった。愛想笑いを浮かべることすらできなかった。

ルール4

＜コインの使い方について＞

他のプレイヤーのコインには、2つの使い道がある。

①ギア1つとランダムで交換（必要枚数1枚）

②ギブアップ（必要枚数3枚）

③ゲームクリア（必要枚数7枚）

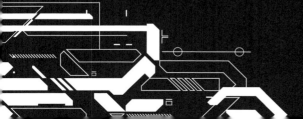

紫藤も何も言わず、数十発のレーザー光線が打ち上げられた方向に目を向けている。周囲がテロで騒がしくなっている中、気まずい沈黙が流れる。

「……ちっ、ロボットかよ。なんか言えよ」

青年は舌打ちして、レキトたちの横を通り過ぎた。


空から降りそそいだ光の雨。近くにいたプレイヤーたちに向けて放たれた範囲攻撃は、その場にいた無関係のNPCたちにもランダムに命中していた。

茶髪の男性のNPCは、屍《しかばね》となった恋人らしきアバターを腕に抱えて、天を見上げて泣き叫んでいた。肩を撃たれたサラリーマンのNPCは、街路樹に寄りかかっている。倒れて動かない女性のNPCに向かって、飼い犬のコーギーが吠えている。

遠くで消防車やパトカーのサイレンが鳴っていたが、その音が近づいてくる気配はなかった。運悪くレーザー光線の雨で壊れた車が道を塞いでいるからか、車を運転していた人たちがパニックになって一斉に逃げようとしたからか、あちこちで渋滞が起きているらしい。恐怖に陥った人たちが助けを求めているかのように、何台ものクラクション音が重なって聞こえてきた。

「――っ⁉」

突然レキトの視界がぶれ始める。アバターの故障かと思ったが、異変は周りでも起きていた。濡れた道路で波紋がいくつも広がった。葉擦れの音を立てた街路樹から、雨粒が花粉を撒き散らすように振るい落とされた。揺れに気づいたNPCたちは咄嗟に頭を抱えたり、視線を上げて建物の様子を見回したりしている。

推定震度5以上はある大地震。それなのに、緊急地震速報の通知はスマートフォンに届いていない。この揺れは「人為的」に起こされたものらしい。

――地上にレーザー光線の雨を降らせた後、地下に逃げてきたプレイヤーを事前に仕掛けた爆弾で仕留める。

――『ゲーム専用のギア』と『現実世界の兵器』の合わせ技が、あの迷信に取り憑かれたガチャ教ギルドの手口だからね。

当たっても痛くない雨に打たれながら、レキトは傷ついたNPCたちを目に焼き付けた。心臓を親指でガリガリと引っ掻かれたような感覚を覚える。

地下鉄の入り口から、NPCたちの悲鳴が反響していた。

「悪い予想が当たったみたいね。ともあれバトルアラートは消えたし、『一時休戦』は終わりにしよっか。今から二手に分かれて逃げよう、レキトくん」

「わかりました。でも、いいんですか？　俺のコイン狙ってましたよね？」

「いいよ、べつに。また新しい初心者を狙えばいいだけの話だし。それに、一緒にピンチを切り抜けたプレイヤーと、いまさら戦う気なんて起きないでしょう？」

紫藤はため息をついて、暗めのブルージュの髪をかき上げる。切れ長の目はレキトを見ていないが、濡れた髪に隠れていた耳はわずかに赤くなっていた。

レキトは紫藤の横顔を見つめる。

偽物のチュートリアルとして出会ってから、ギアの設定や戦いの厳しさなど、彼女から多くを学んだことを思い出す。

「ありがとうございます、紫藤さん。色々ありましたが、お世話になりました。この世界で最初に会ったプレイヤーが、あなたで良かったです。——ただ、俺からコインを奪わずに見逃す理由は、『道路に落ちているゲームオーバーになったプレイヤーのコインを、一人でこっそり回収するため』ですよね？」

レキトは紫藤に微笑み、全速力で車の往来のない道路へ走った。濡れた路面に靴が滑りそうになるのも構わず、道路の中央の水たまりに浮かんでいるコインを目指して、振り返らず一直線に突き進んだ。加速したまま身を屈めて、地面すれすれまで左手を伸ばす。勢いよく水たまりをすくって、濡れたコインを握ろうとした。

だが、追いついた紫藤が回り込んで、レキトの手を蹴飛ばした。鮮やかなターンの勢いを利用した鋭い蹴り！　派手な水飛沫が上がり、金色のコインが蹴飛ばされた。宙を舞ったコインは道路の外へ落ちて、紫藤は脇目も振らずに駆け出していく。

——他プレイヤーのコインは、ギアを手に入れるために必要なキーアイテム。

——今後のゲーム攻略のために、絶対に逃すわけにはいかない。

急いでレキトは体勢を立て直し、走る紫藤の背中を追いかける。なんとか追い抜くために、紫藤の腕をつかもうとした。

しかし、振り返った紫藤はレキトの手首をつかんだ。急に立ち止まって、細長い脚でレキトの足を引っかける。

視界が前から真下へガクンと傾いた。眼前に迫る水たまりに自分の顔が映った。映った顔が急速に拡大されて、虚像が崩れると同時に、転んだアバターの頭に痛みが走る。

レキトは歯を食いしばり、親指をスマホ画面からホームボタンへ滑らせた。激しく揺れる水たまりに、手帳ケース付きのスマートフォンらしき像が見える。横に転がって仰向けの体勢に変えて、赤色のスマートフォンを斜め上に振る。

視線と視線がぶつかり合ったとき、お互いの首元に相手のスマートフォンのイヤホンジャックが当たっていた。

「ねえ、レキトくん、なんで私の演技に引っかからないの？　色々あった女の人がさ、別れ際で急に照れた仕草を見せたら、普通はギャップで騙されるよね？」

「あんな不測の事態が続いて、今も安全かわからないのに、いきなり二手に分かれる提案はおかしいからですよ。そんなことよりも紫藤さん、どうして《対プレイヤー用ナイフ》を起動しようとしてるんですか？　『一緒にピンチを切り抜けたプレイヤーと、いまさら戦う気なんて起きない』って、さっき言ってましたよね？」

「……いや、その、コインがかかってたからね。なんていうか、ほら、アバターが勝手に動いたっていうかさ。たぶん全然信じてもらえないと思うけど、本当に君をゲームオーバーにする気はなかったよ」

レキトと紫藤はコインに目を向けず、相手の首にスマートフォンを押し当てる。いつでも対プレイヤー用ナイフを長押しして起動できるように、親指をホームボタンのすぐ上から離さなかった。紫藤の瞳の中に、自分の顔が映っているのが見える。映っている自分の目の中に、紫藤の顔が小さく映っているのも見えた。

やがて斜め上に突きだした左腕が疲れてくる。紫藤が伸ばした腕もわずかに震えはじめている。穏やかな雨が弱まっていく中、お互いに無言で睨《にら》み合う。

レキトと紫藤は同時に噴き出して、それぞれの首に当てていたスマートフォンを離した。

「あ~あ、レキトくんと戦うと、いつも途中でグダグダになっちゃうね。なんか面倒くさくなってきたし、あのコインは見なかったことにしよっか」

「……いえ、これは紫藤さんが回収してください。さすがに見なかったことにするのはもったいないですし」

「え？　本当にいいの？　後から気が変わったとか言わない？」

「言いませんよ。その代わりに、このゲームで絶対に知っておいたほうがいいことをもう1つだけ教えてくれませんか？」

「わかった。じゃあ、1つだけとっておきの情報を教えてあげる。まあ、話が盛り上がっちゃったら、2つ3つ教えちゃうかもしれないけど」

紫藤は屈んで、仰向きになったレキトに手を差し出す。半分呆《あき》れたような笑みを浮かべていた。レキトは紫藤の手をつかむ。優しく引っ張り上げられたとき、柑橘系の香水の匂いが微かにした。

お互いのスマートフォンを服のポケットにしまって、対プレイヤー用レーザーの雨でゲームオーバーになったプレイヤーのコインの元へ並んで歩く。地球のロゴが彫られたコインは、点字ブロックの上で光っている。

「そういえば、なんでギルドのプレイヤーは、このコインを回収しなかったんですかね？　ほかの倒したプレイヤーのコインはギアらしき力で回収してたのに」

「うーん、別に気にしなくていいんじゃない？　変なガチャ教ギルドだから、『コインは全部回収しない方がガチャ運が良くなる』とか意味わかんないこと考えてそうだし」

「ああ、たしかに。そういうオカルト集団なら、理屈で考えない方が良さそうですね」

レキトはため息をついて、暗灰色の空を見上げた。ゲームが始まってから降っていた雨は止みかけていて、遠くの方では雲の切れ間から光が差し込んでいるのが見える。

紫藤はレキトに笑いかけて、「コイン」を手に取った。

——触った。触った。触った。……触ったな？

紫藤がコインを拾った瞬間、不気味にかすれた男性の低い声が聞こえた。慌ててレキトが周囲を見回したが、近くに話しかけてきたらしき人は見当たらない。まさかと思い、恐る恐る紫藤の手の方を見ると、彼女の指につままれたコインに「ギザギザ歯の口」が生えている。ギザギザ歯の口は動き出し、カチカチと鳴る音が響いた。

「祟られた。祟られた。祟られた。……お前は怨念に飲み込まれる。……ゲームオーバーになったプレイヤーの道連れになる」

喋るコインは弓なりに反って、紫藤の手の上でケタケタと笑い転がる。ギザギザ歯の口から唾を撒き散らしていた。金色のコインの色が変わり始めて、腐った黒色に縁から染まっていく。紫藤はレキトを見て、血の気の引いた顔で首を横に振る。

――おそらく対プレイヤー用レーザーの雨でやられたプレイヤーが、ゲームオーバーになる前に起動したギア。

――このコインをギルドのプレイヤーが回収しなかったのは、ギアで呪いがかけられていることを見抜いていたからに違いない。

レキトは紫藤の手からコインを奪った。逆方向に引いた左腕を前にしならせて、遥か遠くに向かってコインを投げる。

だが、喋るコインは空中で高速回転して、レキトの頭上で浮いたまま静止した。ギザギザ歯の口をニヤリと歪める。「触った。触った。触った。……お前も触ったな？」と不気味に口ずさむ。焼き印を押されたような激痛を左手に感じたとき、笑ったコインの印が手の甲に浮かび上がった。

「……《忘却を願う悪貨》《マーダー・コイン》は呪いのギア。コインを触った時点でもう終わり。お前たちは終わり。

――終わり。終わり。終わり。終わり。終わりりりりりりり！」

喋るコインがまくし立てている最中、紫藤が対プレイヤー用ナイフで斬りかかった。

しかし、バイオレット色の光の刃がコインに当たる直前、見えないバリアに阻まれた。

喋るコインは高笑いした。金色だった頃の面影はなく、腐った黒色に染まり切っていた。左手の甲のコインの印もつられて笑い始める。

――倒せないなら、逃げるしかない！

レキトは紫藤に目で合図して、喋るコインに背を向けようとした。だが、操作するアバターがフリーズしたかのように、その場から一歩も動くことができない。喋るコインの高笑いが最高潮に達したとき、真っ黒な渦が地面に生まれた。紫藤とともに為す術もなく、底の見えない渦の中へ呑み込まれる。

気がつくと、レキトと紫藤は「知らない建物」にいた。そこに居合わせた人たちがレキトたちに目を向ける。

ただの物体に戻ったコインが上から落ちてきて、地面に明るく弾む音が響いた。

心臓がドクドクと脈を打つ。レキトは左右を横目で見た。《忘却を願う悪貨《マーダー・コイン》》と呼ばれるギアの力によって、コンクリートが打ちっぱなしの廃ビルに転送させられたらしい。窓から見える景色から推測するに、この１００坪以上ある空間は７階くらいの高さのようだった。

「完全にやられた！　あのプレイヤー、よりにもよって、ここに飛ばすなんて！」

「落ち着いてください、紫藤さん。俺たちはまだゲームオーバーになってません。この状況はかなり悪くても、『最悪』じゃないんです。絶体絶命のピンチになったなら、ここからノーミスで切り抜ければいいだけですよ」

レキトは地面に落ちたコインを拾った。口の中へフリスクを一粒放り込み、奥歯でガリッと噛み

ルール5

ゲーム攻略に役立つ『ギア』を手に入れる方法は3つある。

①《ガチャストア》という専用アプリより、
他プレイヤーのコイン1枚でギア1つをランダムで交換する。

②運営が開催するイベントを攻略する。

③このほか一部の特殊な条件を満たす。

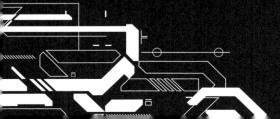

砕く。

紫藤はうなずき、アバターの胸に手を当てた。5秒間かけて息を吐き、バイオレット色の光の刃を構える。

――喋るコインの言葉が正しいなら、《忘却を願う悪貨《マーダー・コイン》》は呪いのギア。

――おそらく使用者のコインに触れたプレイヤーを道連れにするために、近くにいる強いプレイヤーのところへ飛ばす効果なのだろう。

喋るコインに転送された場所には、50人のプレイヤーたちがいた。対プレイヤー用レーザーの雨を降らせたギルドの一味。怪しいカルト宗教団体のように、全員が純白の教団服を着用している。正体を隠すテロ組織のように、フルフェイス型のガスマスクを装着している。

50人のプレイヤーたちはレキトたちを囲んで、撮影するようにスマートフォンを向けていた。儀式が始まる前を想起させる、静かな佇まい。端末裏のスマホカメラのレンズは、剥《む》きだした眼球によく似ている。

それぞれの眼は瞬きすることなく、レキトたちを無言で見つめていた。

4話　世界の理を動かす歯車

雨漏りで水滴の落ちる音がした。廃墟化した壁や床が劣化しているからなのか、落ちた水滴が弾ける音は１００坪以上ある部屋によく響いた。50人のプレイヤーたちはレキトたちにスマホカメラを向けた状態から動かない。ガラス張りの窓の前に並んでいるコンクリート柱から、不気味にミシッと音が鳴るのが聞こえる。

「──《始まりの分岐点《デュアル・チョイス》の前へ》」

ふたたび雨漏りの水滴が落ちた瞬間、凛とした女性の声が聞こえた。彼女の呼びかけに応えるかのように、50人のプレイヤーのスマホカメラが一斉に点灯した。「《対プレイヤー用ナイフ》と《対プレイヤー用レーザー》が両方使えるようになるギアよ」と紫藤が声をひそめて言った。

50本の親指が揃ったように動いて、端末下部のホームボタンを同時に長押しする。

輝きを放ったイヤホンジャックから、色とりどりの光の刃が構築されていった。

「ねえ、レキトくん。もしかして君って運が悪い？　いきなり私に狙われるし、ヤバいギルドのところに飛ばされるし」

「ツイてる方だと思いますよ。このピンチを切り抜けられれば、また１つレベルアップできるんですから」

「うわ、何その発想。こんな状況でよく言えるね」

「こんな状況だからですよ。とりあえず作戦を考えましたので、引き続き協力してもらいますよ、紫藤さん」

レキトは紫藤に微笑み、話している最中に「メモ」アプリで書いた作戦をスマホ画面で見せる。

ゲームオーバーになったプレイヤーのコインを投げ渡した。紫藤は呆れたように笑って、華奢な手でコインをキャッチする。親指でホームボタンを長押しして、起動していた対プレイヤー用ナイフの刀身をロングソードくらいの長さまで伸ばした。

——今回の対戦は、50人VS．2人のチーム戦。

——勝利条件は「教団ギルドからの逃げ切り」。

全方位から殺気が鋭く刺さったのを感じたとき、50人のプレイヤーたちが素早く走り出した。囲んでいるレキトたちに向かって、光り輝くナイフを握って全員が疾走するように迫ってきた。血の匂いに群がってくるピラニアのような勢い。大勢の走る足音が重なって響き、荒れ果てたコンクリートの床がビリビリと揺れる。

レキトと紫藤は反対方向を向いて、背中を合わせた。レキトは高くジャンプして、空中でエナメルバッグを肩から外す。紫藤は片膝をついて、長く伸ばしたナイフをコンクリートの床に根元まで突き刺す。そして、肩越しに二人で目配せを交わして、お互いのアバターを反対方向に回した。レキトはエナメルバッグをハンマー投げのように回して、紫藤はコンクリートの床に突き刺したナイフで大きな円を描いていく。

レキトがぶん回したエナメルバッグは、急接近してきたプレイヤーたちに次々とヒットした。直撃したプレイヤーたちはよろめき、装着していたガスマスクが横にズレてひるんだ。紫藤が突き刺したバイオレット色の光の刃によって、円状に切り裂かれたコンクリートの床が凹み始める。

——「対戦ステージ」をどう利用するのか。

——誰にでも平等に使える「ステージギミック」を『敵』にするのか『味方』にするのかで、戦いの形勢は大きく変わる。

真上に跳んだレキトが踏みつけるように着地したとき、円状に切り裂かれたコンクリートの床が下の階へ抜け落ちた。「50人のプレイヤーたちがいる部屋」から「1つ下の階の誰もいない部屋」へ。廃ビルのステージを破壊して、逃げ場のなかったギルドの包囲網を真下へ突破する。

紫藤は抜け落ちた床から飛び降りて、片足でふんわりと着地した。落下中に体勢を崩したレキトは転がるようにして受け身を取る。

そして、50人のプレイヤーたちが下りてくる前に、急いでレキトたちは部屋の外へ飛び出して、廃ビルの出口につながる階段へ走った。

「――交代です、《貴方は誰かの代わり《キャッスリング》》」

凛とした女性の声が遠くから聞こえた。

急に視界がグニャリと歪んだ直後、走っていたレキトは目の前に現れたコンクリート柱に激突した。金属バットで頭部をフルスイングされたかのような衝撃！　強烈な痛みとともに、目がチカチカと明滅する。

いったい敵プレイヤーは何のギアを使ったのか？

思わず頭を手で押さえると、「レキトくん！」と紫藤が名前を呼ぶ声がした。さっきまで近くにいたはずの彼女の声が、10メートル以上離れたところから聞こえる。後ろを振り返ったレキトは息を呑み、最悪の状況に置かれたことに気づく。

――おそらく《貴方は誰かの代わり《キャッスリング》》は、プレイヤーの位置情報を操作するギア。

――階段を駆け上がる二人分の足音から推測するに、正確には「プレイヤー同士の位置を入れ替えるギア」なのだろう。

50人のプレイヤーたちがいる部屋に、レキトたちは戻っていた。

「素敵な目ですね、あなた。もっと近くで見てもいいですか？」

隣から凛とした女性の声が聞こえたとき、真っ白な手袋を嵌《は》めた手に頬を触れられた。赤ん坊に触れるような優しい手つき。しかし、指先からとてつもなく冷たい感触が伝わった。凍るような寒気が背筋を走って、全身に鳥肌が立つのを感じる。女性プレイヤーは指先に力を込めて、レキトの顔を右の方へ向けた。

レキトは触られた手を払いたかったが、自分の腕を上げることができなかった。正確に言えば、顔を背けることも足も動かすこともできない。左手の小指すら曲げることもできなかった。

《忘却を願う悪貨《マーダー・コイン》》の力によって、アバターが操作できなくなったときと明らかに違う。凛とした声の女性プレイヤーの存在に、息もできなくなるほどの恐怖で動けなくなっている。

今この瞬間にゲームオーバーにならずに済んでいることが、奇跡としか思えずにはいられない相手だった。

「……ああ、あなたは本当にいい目をしてますね。揺るぎない意志を宿した左目に、誰かのために戦う覚悟をした右目、そして原石の輝きを持った瞳。あなたは『超人類《こっち》』側のようですね」

凛とした声の女性プレイヤーは惚れ惚れしたように語りかける。真っ白な教団服のフードをかぶり、フルフェイス型のガスマスクを装着した顔。黒塗りのゴーグルのレンズから、女性アバターの目が透けて見えた。色素の薄い緑色の瞳は、恋に落ちた乙女のようにレキトをうっとりと見つめている。

「『Fake Earth』はプレイヤーのコインを集めるゲーム。賞金10億円の報酬を目指すにせよ、《ガチャストア》でギアを手に入れるにせよ、他プレイヤーのコインが必要になります。もっとも、誰のコインなのかは問われません。初心者のコインでも、古参のコインでも、運営は1枚のコインとして等しくカウントします。ですが、プレイヤーの命となるコインは、本当に同じ価値なのでしょうか？」

凛とした声の女性プレイヤーは、レキトの目を見つめたまま問いかける。

「多くのプレイヤーたちの考えと違い、私たちギルドはそうは思いません。これが現実世界を再現したゲームなら、交通事故で亡くなった人の年収に応じて賠償金が変わるように、人間の命の価値は平等でないところも再現されているはずだからです。強いモンスターあるいはレアモンスターを倒せば、経験値が多くもらえるように、実力のあるプレイヤーや類いまれな素質を持ったプレイヤーを倒せば、彼らのコインは価値が高いでしょう。——あなたのコインでガチャを回せば、いいギアが引けそうです」

色素の薄い緑色の瞳が嬉しそうに輝く。女性プレイヤーはレキトの頬を撫《な》でた。反対の手には、対プレイヤー用ナイフが握られている。真っ白な光の刃がレキトの胸の高さまで持ち上げられる。

女性プレイヤーから10メートル離れた場所で、紫藤が教団ギルドのプレイヤーたちと戦っているのが見えた。整った顔をしかめて、迫りくる対プレイヤー用ナイフを辛うじて避けている。素早くバイオレット色の光の刃で斬り返す余裕もなく、防戦一方に追い込まれている。急いで助けに行かなければいけない状況なのに、レキトは身がすくんで動くことができなかった。

「……ほんの少しだけ痛みます。ですが、ご心配いりません。この痛みも、あなたは忘れてしまいますから」

穏やかな口調で言った女性プレイヤーは、フルフェイス型のガスマスクを外した。可憐《かれん》なドールフェイスの口元を綻ばせて、真っ白な光の刃をレキトの胸へ近づけていく。「攻撃」というより「儀式」を行っているような振る舞い。真っ白な光の刃に照らされて、レキトの胸は徐々に明るくなっていく。

速くなる心臓の鼓動を感じながら、レキトは迫ってくるナイフを見つめた。頭では逃げなければいけないことはわかっていた。このまま何もしなければ、ゲームオーバーになることは目に見えている。

しかし、死が間近に迫ってきても、レキトは指一本動かすことができなかった。恐怖に陥った本能が逃げろと訴えかける理性を抑え込んでいる。

頭の中で記憶が走馬灯のように駆け巡り、凛子と一緒にゲームセンターで遊んだ思い出が色鮮やかに蘇った。

――ピ、ピ、ピ、ピー！

そのとき時報がレキトのスマートフォンから鳴った。１００坪以上ある部屋の中で、その音は余韻を残して響く。女性プレイヤーのナイフを近づける手が止まった。嘘みたいに重かったアバターが一瞬だけ軽くなる。

レキトは女性アバターの手を払って、苦戦している紫藤の元へ全速力で走った。最大限の力を込めてエナメルバッグを投げつけて、紫藤を対プレイヤー用ナイフで斬ろうとしたプレイヤーにぶつける。

時報を鳴らしたスマートフォンを見ると、プレイ前のルール説明のときに見た「地球」がスマホ画面に映っていた。

『プレイヤー名「遊津暦斗」様、アーカイブ社運営局よりゲームに関するお知らせです。ただいまをもちまして、ゲーム開始時からプレイ時間が1時間を経過しました。現実世界でご活躍されていた頃のように、この世界でも「最善」を尽くされていることに心より感謝申し上げます。よって、運営局より新規プレイヤー応援特典として、「ギア」をランダムで1つ提供させていただきます。ぜひゲーム攻略に役立ててください』

中性的な声のアナウンスが流れたとき、赤色のスマートフォンが光り輝きはじめた。青白い光がスマホ画面から放たれて、部屋の天井まで照らしている。

そして、赤色のスマートフォンは激しく揺れた。強く握りしめていなければ、手のひらから滑り落ちるほどの振動。新たな生命がスマホ画面の中から飛び出してくるかのような震え方だった。

『それでは「遊津暦斗」様が入手するギアをご紹介させていただきます』

『未知の可能性を秘めた、この世界の理を動かす、第一の歯車』
『No.25《小さな番犬《リトル・ケルベロス》》』

眩《まばゆ》く輝くスマホ画面は、廃ビルの室内全体を照らしている。青白い光を受けて、ガラス張りの窓の前で並んでいるコンクリート柱は割れ目まで煌《きら》めいていた。50人のプレイヤーたちの戦いによって、コンクリートの床から舞い上がった埃がキラキラと光っている。幻想的なイルミネーションを見ているような光景だった。

握りしめたスマートフォンの振動が止まると、犬小屋のアイコンがホーム画面に登場した。「読み込み中」というアイコン下の文字が「インストール中」へ瞬く間に切り替わる。円形のゲージが時計回りにぐるりと光って、「インストール中」の文字が「《小さな番犬》」に切り替わる。

そして、暗かったアイコンが明るくなり、三角屋根の犬小屋の扉が勢いよく開いた。

――ケルベロ！　ケルベロ！　ケルケルケルケルベロ！

銀色の毛並みの小犬が、犬小屋のアイコンからぴょんと飛び出てきた。柴犬風にカットしたポメラニアンに似ていて、真ん丸の目はくりっとしていて可愛らしい。長くボリュームのある尻尾を嬉しそうに振っている。番犬らしさをアピールしているのか、小犬の首には青色のスパイク首輪がつけられていた。

『No.25《小さな番犬》』
『プレイヤーに危険が迫ったとき、犬の鳴き声とスマホの振動で注意を呼びかけるギアです』

『プレイヤーに迫る危険度の高さに応じて、鳴き声と振動は大きくなりますので、どうぞ様々な場面でご活用ください』

中性的な声のアナウンスが終わると、スマホ画面から放たれていた光は消えた。青白く輝いていた廃ビルの部屋は、夢から現実に引き戻されたかのように薄暗くなる。《小さな番犬》はホーム画面をトコトコと歩いて、犬小屋のアイコンへ戻った。真ん丸の目を閉じて、鼻ちょうちんをぶら下げて眠り始める。

しかし、次の瞬間、大きな鼻ちょうちんが割れて、《小さな番犬》は激しく吠え始めた。赤色のスマートフォンが振動して、「DANGER」のポップアップが画面に表示される。

慌ててスマホ画面から顔を上げると、教団ギルドのプレイヤーが間近に忍び寄っていた。レキトは親指でホームボタンを長押しして、ライトグリーン色の光の刃でナイフを受け止めた。すかさず紫藤が助太刀に駆けつけて、教団ギルドのプレイヤーを遠ざける。そして、後ろから斬りかかろうとしたプレイヤーの方に目を向けず、近づくことを牽制《けんせい》するようにナイフを向ける。

《小さな番犬》が吠え続ける中、50人のプレイヤーたちはレキトたちを囲み始めた。

「……やっぱり運が悪いね、レキトくん。逃走系のギアをもらえたら、この状況も切り抜けられたのに」

「いえ、もしかしたら当たりかもしれませんよ。このギアのおかげで、俺たちは逃げ切ることができるかもしれません」

「本気で言ってる⁉　そのギア、結局『吠えて震えること』しかできないんだよ！」

「吠えて、震える。その機能で十分なんですよ。戦闘中に作戦を共有するときにも、このギアは役立ちますし」

レキトは口元を手で隠して、声をひそめて紫藤に作戦を5秒で伝える。《小さな番犬》の吠える声が被さり、敵プレイヤーたちに伝わらないようにかき消してくれていた。一か八かの作戦を伝え終えた直後、紫藤から何の反応もなかったので、声が小さすぎたかと不安になって彼女を横目で見る。

紫藤は心配そうな表情を浮かべて、ちょうど横目でレキトを見ていた。

「どうしました、紫藤さん？　作戦に不備があるなら、遠慮なく言ってください」

「……べつに不備はないよ。悪くない作戦だと思う。けど、ほかに何か別の方法はないの？　この作戦だと、成功したとしても、レキトくんが……」

「ああ、そういうことでしたか。あなたがいるから大丈夫ですよ。チャンスは必ず5分以内に訪れます。相手にバレないように、あのギアを――」

作戦の要点を伝え直そうとしたとき、《小さな番犬》が吠え声を強める。レキトが視線を戻すと、意識が紫藤に傾きかけた隙を狙って、何人ものプレイヤーたちが光り輝くナイフで襲いかかってきた。レキトは静かに息を吐いて、ライトグリーン色の光の刃を構える。紫藤と死角を補い合いながら、次から次へとやってくるナイフを防ぎ続けた。

教団ギルドのプレイヤーたちの猛攻をしのぐ最中、レキトは心に余裕が生まれるのを感じた。50人のプレイヤーたちが相手といえども、一度にナイフで斬りかかれる人数は五人くらいに限られている。操作するアバターが馴染んできた今、ひたすら攻撃を食らわないことに専念すれば、迫りくるナイフを見切ることは不可能ではない。

――おそらく50人のプレイヤーたちが《対プレイヤー用レーザー》や他の攻撃系ギアを使わないのは、「味方の巻き添え」あるいは「廃ビルの崩壊」などのリスクがあるため。

――このまま一定時間が過ぎるまで粘れば、必ずギルドから逃げるチャンスはやってくる。

頭の中でＱＴＥのボタン入力画面が立て続けにカットインしてきた。瞬きすることも許されない緊迫感。必死に避けつづけるアバターはだんだん軽くなり、集中力が研ぎ澄まされていくような気がする。

ふと凛子と一緒にゲームセンターで「弾幕系シューティングゲーム」をプレイした記憶が蘇り、お互いに無言でレバーをカチャカチャ鳴らして、画面を埋め尽くすような敵弾の嵐の隙間を縫うように避けたことを思い出した。

「皆さん、『ナイフ縛り』はやめましょう。この方々のコインの価値なら、攻撃系のギアを２つ使っても問題ありません。――《対プレイヤー用レーザー》の使用を許可します」

緑色の瞳の女性プレイヤーはスマートフォンを掲げて、側面のサイレントスイッチを左にスライドする。親指でホームボタンを長押しして、端末上部のイヤホンジャックの穴をレキトに向けた。

電気を溜めたイヤホンジャックは光り、真っ白なレーザーポイントが学ランの第二ボタンがあった場所に浮かんだ。他のプレイヤーたちも《対プレイヤー用レーザー》を構えて、色とりどりのレーザーポイントが学ランを水玉模様に変えるように浮かぶ。

《小さな番犬》の吠え声の音量が跳ね上がった瞬間、レキトは両膝をコンクリートの床に叩きつける勢いでしゃがんだ。電撃が迸るような音が駆け抜けて、複数のレーザー光線が瞬く間に通り過ぎた。廃ビルの壁に小さな穴がいくつも開き、微かな光が外から差し込み、レキトたちをほのかに照らす。

全身から汗が噴き出すかのように、何種類ものレーザーポイントが学ランに浮かび上がる。レキトは眼鏡を手で押さえて、コンクリートの床を転がった。同時に放たれたレーザー光線を避けるのも束の間、逃げた先にいたプレイヤーが光り輝くナイフで切りつけてきた。体勢を崩していたレキトは寸前でかわすも、学ランの胸ポケットが破ける。すかさずカーキ色のレーザー光線が耳の上を通り過ぎ、側頭部の髪から焦げた臭いがした。

——ケルベロ！　ケルベロ！　ケルケルケルベロ！

《小さな番犬》が激しく吠えつづける。端末のバイブレーションはますます強くなり、「DANGER」のポップアップはスマホ画面で点滅していた。近くにいるプレイヤーたちはナイフで攻撃してくる。離れたところにいるプレイヤーたちはレーザー光線を撃ってきた。

何発ものレーザー光線が飛び交う戦場で、対プレイヤー用ナイフを持ったプレイヤーたちが変わらず攻めてくる。彼らは素早く動き回っているのに、誰一人レーザー光線にかすりもしていなかった。味方のアタッカー全員の動きを完璧に予測しなければできない連携プレイ。対プレイヤー用レーザーを撃つプレイヤーたちは、接近戦を仕掛けるアタッカーたちの隙間を通して、標的のレキトを狙い撃ちしている。

——大多数のプレイヤーたちによる、全距離からの集中攻撃。

――敵が本領を発揮するなら、こっちは１２０％の力で応じればいい。

だから、頭脳をフル稼働させて、目の前の状況を整理しろ。対戦相手の思考を分析して、未来の行動を予測しろ。全力を出し切って、限界を超えて、最善を尽くせ。

絶対に攻略できないゲームがないように、絶対に勝てないプレイヤーもいない。

視野を広げて、見方を変えて、攻略法を見つけるんだ！

「――学習しろ、学習しろ、学習しろ！」

レキトは目を見開き、スクエア型眼鏡を投げ捨てた。急接近するアイボリー色の光の刃を見つめて、学ランの裾に触れた瞬間に回避する。すかさず一斉に飛んでくるレーザー光線を見切って、ライトグリーン色の光の刃で斬った。後ろを振り返り、光り輝くイヤホンジャックの向きからレーザー光線の軌道を把握する。

目の力の有効持続時間は60秒。同時に放たれたレーザー光線をかい潜《くぐ》って、レキトは斬りかかってきたプレイヤーにカウンターで一太刀を浴びせた。そのまま斬ったプレイヤーを踏み台に高くジャンプして、横から突撃してきたプレイヤーの背中にナイフを振り下ろす。斬った二人のプレイヤーが倒れて、混雑していた視界がわずかに開ける。

だが、倒れた二人のプレイヤーはすぐ起き上がった。味方が回復系のギアを使ったのか、レキトが斬った傷は綺麗さっぱりなくなっている。光り輝くイヤホンジャックを紫藤に向けていたプレイヤーの五人がレキトに狙いを変えた。そして、彼らは斜め上にレーザー光線を放ち、レキトの頭上の天井を破壊する。

天井から瓦礫の雨が降りそそいだ。大量の埃と粉塵が霧のように広がる。廃ビルの薄暗さも相まって、教団ギルドのプレイヤーたちの姿が見えにくくなった。急激に処理しなければいけない情報量が増えて、後頭部がズキズキと痛み始める。

急いで瓦礫の落下地点を見極めようとしたとき、横殴りのレーザーの雨が襲ってきた。咄嗟に横へ身をかわして避けると、対プレイヤー用ナイフを持ったプレイヤーたちが走ってきた。ランダムで落ちてくる瓦礫から、フルフェイス型のガスマスクが頭を守っている。

――「装備アイテム」で味方へのダメージを無効にした上でのステージギミック攻撃！

レキトは瞬きを堪えて、次から次へと迫ってくるナイフを連続で避けた。すかさず後ろに跳んで、天井から降ってきた瓦礫を回避する。空中でアバターをひねって、ブロンズ色のレーザー光線を紙一重でかわす。

しかし、直後に放たれたローズ色のレーザー光線は、間近に迫るのが見えていても、回避は間に合わなかった。

――ケルゥ!? ケルベロ！ ケルケルケルケルベロ！

《小さな番犬》が悲鳴を上げるように吠える。被ダメージにコントローラーが振動するように、赤色のスマートフォンが激しく震えた。レキトは顔をしかめて、撃たれた肩を手で押さえる。まだ敵のターンは終わっていないと思ったとき、前後から２本のレーザー光線がレキトの学ランを同時に貫いた。

痛みが全身を駆け抜ける。叫びたい衝動を必死に抑え込んだ。学ランに開いた穴から、シアン色の血が溢れてくる。電源を切られたゲーム画面のように、頭の中が真っ白になっていく。

もしもゲームオーバーになったら、こんな風に記憶が消されるのだろうか？

レキトは歯を食いしばり、握った手からスマートフォンを落とさないように力を込めた。

凛子が対戦でピンチになったとき、楽しそうに目を輝かせてプレイしていたことを思い出す。

「——学習しろ！　学習しろ！　学習しろ！」

レキトは全力で叫んで、猛スピードで駆け抜けるレーザー光線をくぐり抜ける。コンクリートの床に落ちた瓦礫を蹴飛ばして、対プレイヤー用レーザーを構えたプレイヤーの手にぶつけた。急いで左右を見て、死角にナイフを持ったプレイヤーがいることを見抜く。そして、振り向き様にライトグリーン色の光の刃を放って、背後から斬り込んできたプレイヤーを退けた。

目の力のタイムリミットまで、残り30秒。壊れた天井から瓦礫はもう落ちてこない。強引に攻める覚悟を決めて、レキトは後ろへ退けたプレイヤーとの間合いを詰めた。次の瞬間にレーザー光線で撃ち抜かれた痛みを堪えて、目の前のプレイヤーの脇腹をすれ違いざまに斬る。学ランに風穴が増えた痛みを耐えて、斬った先にいるプレイヤーにナイフを振るう。

死に物狂いで戦いながら、レキトは笑みが零れるのを感じた。全身に力がみなぎってくる。目に映るすべてのものがより鮮明に見えるようになった。誰がどう攻撃してくるのか、全員の指の動きや顔の向きから、より先の未来が先読みできるようになる。

今なら50人のプレイヤーたちを倒せそうな気がした。

だが、そのときアバターの膝から力が、一瞬、抜けた。コンマ1秒もの遅れが許されない状況で、予想外のタイムラグが生じる。目では見えているのに、思いどおりに動かせない。格闘ゲームでダメージを受けた操作キャラが仰け反っているとき、コマンド入力しても動かなかったときの映像が頭をかすめる。

レキトは踏ん張って、当たる直前の攻撃を捌《さば》くことに集中した。ライトグリーン色の光の刃を振り回して、最小限のダメージで済むように防御する。撃たれた腕が途中で動かなくなり、急所だけは守るように切り替えた。わずかな希望に賭けて、生き延びることを最優先にする。

両目が充血していくのを感じた。後頭部がズキズキと痛みはじめた。切り傷が増えて、銃痕が刻まれて、アバターは徐々に損傷していく。

そして、目の力のタイムリミットの1分が過ぎた。

レキトは目を閉じて、血まみれになったコンクリートの床に倒れた。

「……最期に言い残すことはありますか？」

《小さな番犬》が必死に吠える中、凛とした女性の声が耳元で聞こえてきた。冷たい指で頬を撫でられる感触が伝わる。重たいまぶたを開けると、緑色の瞳の女性プレイヤーがレキトのそばで座っていた。穏やかな笑みを浮かべて、慈しむような目でレキトを見ている。

「1つだけ、あります。あなたに、言いたいことが……1つだけ」

「なんでしょう？　お仲間のプレイヤーのことですか？　安心してください。彼女もあなたと同じように、私たちギルドのギアとして、共に戦うことをお約束しますよ」

「違い……ますよ。……あなたたちは強すぎて、たぶん気づいてないから……教えてあげようと思ったんです。『ここまで作戦どおり』だってことを」

レキトは微笑み、痙攣している手を動かした。傍に落ちていた眼鏡をつかんで、自分の顔にかけ直す。

「どうして、ボロボロになることが……作戦どおりなのか？　あなたは、疑問に持ってるでしょう。……《小さな番犬》を、活用するためですよ。このギアは、プレイヤーが危険になるほど……鳴き声が大きくなるんです。……だから、鳴き声を大きくするために……俺はゲームオーバー寸前まで……やられる覚悟を決めました」

仰向けに倒れているレキトは顔を横に向けて、コンクリートの床に耳をくっつける。緑色の瞳の女性プレイヤーと比べて、自分の影が薄くなっているのを確認した。

《小さな番犬》の吠える声の音量が下がる。赤色のスマートフォンの振動も弱くなった。

「このゲームは、現実で起きることが……そのまま同じように起きます。たとえば、東京でテロを起こせば……消防車や救急車が動きます。……ここまで言えば、《小さな番犬》の鳴き声を、できるだけ大きくした理由は、わかりますよね？　――聞こえなくするためですよ、『最強のステージギミック』が来る音を」

レキトは傷だらけのアバターを横向きにした。風穴の開いた手を床について、激痛を我慢して立ち上がる。緑色の瞳のプレイヤーはため息をつき、真っ白に光り輝くイヤホンジャックを向けた。他のプレイヤーたちも対プレイヤー用レーザーを起動して、血塗れになった学ランを彩るように、何十種類ものレーザーポイントが浮かび上がる。

だが、光り輝くイヤホンジャックの銃口を向けられても、《小さな番犬》の鳴き声は大きくならない。赤色のスマートフォンの振動は弱くなっていく。

この危険察知のギアは、「レキトたちの元へ駆けつけてくるアバターたち」を感知していた。

「動くな！　スマホを捨てて、大人しく手を挙げろ！」

出口のドアを突き破り、武装した警察官たちが流れ込んでくる。総勢30人以上の隊員が拳銃を持ち、教団ギルドのプレイヤーたちの背中に銃口を向けた。教団ギルドのプレイヤーたちは出口の方を振り返る。全員の目がレキトから逸れた。

きっと教団ギルドは警察のＮＰＣが廃ビルに来ることを予見していたのだろう。誰も動揺したような反応を見せないのは、全員が警察のＮＰＣを脅威だとは思っていないからだ。死に物狂いで戦っても、レキトが到底及ばなかった実力者たち。武装した警察官のＮＰＣたちが相手といえども、数分以内に全滅させることができるはずだ。

けれども、彼らは知らない。レキトたちが警察のＮＰＣのいる場で有利になるギアを持っていることを。そして、《小さな番犬》の真の狙いは、「警察のＮＰＣが廃ビルに近づいている音を隠すため」ではなく、「そのギアを起動する声をかき消すため」だったことを。

レキトは紫藤に目配せして、出口と反対側の窓に向かって走った。思いきり舌を噛んで、意識が遠のくのを堪えて、残された力を振り絞る。何人かのプレイヤーたちがレキトを撃とうとすると、

「動くなって言ってんだろ！」と警察のＮＰＣは拳銃を撃った。窓から逃げようとするレキトと紫藤に気づかず、警察のＮＰＣは教団ギルドのプレイヤーたちの挙動だけを注視している。

№116《我らは世界の端役なり《フールズロール》》。紫藤がチュートリアルを始める前にも使った、NPCから30分間注目されなくなるギア。警察のNPCたちから逃走することにも応用できる。

意識が朦朧とするのを感じながら、走るレキトは落ちているエナメルバッグを拾った。窓へ先に辿り着いた紫藤は、バイオレット色の光の刃を十字に振って、曇りがかっているガラスを切り裂く。切り裂かれた窓ガラスは音を立てて砕けて、冷たい外の空気が廃ビルの中へ入ってきた。

「……真に価値のある物は簡単に手に入らない。ここで逃してしまうのは残念ですが、過度な深追いは運気を下げてしまいます。今はまた巡り逢える奇跡を信じて、清く正しく善行を積むしかありませんね」

窓へ逃げるレキトを見つめたまま、緑色の瞳の女性プレイヤーは悲しそうにつぶやいた。光り輝くイヤホンジャックを後ろに向けて、出口のドアの方へレーザー光線を放った。残り49人のプレイヤーたちも後に続いて、警察のNPCたちに対プレイヤー用レーザーを撃つ。警察のNPCたちも拳銃を発砲して、空中でレーザー光線と銃弾が交差する。

レキトは窓まで走り切り、星印のエナメルバッグを肩にかけた。緑色の瞳の女性プレイヤーと目を合わせて、口元に微笑みを浮かべる。そして、別れの挨拶代わりに手を挙げて、紫藤と手をつないで7階の高さから飛び降りた。

地球の重力に引きずられて、レキトたちは勢いよく落下していく。アバターの髪は逆立って、スクエア型眼鏡は顔に押し付けられていた。学ランがアバターに風圧で貼りつく。傷口から漏れたシアン色の血が宙を舞っていく。

《小さな番犬》は大音量で吠えていた。赤色のスマートフォンの振動とともに、「DANGER」のポップアップが画面で点滅する。

「……紫藤さん……何やってるんですか⁉　……早く……対プレイヤー用ナイフを壁に突き刺して……落下のスピードを……殺してください！」

「静かにして、レキトくん！　今もっと着地にいいギアを起動するために集中してるから！　もうすぐ『支払い画面』だし、操作ミスできないから黙ってて！」

「……支払い……画面？　……なんで時間がないときに……時間のかかることを……するんですか⁉」

「あ〜もう！　横からごちゃごちゃ言わない！　危うく手元が狂うとこだったでしょ！　もうすぐ決済が終わるから待ってて！」

落下しながら、紫藤は片手でスマホ画面を連打している。暗めのブルージュに染めた髪は波打つように揺れていた。連打していた指が止まり、切れ長の目を細める。

そして、手帳ケース付きのスマートフォンの画面を、雨で濡れたアスファルトに向けた。

「お願い！　急いで！　――《5秒で配達《デリバーフォン》》！」

『お買い上げありがとうございます。衝撃吸収ウレタンマット10枚、ただいまお手元に転送いたします。またのご購入をお待ち申し上げます』

女性の音声アシスタントらしき声がお礼を言うと、手帳ケース付きのスマートフォンの画面が光

り輝く。次の瞬間、紫藤のスマホ画面から「10枚の巨大なマット」が溢れるように飛び出して、レキトたちの落下地点に積み上がった。鋭い銃声とレーザーの発射音——教団ギルドとNPCの警察が撃ち合う音が上の方から響いている。落下するレキトたちが地上へ向かうにつれて、派手な戦闘音は遠ざかっていく。

レキトがスマホ画面を見ると、《小さな番犬》は犬小屋のアイコンの前で大人しく座っていた。赤色のスマートフォンが振動することはない。「DANGER」のポップアップも消えている。

——《小さな番犬》はプレイヤーに危険が迫ったときに注意を呼びかけるギア。

——紫藤が救助マットを用意してくれたおかげで、この落下は「危険」と判断されていないらしい。

レキトは一息ついた瞬間、全身から力が抜けるのを感じた。ギルドから逃げる作戦とはいえ、想定以上にダメージを負ったせいだろう。傷だらけの学ランは血のシアン色に染まっている。

「……紫藤さん……後は、頼みましたよ。……《リカバリーQ》で、傷を、治してください」

レキトは紫藤に笑いかけて、目をゆっくりと閉じる。赤色のスマートフォンが手から離れた。

「STAGE CLEAR《ステージ　クリア》!!」というテロップが脳裏をよぎる。

意識を失う直前、柔らかいマットがアバターを包んだ。

5話　雨上がり

いつも夢は目が覚めるまで、それが夢だと気づけない。頭がぼんやりして、目に映るすべてを信じてしまう。

授業中の静かな教室で、先生の板書するチョークの音がよく響いているようなリアルな夢はもちろんのこと、雲海に棲《す》みついた巨大な魚を釣り上げるようなファンタジーな夢でさえも。

なぜか現実で起きていることだと受け入れてしまう。

けど、頼助はこの夢を見たとき、これは夢だとすぐに気づいた。目の前の光景がどれだけリアルに見えても、いま目にしているものはリアルではないことに。

都内で何度も遊んだことのあるゲームセンター。真っ赤なキャップをかぶったパーカー姿のティーンエイジャーの女の子が頼助の隣に座っていた。透明感のある栗色のショートヘア、アーチ状の眉は大人っぽく、控えめな口元は引き締まっている。彼女は大型の箱型筐体のカップルシートのような座席に腰かけて、淡い鳶色の目はゲーム画面のイベントシーンに釘付けになっている。

現実世界にいるはずがない女の子。

ゲームの楽しさを教えてくれた、かけがえのない人物。

夢の中で頼助と凛子は隣り合わせに座って、『ダイナソー・パーク・アーケード』を一緒にプレイしていた。

「どうしたの、頼助くん？　私のこと、じーっと見て」

「……別に。なんか二人でゲームするの久しぶりだと思って」

「何それ。毎週会ってるのに？　まあ、もっと一緒に遊びたい気持ちはわかるけど」

そろそろ次のステージだよ、と凛子は声を弾ませる。逸る気持ちを抑えられないように、握るコントローラーのトリガーをカチャカチャと鳴らした。隣にいなくなった彼女が、当たり前のように頼助の隣にいる。凛子に会えなくなった現実の方が、夢だったように思えてくる。

煌びやかな画面を共有して、頼助と凛子はコントローラーを構えた。素早く襲いかかってくる恐竜の群れに狙いを定めて、二人でトリガーを引いて麻酔銃を撃ちつづけた。相変わらず頼助と凛子はうまく協力し合えず、次第に獲物の奪い合いになって、「敵を倒すこと」よりも「味方を邪魔すること」に夢中になっていく。

けれども、群れが最後の1匹になったとき、お互いの照準が重なり、二人で同時に撃って倒した。

「あはは、ギリギリ！　やっぱり協力プレイは楽しいね。まあソロプレイはソロプレイでいいんだけど」

「……意外だな。その言い方だと、協力プレイのほうが好きなように聞こえるよ。凛子はソロプレイで極める方が好きなのかと思ってたけど」

「だって、協力プレイは一人だと気づけなかったことを教えてくれるじゃん。ゲームの制作者の意図とか、自分のプレイがもっと良くなる可能性があることとか。ゲームは面白いって、あらためて実感できるんだよね」

凛子は指先に息を吹きかけた。淡い鳶色の目を輝かせて、画面いっぱいに映るボスキャラのトリケラトプスを見つめていた。真っ赤なキャップを後ろに回して、細長い指をコントローラーのトリガーに添える。

頼助がソロプレイ派なのか、協力プレイ派なのかは訊いてこない。ゲームセンターでよく遊ぶ仲でも、いつもどおり相手の価値観には踏み込んでこない。

夢の中で姿を現した彼女は、思い出の中にしかいなかった凛子そのものだった。

「頼助くん、話変わるんだけどさ、こういう恐竜みたいな巨大モンスターっていいと思わない？　こういうのが出てくるだけで、このゲームは当たりって気がする」

「たしかにそうだな。『ビーストハンター』も、ミスできない緊張感が楽しいし。『ナノモン』のバトル中に大きくなるシステムも、実際にプレイしたら迫力があって面白かったし」

「でしょ！　なんでワクワクするんだろうね？　強そうな相手と戦うのが面白いからかな」

「うーん、俺は世界の大きさを感じられるからかな。人間より圧倒的に大きい生き物を見ると、自分はちっぽけな存在だって思えてくるし」

「それ、頼助くんっぽい考え方だね。なんとなくだけど、私も、ちょっとわかるかも」

凛子はゲーム画面を見つめたまま、涼やかな笑みを口元に浮かべる。そして、ボス戦のＢＧＭが流れると同時に、コントローラーのトリガーを連打し始めた。淡い鳶色の目が瞬きをする回数が減っていく。意識がゲームの世界に入り込んだと思うくらい集中していた。

頼助はコントローラーを斜め上に傾ける。凛子の照準を目で追いながら、トリケラトプスが角で投げ飛ばしてきた岩を撃ち落とした。そのまま凛子と照準を同じ高さに揃えて、トリケラトプスの両目、前足、後ろ足を順番に攻撃する。麻酔銃からショットガンに同時に持ち替えて、二人で片方の角の根元を集中攻撃して部位破壊した。

いつも息が合わないはずなのに、自然と連携できるようになっている。ＳＳＲのキャラをガチャで引く確率で起きる、神がかった協力プレイ。なぜ急に波長が合うようになったのかはわからないけれど、凛子と精神が深くつながっていることがわかる。「この瞬間が永遠に続いてほしい」と思いながら、「この瞬間は永遠に続かないからこそ素晴らしい」と矛盾した気持ちを共有していることがわかる。

言葉にしなくても、凛子がどうプレイしてほしいのかがわかった。凛子に目配せを送らなくても、自分がどうプレイしたいのかが伝わっているのがわかった。ピアノの連弾を演奏しているように、お互いのプレイが１つに融合していくのを感じる。一人では勝てそうにない巨大なモンスターを、二人ならどう攻略するのかを考えることが楽しくなってくる。

ふと凛子が『Fake Earth』から戻って来なくなってから、一人でゲームセンターに寄ったときの記憶が蘇った。毎日ゲームセンターに凛子がいないことを確認して、それでもゲームをしていたら現れるのではないかと思って、アーケード筐体に１００円玉を落としつづけた日々が脳裏をよぎった。

一人でオンライン対戦を50人抜きしても、たいして嬉しくなかったことを思い出す。

一人でハイスコア更新に惜しくも届かなくても、そこまで悔しさを感じなかったことを思い出す。

——カチ、カチ、カチ……カチン。

時計の針が刻んでいき、最後に止まったような音がした。煌びやかな画面はフリーズする。猛々しい角を持ったトリケラトプスは、突進中に四本脚が地面から浮いた状態のまま動かない。コントローラーのトリガーを引いても、ゲーム画面で構えているショットガンは弾を発射しなかった。

——もうすぐ夢が終わるのだろう。

頼助は意識が覚醒しつつあるのを感じた。凛子はため息をついて、スマートフォンのロック画面の時計を見る。真っ赤なキャップを前向きに戻して、手前の台にコントローラーを嵌め込んだ。

「今日はもうタイムアップだね。次はいつにする？　来週なら私はいつでも大丈夫だけど」

凛子は指のストレッチをしながら、小さく首を傾げる。淡い鳶色の目は頼助を優しく見つめていた。ゲームセンターの閉店放送が流れる。

頼助は凛子の目を見返した。ずっと会いたかった人をまっすぐ見つめた。

「……ごめん。たぶん来週は会うことができない。その次の週も、来月になっても会えないと思う。本当はまたこうやって遊びたい。——でも、俺にはどうしてもやらなきゃいけないことがあるんだ」

頼助は自分の手を握りしめる。どうして「嘘」をつくことができないのか？　これは夢の出来事なのだから、「じゃあ来週会おう」と普段どおり約束しても問題ない。それなのに、なぜか凛子に誤魔化すようなことが言えなかった。

頼助のデニムパンツのポケットの中で、スマートフォンが振動した。持ち主へ呼びかけるように、何度も何度も震えつづける。

凛子は微笑んで、頼助から目をそっと逸らした。

「わかった。忙しいならしょうがないね。応援してるよ、頼助くん。もしそれが終わったら、よかったら連絡して」

凛子は後ろを向いて、足元に置いていたリュックサックを背負う。アーケード筐体に忘れ物がないかを確認して、グレーのパーカーのポケットに両手を突っ込んだ。

どうしてしばらく会えないのかを質問しない。今まで一緒に遊んできた仲で、今日で最後かもしれないのに、あっさりとした態度を取っている。落ち着いた声が震えたり、声のトーンが下がったりすることはなかった。

しかし、頼助は凛子に会えないと告げたとき、彼女の目の瞳孔《どうこう》がわずかに大きくなったことを見逃さなかった。こういうとき凛子は相手の価値観を尊重して、自分の意見を押しつけない。大丈夫じゃないときでも、大丈夫そうなふりをしている。

そして、何の相談もなしに一人で『Fake Earth』に参加することを選んだ。

だから、頼助は凛子を追いかけて、『Fake Earth』をプレイする道を選んだ。誰よりも強いゲーマーである彼女を一人にさせないために。

――ゲームマスターを倒して、『Fake Earth』を終わらせる。

――現実世界に二人で戻って、ゲームセンターでもう一度遊ぶ日常を取り戻してみせる。

この険しい茨の道の先に、さらなる困難が待ち受けていようと、最高のエンディングへ辿り着くまで足を止めるつもりはなかった。

「ねえ、頼助くん。最後に1ついい？」

「いいけど。何かな？」

「別にたいしたことじゃないよ。ただ、しばらく会えそうにないなら、ちゃんと聞いとこうと思って」

――ゲームの楽しさはわかった？

凛子は頼助に質問して、いたずらっぽい笑みを浮かべる。『Fake Earth』の対戦中に頭に浮かんで、何度も心を奮い立たせてくれた笑顔だった。

一人で悩みながら格闘ゲームをプレイしていたとき、「今から君にゲームの楽しさを教えてあげる」と凛子に対戦を挑まれたのが、一緒にゲームセンターで遊ぶようになったきっかけだったことを思い出す。

「楽しかったでしょ？」と凛子から毎週の帰り際に訊かれるたび、「全然楽しくなかったよ」と頼助は嘘をついて、本当の気持ちを伝えられなかったことを思い出す。

「……それは今度会ったときに答えるよ。必ず答えるって約束する」

だが、夢の中でも頼助は本当の気持ちを伝えることができなかった。正直に言えば、「ゲームの楽しさはわかったよ」と素直に答えて、凛子がどんな顔になるのかを見てみたい。感謝の言葉を伝えて、思いの丈をぶつけたかった。

けれども、今ここで本当の気持ちを伝えたら、もう二度と凜子に会えなくなるような気がした。絶体絶命のピンチに追い込まれたときに挫《くじ》けずにいられた、負けたくない思いの根幹にあったものが失われてしまう予感がある。まだ『Fake Earth』をクリアできていないのに、自分だけが満たされるようなことをするわけにはいかなかった。

「そっか。じゃあ、次会うとき楽しみにしてる。約束だよ、頼助くん」

凜子は小指を立てて、頼助の方へ近づける。頼助も小指を立てて、凜子の小指に引っかけた。お互いに見つめ合って、指切りから握手へ手の形を変える。そして、握った手を離して、力強くハイタッチを交わした。

「またね、頼助くん」

「ああ。また今度」

頼助と凜子は笑い合って、いつもどおりの別れの挨拶を交わす。力強くハイタッチした手はヒリヒリしていて、凜子の手の温もりが少し残っていた。頼助は片手をポケットに突っ込み、震えていたスマートフォンを取りだす。柴犬風にカットされたポメラニアンがホーム画面で吠えていた。

次の瞬間、スマートフォンの画面の光が急速に強まっていった。あまりの眩しさに、アーケード筐体の風景は見えなくなった。思わず目を閉じそうになるのを堪えて、凜子を横目で見る。光に包まれて姿が見えなくなっていく中、凜子も横目で頼助を見ていた。

これは夢——現実ではない、最後に覚めてしまう夢。

いま一緒に遊んだ凜子が完璧に再現されていても、彼女は本物によく似たフェイクでしかない。

夢の中のゲームセンターで遊んでも、ただの気休めにしかならない。

それなのに、頼助は偽物の凛子と遊べて楽しかったと思った。

本物の凛子と思い出が共有されるわけではないのに、この夢のことを目覚めても忘れたくない。何気なく交わした言葉も、彼女の些細な仕草も、心に留めておきたかった。どうしてそう思ったのか、自分でもよくわからなかった。

眩しい光が頼助たちを包み込む。凛子の姿は完全に見えなくなった。小さな穴が胸に開いたような痛みを感じる。何かも見えなくなる。

夢の世界から、現実を完璧に再現した世界へ。

目の前が真っ白になった。


この世界でふたたび目覚めたとき、レキトは涙を流していた。閉じている瞼の中で目が潤っていて、温かい涙が頬を滑らかに伝っていく感触がある。凛子と一緒にシューティングゲームしたことも、「ゲームの楽しさがわかった」と言えなかったことも、夢の中で体験したことは何もかも覚えていた。ただ、目覚めた後に残っているのは記憶だけで、凛子の手の温もりは左手から消えている——そんな悲しい目覚めになると思っていた。

けれども、夢から目覚めたレキトは、まず「暖かい」と思った。とくにアバターの肩から背中にかけて、誰かに抱きしめられているような温もりを感じた。暖房の風に当たる場所にいるようで、指先まで血行が良くなっているのが体感でわかる。

　レキトは目を閉じたまま、自分の顔に手を当てる。リミッターの眼鏡はつけていない。柔らかい感触が背中と尻に伝わることから、椅子にもたれかかるようだった。緩やかな曲調の音楽が流れていて、何人かのグループの話している声が微かに聞こえてくる。物や色が多い場所でないことを願いながら、レキトは目をゆっくりと開いた。

　この世界で二度目の目覚めを迎えた場所は、落ち着きのある自然色で内装を統一したカフェだった。店内の間接照明が規則的に配置されていて、柔らかい光が生み出す陰影がオシャレな空間の雰囲気を作っている。「深緑色の円に描かれた白い人魚のロゴ」の看板が、窓際の梁から吊り下げられていた。

　レキトは一息ついて、自分のアバターの状態を確かめる。いつ間にか学ランの上に紫藤のスーツの上着をブランケットのように羽織っていた。傷だらけだったアバターはかすり傷ひとつ残っておらず、痛む場所もない。NPCから目立たなくなるギア、《我らは世界の端役なり《フーズロール》》の効果は持続しているらしく、レキトの影はテーブルの影よりも明らかに薄かった。

　――おそらく傷は紫藤が《リカバリーQ》で治してくれたのだろう。

　――今カフェにいるのも、彼女がタクシーに乗せて連れてきてくれたに違いない。

　手前のテーブルには、赤色のスマートフォンとレンズにひびの入った眼鏡が置かれていた。自動で明るくなったスマホ画面には、《小さな番犬《リトル・ケルベロス》》が仰向けに転がっていて、「天気」のアプリを甘噛みしていた。

「やっと起きた。気分はどう？　大丈夫？　これ温かいから、とりあえず飲んで」

紫藤は木目模様のトレイを持ってきて、レキトにドーム状の蓋の付いたカップを渡す。L字型のソファに座って、レキトのほうへ体1つ分距離を詰めた。人差し指でテーブルを2回叩いて、ダークモカチップフラペチーノのカップを掲げる。

レキトは顔に眼鏡をかけて、保温されたカップを持ち上げる。

お互いに何も言わず、二人でカップを合わせた。

「なんとか生き延びましたね、紫藤さん。おかげさまで助かりました」

「私は全然たいしたことしてないよ。レキトくんの作戦どおりに動いただけ。……本当にあのギルドからよく逃げ切れたよ」

紫藤はほっと一息ついて、掲げていたカップをテーブルに下ろす。レキトは紫藤との戦いを振り返り、「もしもバトルアラートが鳴らなければ、負けたのは俺の方かもしれない」と心の中で思った。紫藤は何でもないような言い方で謙遜しているが、集団のプレイヤーを相手に作戦を実行できたのは、並々ならぬ強さを持っている証明に他ならない。紫藤との戦いでゲームオーバーにならずに済んだのは、雨で足が滑りやすくて、彼女の素早いフットワークが活かしきれなかったおかげだろう。

——あなたのコインでガチャを回せば、いいギアが引けそうです。

教団ギルドのプレイヤーたちにやられた記憶がフラッシュバックして、レキトは持っていたカップを握りしめる。経験による実力差があることは戦う前からわかっていたが、現実世界で培ってきたゲーマーとしての力を120%出し切れば、まったく歯が立たないこともないと思っていた。けれども、実際は50人が一丸となった連携プレイに圧倒されて、為す術もなく完敗。あの状況で逃げ出せたのは、ただの奇跡としか言いようがない。

今のままプレイしつづけたら、この先間違いなくやられる。戦いの経験値をのんびり積ませてくれるほど、このゲームのプレイヤーは甘くない。明日ゲームオーバーになって、NPCにさせられてもおかしくない。

『Fake Earth』をクリアして凛子を助けるために、今やらなければいけないことは何なのか。

「あっ、また思い詰めた顔してる！　しょうがないな、レキトくんは。なに悩んでるかはわからないけど、それ飲んでゆっくりしたら、向かいの百貨店で『買い物』に行くよ」

「……買い物？　いったい何を？　《5秒で配達《デリバーフォン》》を使えば、ネット通販で買った物をすぐ転送してもらえますよね？」

「そりゃあ君の装備アイテムだよ。こればっかりは試着しないと、サイズ感がわからないからね。そんな誰かと戦いました感ある格好で歩いたら、他のプレイヤーに狙われるでしょう？」

紫藤はストローを手に取って、チョコチップのかかったホイップクリームをすくった。口の中にストローを運ぶと、整った顔を満足そうに綻ばせる。改めて学ランの上下を見てみると、首の下から足首までナイフで斬られた跡があり、レーザー光線に撃たれた穴がいくつも開いていた。もし紫藤が《リカバリーQ》で回復してくれなければ、間違いなくゲームオーバーになっていただろう。

どうして一時的に協力していただけのプレイヤーが戦いを終えた後に傷を治してくれると信じて

疑わなかったのか？　意識を失っている間に裏切られて、容赦なくコインを奪われるリスクは考えればわかることなのに。

レキトは一口コーヒーを啜り、大事なことを見落とした原因を考えた。

恵比寿《えびす》百貨店の地下1階は、仕立てのいい服のショップが並んでいた。優雅な立ち姿を保った店員のNPCたちは、動くマネキンのようにオシャレな服装をしていた。店の前を通り過ぎると、誰もが「いらっしゃいませ」と上品に挨拶をしたり、にこやかに会釈をしてくれたりする。街を歩くNPCたちは様々な行動を取っていたのに、店員のNPCたちはみんな似たようなリアクションを取っていた。

「覚えてるかもしれないけど、お金のことはそこまで気にしなくていいよ。私たちのスマートフォンは、『ゲームが始まったとき』と『プレイ時間が1ヶ月経つごと』に、電子マネー100万円が自動でチャージされるルールだからね」

紫藤は値札を確認せず、楽しそうな顔でコートを持ってくる。試着しなくても似合わないことが確信できる、派手な色で柄のうるさいトレンチコートだった。迷わずレキトがコートを突き返すと、切れ長の目を細めた紫藤は弾んだ足取りで元の場所へ戻していく。「何かお探しの物はありますか？」と前髪を上げた男性店員のNPCが手を合わせて近づいてきた。

店頭のマネキンの服を頼みかけたところで、レキトは開きかけた口を閉じる。紫藤がカフェで買い物に行くことを提案したとき、「装備アイテム」と珍しくゲームっぽい言い方をしたことが気になった。紫藤の服装を横目で見て、店内に展示されているアイテムを見回す。そして、男性店員のNPCに微笑み、「デニムパンツ」を探していることを伝えた。

「さすが察しがいいね。私もジーンズを買おうと思ってたよ」

「ジーンズなら多少傷ついても、ダメージ加工の物と誤魔化せて目立ちにくいですからね。RPGと同じように、『Fake Earth』も装備するアイテムが大事。これがゲームオーバーになったプレイヤーのコインを譲る代わりに約束した、ゲームで知っておいたほうがいい情報ですね？」

「そう！　『Fake Earth』は服もゲーム攻略に役立てることができる。だからといって、軍人みたいな戦闘服を着たら、街中で浮いちゃうからダメだよ。『実用性』と『ファッション性』、バランスをうまく考えたコーディネートをしてね」

紫藤は腰に手を当てて、モデルのようなポーズを取る。彼女のパンツスタイルのスーツは、シアン色の血がついても目立ちにくそうな青系のダークカラーだった。東京駅前の広場で出会ったときにハイヒールを履いていたのは、戦う相手にスピードが遅いと錯覚させるためだろうか？　あるいは戦闘に向いていない靴を装備することで、周りにプレイヤーだと思わせない錯覚なのかもしれない。

それからレキトと紫藤は色んな服を手にして、どんな服装がプレイヤーとして最適解なのかを議論した。全身のコーディネートをゲーム攻略の観点で考えると、普段と違った物の見方になって面白かった。

Q1．首を守る防具は「マフラー」と「スヌード」のどちらが適しているのか？

Q２．重ね着は何枚までが「防御力」と「素早さ」を両立できるのか？
Q３．街中で「スポーツゴーグル」は怪しまれないのか？

紫藤はNPCに紛れるのが基本だから、ある程度の「ファッション性」を重視した。レキトはスマートフォンの警報でプレイヤーにバレるのだから、とにかく戦いに特化した「機能性」を重視した。各ブランドの店で試着しながら、お互いの考えをぶつけ合っていく。

そして、１時間にわたる議論の末、お互いの妥協点となる服装が決まった。

「うん、これなら格好いいと思うよ。できれば靴もこだわりたかったけど」

「『全身が新品なのは不自然』、『靴は動きやすくて、履きなれた物がいい』って結論でしょう？　汚れの少ない白シャツと靴はそのままでいきますよ」

▼ネイビー色のチェスターコート（６万２０００円＋税）
▼ライトグレーのニットセーター（２万９０００円＋税）
▼厚手のヴィンテージジーンズ（５万５４００円＋税）

紙袋を提げたレキトは男子トイレの個室に入り、買ったばかりの装備アイテムにすべて着替えた。

最寄りの恵比寿駅には動く歩道に乗って向かうことにした。周囲のNPCたちも動く歩道を利用して、全員が左側で一列に並んでいる。

　レキトは片手をポケットに突っ込み、「ライムミント味のフリスクケース」を揺らす。真っ白な粒がケースの中で動き、涼しげな音が微かに鳴った。

「『最後に買いたい物がある』って言うからさ、何を買うのか期待してたんけど……なんでフリスクなの？　ショッピングモールに来たんだから、もっと他に何かなかったの？」

「全然わかってませんね、紫藤さん。フリスクは一粒食べれば、気持ちを切り替えられて、集中力を高めることもできる優れ物です。このゲームを攻略するためのキーアイテムと言っても過言ではありませんよ」

「いや、過言でしょ。でも、そこまで言われると、なんか久しぶりに食べてみたくなるね」

「そう言うかもしれないと思って、予備を多めに買っておきました。よかったら1つ差し上げますので、好きな味を選んでください」

　レキトは星印のエナメルバッグを開けて、5種類のフリスクを手に取って見せる。「別に何でもいいんだけど」と紫藤は困ったように笑って、レモンミント味のフリスクを選んだ。華奢な手でケースの封を切って、黄色いフリスクを一粒つまんで食べる。「効果は実感できましたか？」とレキトが尋ねると、「ううん、まったく」と紫藤は笑顔で首を横に振った。

　動く歩道の列の先頭のほうを見ると、終着点まで残り100メートルを切っている。今レキトと紫藤が向かっている先は、恵比寿駅の山手線のホーム。レキトは外回りの新宿方面の電車に乗り、紫藤は内回りの品川方面の電車に乗る予定だった。

共闘のきっかけとなったバトルアラートはとっくに鳴り止み、力を合わせて戦わなければいけない相手はもういない。

　別れのタイムリミットは刻一刻と近づいていた。

「そういえば、レキトくん。《対プレイヤー用ナイフ》と《対プレイヤー用レーザー》、今後はどっち使うの？　プレイ時間12時間経ったら、1つしか使えなくなるでしょ？」

「実は迷ってるんですよね。今のところ対プレイヤー用ナイフの方が使いやすいんですが、サバイバルナイフでも代用できますし。かといって、常にサバイバルナイフを携帯する負担を考えると、簡単にホームボタンの長押しで使えた方がいい気もするんですよね」

「ふーん、そっか。じゃあ、レキトくんは《対プレイヤー用レーザー》にしなよ」

「え？　何でですか？」

「だってバトルアラートが鳴ったとき、たまたま私たちが近くにいたら、また協力プレイすることがあるかもしれないでしょ？　私はナイフを選んだんだし、別々のギアを持ってた方がお互いを補えるじゃん」

　なんてね、と紫藤はレキトの肩を軽く叩く。明るくていたずらっぽい笑顔。切れ長の目はキラキラと輝いていた。レキトは紫藤を改めて見つめて、彼女がずっと探していた人ではないことを確信する。それなのに、夢の中で再会できた凛子の面影が一瞬だけ重なった。

　列の前にいたNPCたちが歩き始めて、レキトたちは動く歩道の終着点に到着した。二人で動く歩道を降りて、横並びで恵比寿駅に向かった。ICリーダーにスマホ画面をかざして、自動改札を横並びで通り抜ける。

山手線のホームに降りるエスカレーターに着いたとき、レキトが先に進んで、紫藤は次の段に乗った。

「……すみません。最後に1ついいですか？」

「いいよ。ていうか、そんな言い方されたら、聞かないわけにはいかないし。私にわかることなら、何でも教えてあげるよ」

「違います。べつに俺は質問したいわけじゃありません。どうしてもお願いしたいことがあるんです」

レキトは紫藤の目を見つめた。左手をぎゅっと握りしめる。

——これからゲームで生き残るために、今やらなければいけないこと。

——このゲームをクリアするために、どうしても必要なこと。

「紫藤さん、これからも俺と手を組みませんか？」

山手線の駅ホームアナウンスのチャイム音が聞こえてくる。女性の音声アシスタントが、まもなく電車が到着することを告げた。後ろを向いていたレキトはホームに着いたことに気づかず、エスカレーターの降り口でVANSのスニーカーの踵を引っかける。アバターが後ろに倒れそうになった。買ったばかりのチェスターコートが汚れることが脳裏をよぎる。

だが、紫藤がレキトの手をつかみ、転ばないように支えてくれた。

「それ、いい提案だね、レキトくん！　君は頭がいいし、《小さな番犬》もなんだかんだ頼りになるし！　何よりめちゃくちゃ楽しそう！」

紫藤は微笑んで、軽やかな足取りでエスカレーターを降りる。華奢な手でレキトの手を握って、乗り換え案内の掲示板がある場所まで引っ張った。アバターの頬はわずかに赤くなっている。柑橘系の香水の匂いが鼻先に漂った。

レキトは口元が緩むのを感じた。この世界で最初に出会ったプレイヤーが紫藤でよかった。心の中でそう思いながら、握られた手をほどく。

そして、改まって握手を交わすために、紫藤に手を差し出した。

——ケルベロ！　ケルベロ！　ケルケルケルベロ！

そのとき《小さな番犬》が激しく吠え始めた。近くにいるNPCがスマートフォンから顔を上げるくらい、大音量の鳴き声。赤色のスマートフォンは、ジーンズのポケットの中で振動した。駅のホームにいるNPCたちの視線がレキトたちの方に集まる。

レキトは周りを見回して、プレイヤーらしきアバターを探した。ビニール傘を2本持った大柄の男性、無表情でスマホゲームをしている茶髪の女性、独り言をつぶやいているサラリーマン——。誰も彼もがNPCのふりをしたプレイヤーにしか見えなかった。心臓の鼓動が速くなるのを感じながら、震えているスマートフォンを手に取る。

「後ろに下がってください、紫藤さん。相手は俺たちがプレイヤーだと見抜いても、おそらくプレイスタイルまでは知らないはずです。あなたをサポート系のプレイヤーだと勘違いさせましょう」

「……本当によく思いつくね、レキトくん。でも、その必要はないよ。——だって《小さな番犬》は私のせいで鳴いてるんだからさ」

《我らは世界の端役なり《フーズローール》》、と紫藤は切れ長の目を細めてつぶやく。レキトと紫藤の影は透き通った薄さになり、興味を失ったような表情に変わったNPCたちはレキトたちから視線を逸らした。

紫藤は親指でホームボタンを長押しして、対プレイヤー用ナイフを起動する。そのまま乗り換え案内の掲示板に突き刺して、掲示板の端に寄った部分を丸く切り抜いた。

レキトは言葉を失って、その場で立ち尽くす。どうして《小さな番犬》が紫藤を危険だと認識しているのか？　何らかの誤作動を起こして、間違って吠えているとしか思えなかった。

紫藤が偽物のチュートリアルを演じていたように、これも「嘘」であることを願った。

「――《5秒で配達《デリバーフォン》》」

『お買い上げありがとうございます。手錠1本、ただいまお手元に転送いたします。またのご購入をお待ち申し上げます』

けれども、紫藤はスマートフォンのマイクに囁いて、光ったスマホ画面から飛び出した手錠を1本つかんだ。慌ててレキトがスマートフォンを構えようとすると、紫藤はレキトの背後に素早く回り込んだ。鋭い手刀を叩き込んで、振り返ったレキトの手からスマートフォンをはたき落とす。《小さな番犬》の吠える声が強くなった瞬間、紫藤はレキトの右手に手錠をかけて、もう一つの輪を乗り換え案内の掲示板に切り抜いた穴に通す。

山手線のホームに電車が停まった。全車両のドアが開き、NPCの乗客たちが降り始める。

手錠をかけられたレキトは屈むことすらできず、地面に落ちたスマートフォンを拾うことができなかった。

「ごめんね、レキトくん。君が手を組もうって言ってくれて、私は本当に嬉しかったよ。今日みたいにギルドから逃げたり、服選びで仲良く言い合いしたり、毎日一緒にプレイできたら、どれだけ楽しくなるだろうって想像した。……でもね、私は誰とも長くは組まないって決めてるの。一人でプレイするようにしないと、今の君みたいに判断力が鈍って弱くなっちゃうから。出会った頃の君なら、私に騙されることはなかったでしょ？　仲間を殺したプレイヤーに復讐するために、私は弱くなるわけにはいかないんだよ」

紫藤はレキトの前に立って、寂しそうな笑みを浮かべた。そして、後ろを振り返って、山手線の電車に乗っていく。

発車ベルが鳴った。

駅員が笛を吹いた。

電車の扉は音を立てて閉まった。

紫藤はレキトを一度だけ見て、ダークカラーのスーツの背中を扉に向ける。全車両の扉が閉まり切ると、電車は恵比寿駅から離れていった。

《小さな番犬》が鳴き止んでいた。赤色のスマートフォンの振動は止まる。いつの間にかレキトの右手にかけられていた手錠は消えていた。《5秒で配達《デリバーフォン》》は返品できる仕組みがあるのか、購入した物は一定時間経てば消えるのか、答えを教えてくれる人はもういなかった。

紫藤を乗せた電車が去った後、山手線のホームから見える空一面はオレンジ色だった。土砂降りの雨が嘘だったかのように、高層ビルの窓から道路の水たまりまで、夕焼けの光に包み込まれていた。高層ビルの隙間に太い線が空に伸びているのが見える。目を凝らしてみれば、太い線の中に7本の細い線が並んでいた。

茜空に虹がかかっている。赤いグラデーションの虹。夕焼けに照らされた虹は、5分後には消えてしまいそうな儚さがあった。切ない美しさがそこに宿っている。レキトしか見ていないのは、もったいないと思わせる景色だった。この目で見た感動を、誰かに共有したかった。

だが、雨は上がった。

暗かった空は明るくなった。

紫藤はもうそばにはいなかった。

レキトはスマートフォンを持って、カメラアプリを起動した。目の前の夕焼けにかかった虹にレンズを向けて、親指で撮影ボタンを押す。小気味いいシャッター音が鳴った。画面の左下にあるサムネイル画像が切り替わる。サムネイル画像を触ると、夕焼けと虹の写真が画面いっぱいに映しだされた。

カメラで写した夕焼けと虹は、スマホ画面の中でも美しかった。いま目にしている風景をミニチュアにしたような再現度。太陽に近くになるにつれて、オレンジ色の雲が明るい黄色になっていく様子も、そっくりそのままだった。

しかし、レキトは「目で見ているものと何かが違う」と思った。心を動かされた部分が抜け落ちているような気がした。色も形も奥行きも同じだった。

「本物」なのに「偽物」に見える。

どこがどう違うのか、何度見比べてもわからなかった。

「……思い詰めた顔してる、ってまた言われそうだな」

レキトは親指を動かして、右下のゴミ箱のアイコンを叩く。夕焼けと虹の写真は画面から消えて、代わりに東京駅赤レンガ駅舎の写真が表示された。ホーム画面に戻って、「写真」のアプリを起動する。撮ったばかりの写真を見つめながら、ゴミ箱に入ったデータをすべて削除した。

青虫色の電車がホームの反対側へ減速しながら到着する。ガスが抜けたような音がした直後、電車の扉がホームドアとともに開いた。乗客のＮＰＣたちが、すべての扉からゾロゾロと降りてくる。お互いに一定の距離を保ちながら、それぞれの歩幅で、全員が前へ進んでいく。

停まった電車へ列になっていたＮＰＣたちが順番に乗り込んでいく。発車前のベルが鳴りはじめる。

レキトは片手をポケットに突っ込んで、ライムミント味のフリスクケースを引っ張り出した。新品の袋の封を切って、親指で蓋を開ける。口の中にフリスクを一粒放り込んで、奥歯でガリッと噛み砕く。

そして、雨上がりの景色に背を向けて、紫藤とは反対方向に1歩前へ踏み出した。

【遊津暦斗（初心者）】　対人戦績・０勝０敗１分け（逃亡回数：１回）

〈構成ギア〉　・《小さな番犬《リトル・ケルベロス》》
・《対プレイヤー用ナイフ》
・《対プレイヤー用レーザー》

〈ギルド・仲間〉　・ソロプレイ

〈装備アイテム〉　・ネイビー色のチェスターコート
・ライトグレーのニットセーター
・厚手のヴィンテージジーンズ
・新品の眼鏡
・スマートフォン
・ＶＡＮＳのスニーカー
・星印のエナメルバッグ

〈所持金〉　・電子マネー84万６８７０円＋現金２万４５７３円
（洋服代＋フリスク代　－15万３１３０円）

〈プレイ時間〉　３時間46分
〈コイン獲得数〉　０枚
〈クリア回数〉　０回
〈称号〉　奇跡の初心者

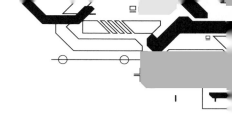

第2章

遊津暦斗の誕生日

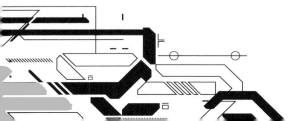

1話　知らない家

一晩ぐっすり寝たら、アバターは筋肉痛に襲われていた。全身はひどく重たく感じる。昨日の紫藤やギルドとの連戦で、アバターを無理に動かしすぎたらしい。硬くなった太ももの裏側は、じわじわとした痛みを1秒ごとに訴えている。自分のターンが終わるたびにダメージを食らう、状態異常に陥ったような感覚だった。

――『Fake Earth』は現実世界を完璧に再現したゲーム。

――どこかのRPGみたいに、寝れば体力が『全回復』というわけにはいかない。

レキトは目を閉じて、ドラッグストアで買ったアイマスクを外す。枕元のヘッドボードに手を伸ばして、新調した眼鏡のブリッジを指先でつまんだ。滑り止めのグリップを付けたつるを触り、「コバルトブルー色のスクエア型の眼鏡」を装備する。両目をゆっくりと開けて、仰向けに寝転がったまま、赤色のスマートフォンのホームボタンを押した。

《小さな番犬《リトル・ケルベロス》》はスマホ画面に張りついており、ツヤツヤな鼻が画面いっぱいに映っている。休止状態だった画面を明るくした瞬間、レキトに甘えるように鼻をぐりぐりと押しつけてきた。特徴のある鳴き声で吠えそうな素振りはない。今のところ「危険」は迫っていないようだった。

「……9時過ぎか。さすがに起きるか」

レキトはベッドから身を起こして、薄暗い部屋をゆっくり歩く。出入り口のドア近くの壁に手を伸ばして、部屋の明かりのスイッチを押した。ゲーム画面がロードされるように、明るく照らされた部屋のインテリアが見えるようになる。

真っ黒で屏風絵のような花柄のスケートボードが、縦向きに壁掛けで飾られていた。美しい木目の本棚には洋書が並んでいて、空いたスペースには観葉植物のテラコッタ鉢が置かれている。12畳近くある部屋の隅には、サンバースト塗装のエレキギターが三脚スタンドに立てかけられていた。姿見の付いたハンガーラックには、ヴィンテージ感のあるテーラードジャケットが吊るされている。

ゲーム攻略の拠点となる「遊津暦斗の部屋」。下北沢《しもきたざわ》駅から徒歩10分の自宅には、財布の中にあった学生証に記載された住所から辿り着いた。操作するアバターは見た目どおり「サブカル好きな高校生」らしく、部屋にあるアイテムすべてにこだわりがあることが伝わってくる。

レキトは壁面クローゼットに歩み寄り、左右の折れ戸を同時に開けた。色ごとにハンガーパイプにかけられた服の中から、「ベージュ色のカーディガン」「長袖のカットソー」「細身の黒いチノパン」をクローゼットの中から手に取る。格子柄のルームウェアを脱ぎ、下着以外の装備アイテムを交換した。部屋の電気を消した後にドアを開けて、折り返し階段を2階から1段ずつ下りていく。

『Fake Earth』はシナリオやイベントが用意されているゲームではない。ゲームマスターの手がかりを集めたり、プレイヤーと戦ったりしなければ、何も起きない「日常」というプレイ時間だけが過ぎていく。

そして、この世界のアバターとして存在する以上、一部のＮＰＣとの人間関係が最初からできあがっている。
レキトはリビングの扉の前に立った。ボス戦を前にしたときに似た緊張を感じた。静かに深呼吸して、スクエア型眼鏡をかけ直す。左手を伸ばして、真鍮のドアノブをひねった。

開けた扉の先から温かな光が差し込んだとき、深みのあるコーヒーの香りが漂ってきた。暖房が快適な温度に調節した空気が流れてきて、優しく肌に染み込んでいくような感覚を覚える。30畳くらいの広さのリビングでは、円型のロボット掃除機が稼働していた。

室内飼いしている小型犬のように、レキトの足元へちょろちょろと近づいてくる。

薄型の液晶テレビの画面には、週末の朝の情報番組が映っていた。「昨日に東京駅周辺で起きたテロ事件」が話題に取り上げられていて、報道ヘリで空撮した高層ビルが炎上している映像が流れている。男性アナウンサーによると、今回のテロは世界中を騒がせている組織による犯行で、警察の特殊部隊が出動したものの、全員に逃げられてしまったらしい。

円型のロボット掃除機は向きを変えて、レキトを案内するウェイターのように、セラミック天板のダイニングテーブルのほうへ進んでいく。レキトの朝食として、レーズン入りの食パンとアボカドサラダがテーブルの上に用意されていた。ダイニングテーブル周りにある椅子の数は5脚。流し台の食器洗い機には「空になった四人分の食器」がセットされている。

レキトは自然体を心がけながら、朝食の用意されたダイニングテーブルに向かった。『Fake Earth』で気をつけるべき存在は、プレイヤーだけじゃない。相手に悟られないように、横目でソファやラグマットの方を見る。

朝食を食べ終わった4体のアバターがリビングでくつろいでいた。

「暦斗、冷蔵庫にヨーグルトがあるから、食べたかったら食べて」

向かいの席に座っている女性アバターが片手にコーヒーを持ち、テーブルに広げた文庫本を読みながらレキトに話しかける。肌に張りのある見た目は30代後半くらいで、目鼻立ちがはっきりとした顔立ちは宝塚出身の役者を彷彿とさせた。

中学生らしき女性アバターは真っ白な壁にもたれかかり、ウサギの耳をしたケース付きのスマートフォンで自撮りの動画を撮っている。歌っているように口をパクパクと動かしながら、可愛く笑ったりおどけた顔をしたりと表情を次々と変えていた。

五人掛けのソファ前のラグマットには、背の高い大学生らしき男性アバターがうつ伏せに寝転がっている。スケルトン筐体のワイヤレスイヤホンを耳に着けて、緩んだ表情でゴリラが喧嘩している動画をスマートフォンで観ていた。

ソファに座った40代半ばらしき男性アバターは眉間に皺を寄せて、同じ絵柄をなぞって消す系のスマホゲームをプレイしている。

父親の司《つかさ》、母親の紀子《のりこ》、兄の優斗《ゆうと》、妹の美桜《みお》。

ゲーム攻略の拠点となる自宅は、四人の家族のＮＰＣとの共同生活だった。

「そうだ、優斗、美桜、明日は7時には帰ってきて。せっかく作った御馳走、冷めたらもったいないし」

「え～マジ？　明日、私、ミキちゃんと遊ぶんだけど。そんな急に言われても困るよ」

「大丈夫だよ、母さん。美桜、『この日は用事があるから早く帰るね』ってミキちゃんとの電話で話したから。年頃だし反抗期っぽく振舞ってるだけ」

「……あっ、美桜。そういえば、昨日アップしてたダンスの動画は良かったぞ。お父さん、いいねとコメントしといたから」

「ちょっとお兄ちゃん！　人の電話を盗み聞きするのは、プライバシーの侵害なんですけど！　あとお父さん！　私の動画を観るのはいいけど、コメントは友達に見られたら恥ずかしいって言ったでしょう！　……まあ、その、気持ちは嬉しいんだけどさ」

美桜は照れ臭そうに頬を掻くと、ウサギの耳をしたケース付きのスマートフォンに視線を戻す。兄の優斗は片耳のイヤホンを着け直して、ゴリラが喧嘩している動画の続きを再生した。母の紀子はコーヒーを啜って、文庫本のページをめくる。遊んでいたゲームのスコアが良かったのか、誇らしげな顔をした父の司は無言でガッツポーズを取った。

同じ屋根の下に暮らす家族たちは、各々がやりたいことを自由にやっている。お互いの会話も少なく、共通の話題となりそうなテレビも誰ひとり観ていなかった。レキトがリビングに入ったときも、視線を寄越すだけで、「おはよう」の挨拶の1つもない。全員が相手から一定の距離を置いた場所にいる。

しかし、このリビングには和やかな空気が流れていた。4体のアバターたちはリラックスした雰囲気で休日を過ごしている。みんな好き勝手にやっていることが「家族」として調和しているように見えた。この家族はアーカイブ社が作った「偽物」であるはずなのに、「本物」の家族を目の当たりにしているかのようなリアリティーを感じさせる。

もしもレキトが「家出」を選択したら、きっと彼らは警察に捜索願を出したり、SNSで情報提供を求めたりするだろう。行方不明者として目立てば、敵プレイヤーにレキトがプレイヤーだと疑われる可能性が高くなるはずだ。かといって、家族の前で不自然な行動を続ければ、心配されて病院に連れて行かれるなどのリスクもある。

――この世界で生きるためには、「遊津暦斗」を完璧に演じなければいけない。

レキトは冷蔵庫を開けて、バニラ味のヨーグルトを取り出す。無言で手を合わせて、アボカドサラダの皿のラップを剥がした。銀色のフォークでアボカドを刺して、口の中に入れる前に手を止める。何気ない感じを装うことを意識しながら、まずは知らなければいけないことを質問した。

「あれ？　そういえば明日って何があるんだっけ？」

レキトが母親の紀子に尋ねたとき、家族がくつろいでいたリビングに不穏な空気が漂った。司は片眉をピクッと上げて、紀子は文庫本のページをめくる途中で固まっていた。全員の視線が一斉にレキトに向く。優斗は目を瞬かせて、両耳からワイヤレスイヤホンを外した。美桜は真顔になって、知らない人を見るような目でレキトを見つめている。

「何を言ってるんだ、暦斗？　明日はお前の誕生日じゃないか」

冗談っぽく肩をすくめた父は朗らかに微笑みかける。穏やかな口調で話していても、目は心配する気持ちを隠せていなかった。母は自分の額に手を当てて、反対の手をレキトの額に当てる。細い首を傾げて、レキトの目を覗き込んでいる。

「……あはは、そんな真に受けないでよ。ジョークに決まってるじゃん。滑ったけど」

「そうね、熱はないみたいね。けど、本当に大丈夫？　昨日も帰ったらすぐ寝てたし、どこか体の調子がおかしいのかも」

「心配いらないよ、母さん。全然大丈夫だから。ありがとう」

レキトは母を手で制して、アボカドサラダを食べた。動揺してフォークを持つ手が震えないように、指先に力をぐっと込める。

家族のみんなは何も言わず、何でもなかったようにレキトから視線を逸らした。それぞれが中断していたことを再開する。

けれども、全員がレキトの様子を窺っており、ときおり目配せを交わしていた。


レキトは朝食を食べ終わった後、自分の部屋に戻ることにした。明らかに不自然な態度だが、家族の前でこれ以上ボロを出すことのほうが怖かった。「遊津暦斗」のパーソナリティーを急いで把握しなければいけない。ベッドの縁に腰かけて、赤色のスマートを手に取る。昨日は疲れて放置していたＬＩＮＥを起動すると、知らないＮＰＣの名前がトークリストに並んでいた。

「おっ、通知がいっぱいじゃん。俺と違ってリア充だな、暦斗は」

一人きりのはずの部屋で、聞き覚えのある声がする。慌ててレキトはスマホ画面から顔を上げると、兄の優斗が近くに立っていた。家族の前で失言して動転したあまり、部屋の扉を開けっぱなしにして、2階に人が上がってくるのも気づけなかったらしい。レキトは背中にスマートフォンを隠して、いきなり兄が部屋に入ってきたときの反応を考える。

「……あのさ、ノックくらいしてよ。心臓が止まるかと思った」

「あ～悪い、悪い。母さんに『ちょっと探ってきて』ってお願いされたからさ、黙って入ってみたんだよ」

「はあ、母さんも心配性だな。まあいいけど。で、何？　こっちは普通に元気なんだけど」

「そりゃ、俺がお前に訊くことなんて、アレしかないだろう？　ここまで言えばわかるだろう？」

ドアを閉めた優斗はデスクチェアに座って、マーモットが喧嘩している動画をスマホで観はじめた。10秒ほど再生すると、一時停止ボタンを押して、まだ回答しないレキトの顔を不思議そうに見つめる。

レキトは腰に手を当てて、呆れたようにため息をつく演技をした。「アレ」がいったい何なのか、まったく見当もつかなかった。

おそらく母の紀子が優斗を派遣した理由は、親が子どもに直接訊きにくいこと。レキトの様子がおかしくなった原因だと結び付けられているものだろう。

――通知の溜まったコミュニケーションアプリ。

――「俺と違ってリア充だな」という兄の言葉。

レキトは直感を信じて、頭に浮かんだ答えに賭けることを決意した。

「ああ、『彼女』のことか。別れてないよ。まあ、昨日の帰り道で喧嘩したけど」

レキトは強がっている弟を演じた。ギルドに完敗したことを思い出し、不機嫌そうな表情を作る。両手をポケットに突っ込み、優斗の目を見返した。

「そう、真紀《まき》ちゃんのこと。あ〜やっぱり喧嘩したのか。誕生日前に険悪になるのはショックだもんな」

「べつにショックじゃないよ。悪いのは、俺じゃなくて、あいつだし」

「まあまあ、そこはお前が大人になってやれよ。何があったかは知らんけどさ」

優斗は腕を組んで、穏やかな口調でなだめるように言った。母親譲りの均整の取れた顔立ちで、朗らかに笑った顔は父親に似ている。爽やかなショートの黒髪で、少しオーバーサイズのTシャツを着こなしている姿は大人っぽい。真面目な好青年を絵に描いたような見た目なのに、左耳に開けたスタッドピアスが様になっていた。

「とりあえず良かったよ。暦斗の調子がおかしいのは、真紀ちゃんと喧嘩したことが原因で。あんまり様子が変だから、てっきり勘違いしちゃったよ。――『お前はプレイヤーじゃないか』って」

優斗は声をひそめて、青色のスマートフォンをレキトに向ける。父譲りの朗らかな笑みは消えていた。別人のような目つきに変わっている。

レキトは息を呑み、頭の中の思考が吹っ飛ぶのを感じた。咄嗟にベッドから腰を浮かせて、部屋の奥に向かって飛び退く。

だが、赤色のスマートフォンを構えたとき、決定的なミスを犯したことに気づいた。騙そうと思っていた相手の言葉に引っかかって、「弟」の演技を止めてしまったことに。部屋に置いた姿見を

見ると、そこにはプレイヤーとしての自分が映っていた。

――ケルベロ！　ケルベロ！　ケルベロ!!

《小さな番犬《リトル・ケルベロス》》が激しく吠えだした。赤色のスマートフォンが振動する。「DANGER」のポップアップがスマホ画面で点滅していた。

目の前にいるアバターを「危険」として認識している。

「正直に言って驚いたよ。まさかプレイヤー同士が家族になるなんてさ。でも良かった。俺もみんなも心配してたからさ。後はお前をゲームオーバーにして、元の暦斗に戻せば解決だ」

晴れやかな顔になった優斗は、座っているデスクチェアをレキトの方へ回転させた。両目を閉じて、口元にスマートフォンのマイクを近づける。《小さな番犬》の吠える声が一気に大きくなった。このまま敵プレイヤーにギアを起動されたらまずい。レキトは前へ飛び出して、優斗からスマートフォンを奪おうと手を伸ばす。

だが、優斗は目を開けるだけで、デスクチェアから立ち上がることもしなかった。操作しているアバターがバグを起こしたかのように、青い瞳が左右に揺れる。奪うために開かれたレキトの手に向かって、素早く左手を伸ばして、その指をレキトの指に絡ませた。恋人同士が手をつなぐように、固く手を握りしめて、レキトが逃げられないようにする。

「――《秘密の部屋へようこそ《ディア・ブラザー》》」

遊津優斗はレキトの手を握ったまま、低い声でギアを起動するように呼びかけた。

2話　アドバンテージ

「――《秘密の部屋《ディア・ブラザー》へようこそ》」

優斗はレキトの手を握ったまま、低い声でギアを起動するように呼びかけた。口元をスマートフォンで隠して、内緒話をするかのような囁き声。青いスマートフォンの画面が光り、優斗の足元から「×印」が広がり始める。巣穴からアリの群れが絶え間なく這《は》い出てくるように、×印の数はみるみるうちに増えていった。カサカサという不気味な貼りつき音が聞こえてくる。

――何かが起きる前に優斗を倒さなければまずい！

レキトが左手の親指でホームボタンを長押ししようとしたとき、優斗は固く握りしめていたレキトの右手を離す。そのまま大きく一歩踏み込んで、鋭い蹴りをレキトの腹に叩き込んだ。防御が遅れたレキトは部屋の壁まで吹っ飛ばされて、受け身を取れずに背中を強打する。「対プレイ――」とギアを音声認識で起動しようとした瞬間、真正面から優斗の前蹴りが迫ってきて、言葉に詰まったレキトは両腕を交差させて防いだ。

息つく暇もない肉弾戦を仕掛けられて、ギアを起動できる余裕がない。レキトが優斗の攻撃をしのぐことに手一杯になっている間に、×印は床から壁へ這い上がっていき、部屋中にある何もかもを覆っていく。サンバースト塗装のエレキギターに、洋書の背表紙に、観葉植物の葉の裏側にも貼りついていった。姿見を横目で見ると、レキトの顔にまで×印が貼りついている。

そして、×印は天井まで覆い尽くすと、一斉にすうっと消えた。貼りついた物の中に溶け込むような消え方。部屋の中で何かが変わった様子はまったくない。体が急に重くなったり、×印のついた皮膚がただれたりすることもない。

しかし《小さな番犬》の吠える声はさっきよりも大きくなっていた。赤色のスマートフォンの振動も確実に強くなっている。

ギアによる攻撃を受けたのに、何をされたのかがわからなかった。

「あんまり抵抗するなよ。後で片付けるのが大変になるだろ？」

急接近した優斗は腰の後ろに左手を回す。嫌な予感がしたレキトが右側のベッドの方へ逃げると、歯の立ったサバイバルナイフがレキトのいた場所に振り下ろされた。どうやら優斗は戦闘に備えて、腰の後ろにナイフケースを取り付けて、オーバーサイズの服で見えないように隠していたらしい。

紫藤からプレイヤーの服装はゲーム攻略に役立つと教わったことを思い出す。

――接近戦でギアを起動できそうにない状況で、ナイフを持った相手と素手で戦うのは分が悪い。

――武器になりそうな「アイテム」を素早く拾って戦うしかない。

レキトは上半身を反らして、優斗が振り抜いたナイフを辛うじて避ける。目の力を使えばナイフを容易に見切れるが、実力が未知数の相手に不用意に使うわけにはいかない。紫藤が「素早いフットワーク」を持っていたように、目の前のプレイヤーも「切り札」を持っているからだ。レキトが優斗のスマートフォンを奪うために手を伸ばしたとき、優斗はレキトの真似をするように手を伸ばして、その指をレキトの指に絡ませて止めるスーパープレイをやってのけた。動体視力がいいのか、反射神経が優れているのか、優斗がプレイヤーに選ばれた才能を見極める必要がある。

レキトは身を翻して、斬りかかってきた優斗の右側をすり抜けた。緊張と焦りで心臓の鼓動が速くなる中、急いで左右を見て、自分の部屋にある物を確認する。この対戦で生き残るために頭がフル回転しているからなのか、戦いに使えそうな物の上に「アイテム名のポップアップ」が見えるようになる。

▼観葉植物のテラコッタ鉢
▼分厚い洋書
▼掛けカバー付きの羽毛布団
▼サンバースト塗装のエレキギター
▼真っ黒で屛風絵のような花柄のスケートボード
▼回転式の姿見

レキトは左手にスマートフォンを持ったまま、一番近い場所にある「サンバースト塗装のエレキギター」に右手を伸ばした。

「おい、なに勝手に触ろうとしてるんだ？　それは弟がバイトして金で買ったギターだぞ」

全身を刺すような殺気を感じた瞬間、鋭い目つきをした優斗が床を強く蹴って飛びかかってきた。怒りに身を任せるように、サバイバルナイフを大きく振る。レキトは反射的に手を引っ込めて、優斗のナイフに当たる直前で回避した。やむを得ずスクエア型眼鏡を外そうとするが、素早く方向転換した優斗がレキトの手をナイフで狙ってくる。

接近戦で何もさせてくれない相手はどう攻略すればいいのか？

咄嗟にレキトは奥の本棚の方へ離れたが、殺気立った優斗に距離を一瞬で詰められた。優斗はナイフで斬る――と見せかけて、真横に避けようとしたレキトの脇腹にミドルキックを叩き込む。そのまま一気に間合いを詰めて、勢いを乗せた肘打《ひじう》ちをレキトの額にぶつける。

鮮やかな打撃のコンボ技を食らったとき、レキトは凛子と出会って初めにプレイしたゲームが格闘ゲームだったことを思い出した。

「……ああ、なんだ。答えはもう学習済みだったか」

レキトは微笑み、真っ赤なレバーと8つのボタンを脳内で思い浮かべる。防御のコマンドを入力するイメージを描いて、優斗が突き出したナイフを持つ手を弾くように払いのけた。すかさず空手家のキャラクターの攻撃モーションを再現するように、優斗の左足にローキックを放つ。続けて左ジャブを顔面に浴びせて、全力を込めた右ストレートをみぞおちに突き刺した。

次にどんな技を繰り出せばコンボがつながるのか、考えるよりも早くアバターが自然と動く。凛子と一緒にゲームセンターで遊んだ記憶が、真似したいキャラの攻撃モーションを細部まで再現できるように思い出させてくれる。

出会って初めての対戦で全力以上の力を発揮しても負けたことを思い返しながら、レキトは優斗にスマートフォンを握った手でボディブローを打ち込んだ。間髪入れずに肘打ちを優斗の顔面に食らわせて、後ろに重心を引くと同時に左膝を高く上げる。

そして、レキトは渾身《こんしん》の横蹴りを放って、両目を閉じた優斗の頭部に叩き込んだ。

――ケルベロ！　ケルベロ！　ケルベロ!!

連続技に手応えを感じた直後、《小さな番犬《リトル・ケルベロス》》の吠える声が大きくなる。優斗を2メートル先の姿見まで蹴飛ばしたのに、握っているスマートフォンの振動が強くなった。レキトに迫る危険のレベルが上がった合図。思わずレキトは耳を疑い、自分のスマートフォンの画面を確かめる。

だが、次の瞬間、倒れた優斗はノータイムで立ち上がった。激突した拍子に割れた姿見のガラスで切ったのか、額からシアン色の血を流している。操作しているアバターがバグを起こしたかのように、青い瞳が左右に揺れている。歯の立ったサバイバルナイフを構えて、捨て身の勢いでレキトに向かって飛び出した。

体力ゲージの減ったボスが第二形態に変身して襲いかかってくるムービーシーンが脳裏をよぎる。

姿勢を低くしたレキトは右手を構えて、左のスマートフォンを握った手でストレートを打った。

が、優斗が呼吸を合わせるかのように、同じタイミングでスマートフォンを握った手をぶつけてきた。操作するアバターの体格差で力負けして、弾き返されたレキトの手からスマートフォンが滑り落ちる。

迷わず落ちたスマートフォンを後ろへ蹴飛ばして、レキトは全速力でローキックを優斗の脛《すね》にぶつけた。当たった瞬間に会心の一撃が決まったかのような感触が足に伝わる。

けれども、優斗がひるんだ様子はない。青筋をこめかみに立てて、サバイバルナイフを振りかざす。

レキトは後ろの本棚に手を伸ばして、まっすぐに下ろされたナイフを「分厚い洋書」で受け止めた。

「だから、弟の物を勝手に触るなって言ってるだろ」

激しく押し合いながら、優斗はレキトを睨みつける。青い瞳は変わらず左右に揺れていた。彼の額から流れるシアン色の血が右目に入っても、瞼が落ちることなく開かれている。まるで痛みも血も存在していないかのように、目の前のレキトに全神経を「集中」させている。

――おそらく戦闘中に目を閉じたのは、「超集中状態」に入るためのルーティン。

――優斗はトップアスリートがごく稀に体験できる「ゾーン」の境地へ意識的に入ることができるらしい。

死に物狂いで戦っているレキトを応援するように、《小さな番犬《リトル・ケルベロス》》の吠える声が足元から聞こえた。背後には本棚がある以上、後ろに下がることはできない。両手で洋書を盾代わりに持ったレキトは、受け止めた優斗のナイフを押し返そうと踏ん張った。けれども、180センチ近くある優斗に力比べで勝てず、洋書を支えるレキトの手が押し戻されていく。背表紙に食い込んでいたナイフが洋書をじわじわと切り裂いていく。

このまま諦めずに粘りつづけたところで、ゲームオーバーになるのは時間の問題だった。

「父さん、母さん、美桜！　誰か急いで来てくれ！　『兄さんが急に倒れた！』」

　1階のリビングにいる家族に向かって、レキトは「嘘」を大声で叫んだ。×印のギアの効果もわからない以上、この戦いは仕切り直した方がいい。喉がヒリヒリと痛むのを堪えて、「とにかく早く来て！　早く!!」と全力で呼んだ。この部屋のドアを開けて、兄が弟を殺そうとしている状況を見れば、あのNPCたちは間違いなく止めに入ってくる。これまで派手に部屋で戦っている以上、もうすでに心配した彼らが階段を駆け上がってきていてもおかしくない。

　だが、誰も2階の部屋に上がってくる気配はなかった。レキトが叫んだ声は、隣の家にも聞こえてもおかしくない声量だった。それなのに、NPCの家族たちはまったく気づかない。《小さな番犬》が吠えている中、母親の紀子と妹の美桜が仲良く笑う声が代わりに聞こえてくる。テレビのバラエティー番組でも観ているらしい。

「母さん！　美桜！　助けてくれ！」

　レキトは家族のNPCをもう一度呼んだ。けれども、紀子も美桜も何の返事もしなかった。同じ屋根の下で暮らしているはずなのに、聞こえるはずの声が届いていない。

「――《秘密の部屋へようこそ《ディア・ブラザー》》は『周りの音を外に漏らさないギア』か！」

「さあな。どうせ知ったところで状況は変わらないんだから、そんなことより耳を澄ませよ。……聞こえるだろう？　リビングから幸せな音が。心が安らぐのを感じるだろう？　俺にとってこの家は、何にも代えることのできない『居場所』なんだ」

ふと穏やかな顔に変わった優斗は、鍔《つば》迫り合いのように押していたナイフを引いた。サバイバルナイフが消えたと錯覚してしまうほどのスピード！　押し返そうと踏ん張っていた力の行き場がなくなり、レキトは体勢をあっさり前に崩される。

敵プレイヤーの目の前で、アバターの足が床から離れる。

「ごめんな。見逃してあげられなくて。『賞金1億円』とか『ブラックカード』とかには興味ないんだけどさ、俺はこの家族で過ごす日常を失いたくないんだよ。父さんも、母さんも、美桜も、暦斗も、みんな大事で大好きで。ずっと一緒にいたくて。……本当に悪いんだけど、明日の誕生日の飾りつけもあるし、『弟』を返してもらうよ」

優斗は倒れていくレキトを見つめていた。右手でサバイバルナイフをくるりと回した。左手の人差し指を唇に当てて、しーっと口の形を作る。

《小さな番犬《リトル・ケルベロス》》の吠える声が急に大きくなった。振動の強まったスマートフォンは手から飛び出した。「DANGER」のポップアップがスマホ画面に溢《あふ》れかえった。

『Fake Earth』は簡単に死ぬゲームだったことを思い出す。

そして、優斗のサバイバルナイフが目の前から襲いかかってくる。

「うわ！　ここでゲームオーバーか！　あ～あ、序盤さえ切り抜けたら、しばらくは流れでいけると思ったんだけどな～」

2階の部屋でシアン色の血が飛び散ったとき、リビングからスマホゲームで遊んでいた父親の落胆する声が耳に入った。

ルール6

①プレイヤーの心臓が動いているかぎり、
　支給されたスマートフォンの電池は切れない。

②もし支給されたスマートフォンの電源を落とした場合、
　プレイヤーの心臓は止まることになる。

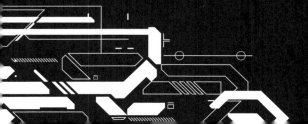

開かれたまま床に落ちている洋書の栞紐《しおりひも》が、シアン色の血に浸っているのが見える。優斗に斬られたレキトの傷口から流れた血だった。傷口から溢れ出る血は止まらず、2階の部屋の床はシアン色に少しずつ染まっていく。錆びた鉄のような臭いが部屋に充満していた。

レキトはうつ伏せに倒れていた。頬に伝わる血の感触は生温かい。サバイバルナイフで斬られた傷口から、皮膚を燃やされたような痛みを感じる。ベージュ色のカーディガンは、シアン色の血でぐっしょりと濡れている。

優斗にナイフで斬られる瞬間、体勢を崩されて避ける術がなかったレキトは、初めて「コンティニューできない」恐ろしさを理解した。もう一度チャンスがあればと思っても、もう二度とやり直すことができない。頭でわかっているつもりで、本当のところは全然わかっていなかった。歯の立ったサバイバルナイフが当たる直前、心臓はぎゅっと縮こまり、凛子の顔が脳裏をよぎった。

しかし、今この瞬間レキトはまだ生きていた。手や足を動かす力は残っている。震えているスマートフォンをつかみ、シアン色の血の広がった床に手をついた。倒れたアバターをゆっくりと起こすと、傷口から血がポタポタと漏れる。

斬られた場所は鎖骨下。出血量に比べて、傷は深くない。どこでも攻撃できた場面なのに、急所となる首と胸を外している。

レキトはスクエア型眼鏡をかけ直した。袖でスマホ画面についた血を拭う。

荒く呼吸している優斗は胸をぎゅっと握りしめた。

「……ああ、くそ、わかってるのに。お前は偽物なのに、弟と外見が同じだけのプレイヤーなのに。……本当に弟を殺すみたいで、殺すことができなかった」

青ざめた顔をした優斗は、サバイバルナイフを持った右手についた返り血を左手で覆い隠す。苦しみに満ちた目で傷を負ったレキトを見つめていた。動揺して集中力が乱れたらしく、青い瞳の揺れは収まっている。

《小さな番犬》の吠える声がわずかに弱まった。

――対戦中に相手を待つ理由はない。

痛みを堪えたレキトは優斗との間合いを詰めて、左ジャブからの右ストレートのコンボ技を決める。一気にハイキックを畳み掛けようとしたところ、辛そうに顔を歪めた優斗は斜め後ろへ飛び退いた。すかさずレキトは近くのベッドの上にある「掛けカバー付きの羽毛布団」をつかんで、距離を取った優斗に覆いかぶさるように投げる。そして、飛んでいく羽毛布団の陰に隠れて、背後の本棚に飾ってある「観葉植物のテラコッタ鉢」を床に叩き割って、短剣のように尖った破片を持った。

「ありがとう。助かるよ。弟の顔が見えないおかげで、俺は躊躇《ためら》わないで済む」

穏やかな声が聞こえたとき、桜色のレーザー光線が羽毛布団を貫通した。「まずい！」と思った同時に、レキトの腿《もも》が素早く撃ち抜かれた。

全身に激痛が駆け巡る。レキトは膝をついた。放り投げた羽毛布団が床に落ちた。背筋に悪寒が走り、赤色のスマートフォンの振動が強くなる。

光り輝くイヤホンジャックを向けた優斗は、辛そうな顔で親指をホームボタンから離した。

爆発する前の星が一際強い光を放つように、光っている優斗のイヤホンジャックの輝きが一段と強くなる。次の瞬間、電撃が迸る音を立てて、至近距離から2発目の対プレイヤー用レーザーが放たれた。レキトはなりふり構わず、全速力で横に跳ぼうとする。

だが、アバターは思い通りに動かなかった。血まみれの床に膝をついたままだった。1発目のレーザー光線で撃たれた腿に力がすぐ入らない。これまでの戦いで瞬時にできた動きができなくなっている。

やむを得ずレキトは上半身をひねって、桜色のレーザー光線を肩で受けた。撃ち抜かれた肩からシアン色の血が噴き出す。歯を食いしばって、意識が飛びそうになるのを耐える。

桜色の光の残滓《ざんし》が漂う中、優斗のイヤホンジャックはもう一度輝きはじめていた。

――『Fake Earth』はライフが減るほど、アバターのモーションが悪くなるゲーム。

――格闘ゲームみたいに、残り少ないライフになっても万全に動けるわけではない。

今までの戦いは終われば、紫藤が《リカバリーQ》で傷を治してくれた。けれども、彼女がいなくなった今、これからの戦闘で受けたダメージは簡単に回復できない。

目の前のプレイヤーに勝てたとしても、次に戦うプレイヤーに負けたら意味がない。もし別のプレイヤーが戦闘直後に襲いかかってきても、必ず生き残らなければいけない。ラスボスのゲームマスターを倒すまで、いつでも戦える状態でいなければいけない。

だから、頭脳をフル稼働させて、目の前の状況を整理しろ。対戦相手の思考を分析して、未来の行動を予測しろ。全力を出し切って、限界を超えて、最善を尽くせ。

絶対に攻略できないゲームがないように、絶対に勝てないプレイヤーもいない。

視野を広げて、見方を変えて、攻略法を見つけるんだ！

「――学習しろ、学習しろ、学習しろ！」

レキトは目を見開いて、スクエア型眼鏡を放り投げた。撃たれていない方の足で床を蹴って、3発目のレーザー光線をジャンプして避ける。空中で撃たれた足に力を込めて、無理やり着地して前に突っ込んだ。振動しているスマートフォンを左手で握りしめて、割ったテラコッタ鉢の破片を右手で構える。

優斗は両目を閉じて、即座にまぶたをすうっと上げた。青い瞳が左右に揺れる。静かにレキトを見つめて、額から流れた血が片目に入っても瞬きしない。右手にあるスマートフォンのイヤホンジャックは輝き始めて、左手にあるサバイバルナイフは桜色の光に照らされる。

「視覚野過敏症候群」VS.「超集中状態」。

共に反応速度に優れた者同士の対決。

真っ向からぶつかり合う直前、レキトは優斗の血で見えにくい目の方へ回り込んだ。優斗は同時にレキトの方へ向きを変えて、親指を長押ししていたホームボタンから離す。光っている優斗のイヤホンジャックの輝きが一段と強くなった瞬間、右側に回り込んだレキトは逆方向へ切り替えた。

青い瞳が揺れる優斗は読んでいたかのように、桜色の照準点をレキトへ瞬時に合わせる。

だが、レキトは後ろに跳んで、放たれたレーザー光線を紙一重で回避した。シアン色の血で濡れたカーディガンの袖に風穴が開いた。《小さな番犬》の吠える声に負けない声量で、レキトは激しい雄叫びをあげる。優斗の胸に狙いを定めて、短剣のように尖った破片を振り抜く。

優斗はレキトと呼吸を合わせるかのように、同じタイミングでサバイバルナイフを振り下ろした。

お互いの武器がぶつかり合い、折れたテラコッタ鉢の破片が宙に舞い散った。

「終わりだ。お前の目が凄くても、俺の反応速度には勝てない」

「奇遇ですね。俺もそう思ってました。けど、ゲームで勝つのは『反応速度』が勝ってる方じゃない。対戦相手の強みを潰した方が勝つんですよ」

レキトは右手をポケットに突っ込み、左手に持っていたスマートフォンを真上に放り投げる。プレイヤーの命となるコインが画面下に埋め込まれた重要アイテムを手放した。「宙に投げられたスマートフォン」と「ポケットに突っ込まれた右手」——優斗の視線が上下に揺れ動く。左手から意識が逸れた瞬間、素早くレキトは優斗の手首を握り、彼が持っているサバイバルナイフを動かせないように押さえつけた。

——推測どおり、優斗の才能は一点のみに集中するために、視野が極端に狭くなっている。

——そして、どれだけ反応速度が優れていても、相手に捕まった状態から攻撃を回避することはできない。

レキトは右手をポケットから出して、開いて何も持っていないことを見せた。優斗を逃がさないように、彼の手首をつかんだ左手に力を込める。折れたテラコッタ鉢の破片が空中に舞い散る軌道を見極めて、回転しながら落下している最中に右手でキャッチする。

そして、優斗の胸をもう一度狙い定めて、短く尖った破片を突き出した。

「――《愛を証明するために《キー・リレシップ》》」

落ち着いた声でつぶやいた優斗は、左手で持っていたスマートフォンの画面を胸に当てる。レキトが突き出した破片を刺すよりも、その動作はわずかに早かった。眩しい光がスマホ画面から放たれて、真っ黒なショートヘアが軽やかになびく。ピンク色の円状の線が優斗の足元に浮かび上がり、旋風のように渦巻いていく。

次の瞬間、レキトは後ろに強い力で引っ張られた。リブソックスが床を擦りながら、優斗から5メートル近く引き離される。慌てて振り返ったが、背後で何か変わった様子はない。真上に投げたスマートフォンが床に落ちたとき、《小さな番犬》が吠えて振動して、レキトの方へ跳ねて転がっていく。

――未知のギアの効果がわからなくても、目の力のタイムリミットを無駄にはできない。

転がってきたスマートフォンを拾って、レキトは優斗に斬りかかる。《小さな番犬》の吠える声が今まで以上に強くなったとき、ピンク色の渦巻いていた線からゼリー状の膜が優斗を包み込んだ。不気味な生命体のようにグニャグニャと動いて、ゼリー状の膜は直径3メートルの球体に変わる。青い瞳の揺れが収まった優斗は、哀れむような顔でレキトを見ていた。

後頭部の痛みを感じながらレキトは突っ込む覚悟を決めて、握ったテラコッタ鉢の破片を振り下ろした。尖った破片はピンク色の球体を通った。何の手応えもなく、透き通るように膜の中に入っていく。

しかし、スマートフォンを持った指はピンク色の球体の中に入れなかった。同じS極の側の磁石を近づかせたときのように、謎の反発する力に手前で阻まれた。無理に近づけようとすればするほど、押しつける手に反発する力は強まっていく。一歩前に進もうとしても、ピンク色の球体の中に右足も左足も入ることができない。

物体の破片は抵抗なく入ったのに、アバターだけがピンク色の球体に拒絶される。

《愛を証明するために《キー・リレシップ》》は「プレイヤーを接近させない」、防御に特化したギアだった。

「このギアを起動すると、ほかのギアは使えなくなる。レーザーも起動できない。だから、先に謝っておくよ。――ごめんな、楽に殺してやれなくて」

暗い目をした優斗は駆け抜けるように走りだす。真正面から一直線に前へ前へ進んだ。ピンク色の球体は中心にいる優斗が走った分だけ前進する。球体の中に入れないレキトは猛スピードでピンク色の膜に押されていく。

両足で踏ん張っても効果がない。ベッドのマットレスをつかんでも、球体の斥力《せきりょく》で指が剥がされた。横からすり抜けようとすれば、ピンク色の球体は壁いっぱいまで詰め寄った。球体の高さは天井まで届いている。

背後にはアンティーク調の本棚が待ち構えていた。

――広さが限られた対戦ステージを活かした攻撃。

――このまま何もしなかったら、ピンク色の球体と本棚の板挟みで押し潰される！

レキトは後ろに退いて、優斗の歩幅を見定めながら、黒いチノパンのポケットにスマートフォンをしまう。床に落ちたままの「掛けカバー付きの羽毛布団」を手に取り、もう一度優斗に覆い被さるように投げた。お互いに姿が見えなくなった合間に、急いで脱いだカーディガンを丸めて、優斗の次に足を出す位置に転がす。走っている優斗は羽毛布団を振り払った直後、踏みつけたカーディガンに足を滑らせた。

体勢を崩した優斗の動きに合わせて、ピンク色の球体の高さが低くなる。アバターが通り抜けられる隙間が上にできる。

レキトは壁ジャンプするように本棚を蹴って、優斗の頭上の隙間に向かって跳んだ。そして、《愛を証明するために《キー・リレシップ》》のアバターに反発する斥力を利用して、ピンク色の球体の向こう側へ飛び越えた。後頭部にアイスピックをハンマーで打ちつけたような痛みが走る。目の力のタイムリミットを超えてしまったらしい。

床に転がっている眼鏡を拾って、レキトは自分の顔にかけ直した。入口のドアに向かって走って、優斗が襲いかかってくる前に手を伸ばす。

そして、部屋のドアの鍵を閉めて、優斗のほうを振り返った。

「……いったい何のつもりだ、プレイヤーさん？　この状況で何を企んでる？」

「見たままの意味ですよ。べつに変わったことは考えてません。戦いの最中、部屋の鍵を閉める。『あなたを逃がさないため』ですよ」

レキトは片手をポケットに突っ込み、赤色のスマートフォンを取りだす。《小さな番犬》はホーム画面で牙を剥き出しにして、「ケルルルル」と唸《うな》り声を上げていた。

優斗はため息をついて、部屋の奥へカーディガンを蹴る。左手を高く上げると、ピンク色の球体は天井よりも高くなった。

「悪いけど、ハッタリは通用しないよ。お前がゲームを始めてから、まだ1日も経ってないことはわかってるんだ。もちろん初心者だからといって、プレイヤーを見くびるつもりはないよ。けど、初心者にやられるほど、俺の家族への思いは弱くない」

「ええ、あなたは俺より強いプレイヤーですよ。人並外れた集中力を持ち、ギアを的確に使いこなしてくる。紛れもなく実力のあるプレイヤーです。もし別の場所で戦っていたら、俺はゲームオーバーになったでしょう」

レキトは一息ついて、鎖骨下の傷から流れる血を手で抑えた。入口のドアにもたれかかり、アバターの体重を預ける。

「けど、ここは『俺の部屋』です。そして『Fake Earth』は地球上すべての空間が対戦ステージになるゲーム。『自宅』だろうと、身の安全は保障されない。――敵プレイヤーが襲ってくる可能性があるのに、何の対策も考えてないわけがないでしょう?」

レキトは微笑み、こめかみをスマートフォンの角で叩いた。優斗との距離を目測して、自分の部屋にある物の位置を再確認した。どうすれば勝利のルートを辿ることができるのか、様々なパターンを脳内でシミュレーションする。凛子とシューティングゲームで遊んだ日々を思い出す。

「――《対プレイヤー用レーザー》起動」

レキトは両手でスマートフォンを構えて、端末上部のイヤホンジャックを優斗に向けた。

ルール7

〈対プレイヤー用レーザーの操作方法〉

①プレイヤーは指でホームボタンを長押しすることで、
　端末上部のイヤホンジャックに電気を溜めることができる。

②そして、指を長押ししたホームボタンから離すことで、
　溜めた電気をレーザー光線として放つことができる。

③ホームボタンの長押しする時間が長くなるほど、
　対プレイヤー用レーザーの威力は増す。

ゲーム開始時から使えるギアの1つ、《対プレイヤー用レーザー》。端末上部のイヤホンジャックにスマートフォンの電力を溜めて、レーザー光線のように撃つことができるギアだ。起動時に照準点が浮かび上がるシステムなので、初心者でも狙ったところに当てやすい。

ただし、発射時にイヤホンジャックの輝きが一瞬だけ強まるため、その瞬間に「防御行動」や「回避モーション」を取られやすい欠点がある。

「――《対プレイヤー用レーザー》起動」

レキトは両手でスマートフォンを構えて、優斗の胸にイヤホンジャックを向けた。左手で持ったスマートフォンを右手で下から支えて、親指でホームボタンを長押しする。端末上部のイヤホンジャックが輝きはじめた。ライトグリーン色の照準点が優斗の胸に浮かんだ。スマートフォンが発熱する。

この世界で生き残っているプレイヤーは、全員が「自分なりのプレイスタイル」を持っている。紫藤は「素早いフットワーク」を活かして、対プレイヤー用ナイフを用いた接近戦を得意としていた。教団ギルドのプレイヤーたちは数の利を活かして、味方全員の動きを完璧に把握する「連携プレイ」を極めていた。戦闘中に使えそうなアイテムを慌てて探すようなプレイヤーは一人もいなかった。

これまでのプレイヤーとの戦いは、機転でなんとか切り抜けることができた。手持ちのアイテムを組み合わせたり、NPCの警察官を利用したりして、ゲームオーバーにならずに済んだ。

けれども、機転に頼るのは、あまりにも運の要素が大きい。毎回アイテムに恵まれるとは限らない。戦いはNPCがやって来ない場所で行われる可能性もある。どんな状況にも左右されない戦い方を習得しておく必要がある。

プレイ時間が12時間経てば片方しか使えなくなる、《対プレイヤー用ナイフ》と《対プレイヤー用レーザー》のどちらを選ぶべきか？

レキトは自宅で一晩考えて、《対プレイヤー用レーザー》をメインに戦うことに決めた。《対プレイヤー用レーザー》であれば、ギルドみたいな集団が相手でも、離れたところにいるプレイヤーを攻撃できる。複数のプレイヤーをレーザー光線で貫通させて倒すこともできる。

何より、凛子と一緒にプレイしたガンシューティングゲームの経験値を活かすことができた。

レキトは親指を長押ししていたホームボタンから離す。端末上部のイヤホンジャックの輝きが強まり、ライトグリーン色のレーザー光線が放たれた。瞬く間にレーザー光線はピンク色の球体を通過する。

コントローラーの形が違っても、狙ったところに撃つ要領はガンシューティングゲームと変わらない。

目線と銃口の高さを揃えること。

そして、目で見るように、銃口の向きを変えること。

「視線」を「射線」に変えるイメージで撃てば、照準点に頼らなくても、思いどおりに当てることができる。

だが、優斗は低く屈んで、対プレイヤー用レーザーを回避した。機敏ながらも余裕を残した躱《かわ》し方。ライトグリーン色のレーザー光線は壁に当たり、電気ドリルで貫いたような穴が開いた。穴の周りの壁紙クロスはわずかに焦げる。

ピンク色の球体に包まれた優斗は上体を前に傾けて、鋭い角度で床を強く蹴った。残像が一瞬見えるほどのスピードの飛び出し。部屋の奥から入口のドアの前に立つレキトめがけて、真正面から一直線に突っ込んでくる。巨大なピンク色の球体も、中心にいる優斗に連動するのように、レキトに向かって押し寄せてくる。

もし次の1発で優斗の足を止められなければ、ピンク色の球体に押し潰される未来になるのは間違いなかった。

——1発で決めようとするから負けるんだよ、頼助くん。

——FPSはね、狙ったところに早く撃てれば勝てるゲームじゃないんだよ。

凜子とゲームセンターで遊んだときの記憶が蘇ってくる。まだ梅雨前なのに猛暑日のように暑かった5月、新作のFPSのゲーム筐体《きょうたい》のオンライン対戦に交代で挑んだとき、凜子のように圧勝することができず、見ず知らずの相手にボロ負けした後の記憶だった。隣にいる凜子は棒が2本ついたアイスを半分に割り、少し大きめに割れた方のアイスをレキトに渡した。

『何言ってるんだ、凜子？　プレイヤーは急所に当てれば1発で倒せるんだから、2発より1発で倒したほうがいいじゃないか』

『当てることができればね。けど、実際は当たらないでしょう？　どんな対戦相手も撃たれないようにプレイしてる。攻撃が来ることをわかっていて、何もしないプレイヤーはいない』

『だから2発以上撃てってこと？　警戒されているなら、何発撃っても結果は同じだろう』

『撃つ目的を変えるんだよ。1発目は対戦相手を「倒す」じゃなくて「崩す」って感じかな。足を狙ったり、罠を仕掛けた場所に逃げるように誘導したりとかして、とにかく避けられない状況を作る。相手を何もできないようにすれば、次で仕留めようとしているのが読まれても、何の問題もないでしょう？』

レキトは肩の力を抜いて、親指でホームボタンを長押しした。心臓の鼓動は不思議なくらい落ち着いている。《小さな番犬《リトル・ケルベロス》》の吠える声もいつもより遠く感じた。振動で対プレイヤー用レーザーがブレないように、赤色のスマートフォンを握る力を強める。

優斗は全速力でレキトに向かってきた。距離を詰めれば、レーザー光線は避けにくくなる——にもかかわらず、真正面から前に突き進んでいた。視線と視線がぶつかり合う。押し寄せてくるピンク色の球体はデスクチェアをすり抜けて、赤色のスマートフォンのイヤホンジャックは光り輝く。

両手でスマートフォンを構えたレキトは斜めを向いて、ライトグリーン色の照準点を優斗から外した。縦向けに壁掛けで飾られたスケートボードに狙いを定めて、2発目の対プレイヤー用レーザーを放った。ライトグリーン色のレーザー光線をデッキ板のビス穴に通して、留め具の結束バンドを破壊する。壁から落ちたスケートボードは床を走り、迫り来る優斗が左足を踏み下ろす位置に滑り込んだ。

「俺が体勢を崩した後に、２発目でとどめを刺す作戦だろ？　悪いけど、そんな見え透いた手は通用しないよ」

片眉を上げた優斗は急停止して、軸足《じくあし》となっている右足をぐっと曲げる。そして、左足がスケートボードを踏む前に、右側に置かれたベッドに向かって跳んだ。横に跳んだ優斗は壁で受け身を取り、ストライプ柄のシーツに着地する。そして、ベッドを突っ切るように走って、入口のドアの前に立つレキトとの距離を詰めてきた。

表情が強張るのを感じながら、レキトは優斗にイヤホンジャックを向ける。両目に力を入れて瞬きを止めた。口の中に溜まった唾《つば》を飲み込む。

ここは「自分の部屋」。プレイ時間20時間のうち、半分以上の時間を過ごしたゲーム攻略の拠点。今朝、優斗が入ってくるまで、ＮＰＣの家族は誰も立ち入らなかったバトルフィールド。

疲れたアバターを休める時間はあった。今後のプレイスタイルを見直す時間もあった。

敵プレイヤーの襲撃に備えて、「罠」を仕掛ける時間も十分にあった。

「――ッ‼」

優斗がベッドを走っている途中、彼の右足がベッドの中へ沈んだ。アバターの足首が見えなくなり、膝下まで一気に下がった。マットレスを支える床板より深く落ちる。ストライプ柄のシーツが沈んだ右足とともに引っ張られる。

めくれたシーツの下には、「対プレイヤー用ナイフでベッドを切り抜いた落とし穴」がいくつもあった。

「避けたと思わせて、誘導したのか！」

「いえ、本気で転倒させるつもりでしたよ。ただ、外した場合の作戦を用意していただけです。プレイヤーとしての『経験』の差で負けないように、勝つための『準備』をしておいたんですよ」

レキトは赤色のスマートフォンを構えて、光るイヤホンジャックを優斗の胸に向ける。親指をホームボタンから離して、3発目の対プレイヤー用レーザーを撃った。対戦相手を仕留めるための一撃。急所の心臓を狙ったことは相手に撃つ前から悟られているだろう。

だが、片足が落とし穴にはまった優斗は避けようとしても間に合わない。すぐ落とし穴から抜け出せても、対プレイヤー用レーザーに当たるより早く、回避行動には移れない。

優斗は両目を閉じて、即座にまぶたをすうっと上げた。

「《愛を証明するために《キー・リレーシップ》》、解除！」

青い瞳が左右に揺れた瞬間、優斗を囲んでいたピンク色の球体が崩れた。ドロドロしたゼリー状になって床に落ちて、炭酸が抜けるような音を立てて蒸発する。優斗は必死の形相でホームボタンを連打した。微かに光ったイヤホンジャックから、「レーザー光線より短い光弾」が連打した数だけ放たれた。

桜の花びらのような光弾が、ライトグリーン色のレーザー光線に連続で命中した。正面から衝突するのではなく、左寄りに集中して当たっていく。細く短い光弾に対プレイヤー用レーザーを撃ち消す力はなかった。レーザー光線が突き進むスピードは変わらない。

だが、ライトグリーン色のレーザー光線はわずかに右に逸れた。優斗の心臓に向かっていた軌道を変えられる。

3発目の対プレイヤー用レーザーは、優斗の心臓から離れた肋骨を撃ち抜いた。

――撃ったレーザー光線に連射した光弾を合わせる精密射撃！

――「超集中状態」×《対プレイヤー用レーザー》の合わせ技か！

急いでレキトは親指でホームボタンを押し直して、端末上部のイヤホンジャックに電気を溜めた。

ライトグリーン色の照準点が優斗に浮かぶと同時に、4発目の対プレイヤー用レーザーを撃つ。

だが、優斗はベッドの穴から抜け出し、俊敏な身のこなしでレーザー光線を避けた。歯の立ったサバイバルナイフを握りしめて、一直線にレキトに向かって駆け出した。

《小さな番犬》の吠える声の大きさが跳ねあがった。赤色のスマートフォンは激しく振動する。

レキトは構えたスマートフォンを下ろして、入口のドアの方へ手を伸ばした。

「万策尽きたみたいだな。お前の人生《ゲーム》はここまでだ。恨みはないが、弟を返してもらうぞ」

「いいえ、作戦はまだ終わってませんよ。対プレイヤー用レーザーを止めるために、あなたは俺に近づいてしまいましたからね。俺を倒すために、自分の意思で、ここに誘導された。――スマートフォンは『ギア』を使うための道具じゃありませんよ、優斗さん」

レキトは微笑み、入口のドア近くの照明スイッチを押す。部屋の明かりをオンからオフに切り替えた。ゲーム画面がロード状態に入ったように、真っ暗になった部屋に置かれたオブジェクトが見えなくなる。床に広がったシアン色の血も、割れた観葉植物の鉢も、サンバースト塗装のエレキギターも暗闇の中に消えた。

レキトは「カメラ」のアプリを起動して、雷のマークを叩く。端末裏のカメラレンズを優斗の青い瞳に向ける。

そして、真っ白な撮影ボタンを押して、至近距離から「フラッシュ」を焚いた。

小気味のいいシャッター音と同時に、優斗の瞳に映った閃光が爆発する。カメラレンズを見てないレキトでも、目を閉じてしまいそうになる眩しさだった。優斗は目を眩《くら》ませて、低い声を漏らしながら閉じた瞼に手を当てる。振り抜いたサバイバルナイフはレキトから大きく外れて、入口のドアに根元まで深く突き刺さった。

親指でホームボタンを長押ししながら、レキトは足音を殺して、優斗の後ろへゆっくり回り込んだ。《小さな番犬》は静かになって、赤色のスマートフォンの振動も止まっていた。端末上部のイヤホンジャックが光り輝く。ライトグリーン色の照準点が優斗の後頭部に浮かび上がる。

遊津暦斗VS.遊津優斗。

お互いの人生を賭けた兄弟対決は、決着がついたも同然だった。

「……はぁ、ここまでか。ゲームオーバーになる前に1つだけお願いしてもいいか？　明日の暦斗の誕生日、精一杯喜んでやってくれ。みんな、準備やサプライズを頑張ってるからさ」

優斗はため息をついて、諦めたように両手を上げた。敗北を受け入れるような穏やかで落ち着いた声だった。しかし、青色のスマートフォンを握った手はわずかに震えている。

レキトは口を結んだ。ライトグリーン色の照準点がブレないように脇を締める。

目の前のプレイヤーは絶対に倒さなければいけない相手だ。ＮＰＣの家族との暮らしに価値を置いて、弟のアバターに憑依したレキトをゲームオーバーにしようとしている。ここから家出できたとしても、優斗はNPCの弟を取り戻すために、どこまでも追いかけつづけてくるだろう。NPCの両親にしたって、高校生の息子がいなくなったら、行方不明者として警察に捜索願いを出すはずだ。

今後ゲームをプレイしつづけるためには、優斗をゲームオーバーにして、プレイヤーからNPCの兄に変えるしか方法はない。いますぐ対プレイヤー用レーザーを撃たなければ、優斗は目が見えるようになって、逆にレキトがゲームオーバーにさせられる。

——現実世界へ凛子を連れ戻すために、こんなところで負けるわけにはいかない。

——『Fake Earth』を終わらせることができれば、NPCになったプレイヤーも現実世界へ全員解放できるのだから、ゲームオーバーにすることに心を痛める必要はない。

だが、レキトは親指をホームボタンから離せなかった。ゲーム攻略に必要なコインを手に入れられるチャンスなのに、対プレイヤー用レーザーを撃つことができない。

NPCの家族との日常を大事にする優斗が、凛子とゲームセンターで遊ぶ日常を大事にしていたレキト自身と重なっていた。

「きゃああああああああ!!」

突然、妹の美桜の悲鳴が1階のリビングから聞こえてくる。家中に響きわたる、恐怖に震えた叫び声だった。《小さな番犬》が吠えはじめる。「DANGER」のポップアップがスマホ画面で点滅していた。

妹の美桜が悲鳴をあげた直後、大人しくなった《小さな番犬》が吠えている。優斗は不審な素振りを見せていないのに、レキトに危険が迫っていることを呼びかけている。

この部屋の下のリビングで、何かまずいことが起きているようだった。

3話　真実の仮面をかぶったプレイヤー

「美桜っ！」

優斗は声を張り上げて叫んで、焦ったように手探りで入口のドアの鍵を開ける。歯の立ったサバイバルナイフをドアから引っこ抜いて、一目散に部屋から飛び出した。廊下を走る音が遠ざかり、2階から1階へ飛び降りた衝撃が床に伝わる。勢いよく開いたリビングの扉が壁にガチャンとぶつかる音がした。

レキトは電源ボタンを押して、対プレイヤー用レーザーを解除する。端末上部に溜まっていたイヤホンジャックの電気は弾けて、ライトグリーン色の残滓が宙に漂った。落とし穴のあるベッドの下に手を突っ込み、紫藤と別れてから買っておいた救急箱を引っ張りだす。急いで傷口を止血して、消毒液を浸したコットンを当てて、包帯を巻いて応急処置を済ませた。

赤色のスマートフォンの音量をゼロにすると、《小さな番犬》の吠える声は聞こえなくなった。振動しているスマートフォンの画面には、「DANGER」のポップアップが点滅している。枕元のベッドボードに置いたフリスクケースを手に取り、レキトは口の中へ一粒放り込んで、奥歯でガリッと噛み砕いた。黒いチノパンのポケットにフリスクケースを入れて、自分の部屋から音を立てずに出て、階段を1段ずつ慎重に下りていく。

そして、レキトはリビングの扉の前に立った。優斗が勢いよく開けた後に壁で跳ね返ったのか、リビングの扉はほとんど閉まりかけている。室内の様子は見えず、中からはテレビの音しか聞こえてこない。ボス戦を前にしたときに似た緊張を感じる。

静かに深呼吸したレキトは親指にホームボタンを添えて、対プレイヤー用レーザーを撃つ準備を整える。ゆっくりと右手を伸ばして、真鍮のドアノブをひねる。

リビングの扉を開けると同時に、片手でスマートフォンを構えた。


開けた扉の先から温かな光が差し込んだとき、錆びた鉄のような血の臭いが漂ってきた。暖房の利いた空気が流れてきて、肌が乾燥していくような感覚を覚える。30畳くらいの広さのリビングでは、円型のロボット掃除機が床の「汚れ」を拭いていた。その「汚れ」は徐々に広がっていて、円型のロボット掃除機の拭き取り作業が追いついていない。

1階のリビングには、優斗とNPCの家族たちしかいなかった。優斗は言葉を失って、目の前の光景を呆然と見ていた。母親の紀子は父親の司の手を取って、華奢な体を震わせていた。司は壁に寄りかかるように倒れて、刃物で刺された跡のある傷口から血をドクドクと流している。

涙を浮かべていた妹の美桜の手には、父親の血がべったりとついた包丁が握られていた。

「……違うの、お兄ちゃん。これは私がやったんじゃないんだよ。……お願い、助けて。――私の体、さっきから言うこと聞かないの！」

怯《おび》えた顔をした美桜が叫んだ瞬間、錆びついた歯車を動かしたような音が聞こえた。天井から吊られた糸が、美桜の頭から手足につながっているのが一瞬だけ見える。美桜の唇が左右に動きはじめて、小顔になる体操でもしているかのように、左へ大きく歪み、右にも大きく歪んだ。美桜は首を必死に横に振ったが、彼女の口角は上がっていき、心から楽しそうな笑顔に変わっていく。

そして、腹話術で人形が喋るときのように、美桜は口をパクパクと開けて閉めることを繰り返した。

「グッドモーニング～！　プレイヤーの優斗くん、そして暦斗くん！　気持ちのいい休日の朝、可愛い妹さんがお父さんを刺した光景を見た気分はいかがですか～⁉」

悪趣味な挨拶が美桜の口から聞こえてくる。それは紛れもない美桜の声だった。

だが、泣いている彼女の顔を見れば、本人の意思で言葉を発しているわけではないのは明らかだった。

レキトはスクエア型眼鏡をかけ直す。新手のプレイヤーの姿はリビングに見当たらない。赤色のスマートフォンの音量ボタンを叩いて、《小さな番犬《リトル・ケルベロス》》の吠える声が聞こえるようにする。

おそらく美桜の身に異変が起きた原因は、遠隔操作系のギアによる力だろう。ＮＰＣにしか効果が及ばないものなのか、何らかの条件を満たせばプレイヤーも操れるものなのかはわからない。見えないプレイヤーによる攻撃がすでに始まっていた。

「なんで？　なんで口が勝手に動くの？　『プレイヤー』って何のこと⁉　怖いし、もうわけわかんない！」

怯えてパニックになっている妹は、縋《すが》るような目でレキトたちに訴えかける。ギアで操作された彼女の口は、笑みを無理やり浮かべさせられていた。円盤型のロボット掃除機が近寄ったとき、「やだ、やだ」と言いながら、美桜は言葉とは裏腹に足を上げていく。そして、足裏を思いきり叩きつけて、円盤型のロボット掃除機を壊した。

包丁で刺された司は、壁に寄りかかるように倒れている。まだ息は辛うじてあるようが、虚ろな目は閉じそうになっていた。紀子は血の気の引いた表情を浮かべて、唇をわなわなと震わせている。操られた美桜が包丁についた血を舌で舐めると、紀子は言葉にならない声を漏らして失神した。

――両親がスマートフォンを使って、美桜を操作している素振りはない。

――敵がどこにいるかわからない以上、まず目の前の危険を排除しておいたほうがいい。

レキトは親指でホームボタンを長押しして、対プレイヤー用レーザーを起動する。端末上部のイヤホンジャックに電気が溜まり始めて、ライトグリーン色に光り輝いた。両手でスマートフォンを持ち、視線と射線が揃うように構える。そして、泣き笑いしている美桜の足に向かって、対プレイヤー用レーザーを放った。

だが、美桜の足にレーザー光線が当たる直前、桜色のレーザー光線が割って入るように衝突した。お互いのレーザー光線は相殺し合って、煌びやかな2色の残滓が美桜を囲うように漂う。レキトは顔をしかめて、無言で抗議するように優斗を睨みつける。

真剣な顔をした優斗はレキトを見つめ返して、懇願するように首を横に振った。

「……やめてくれ。美桜は操られてるだけなんだ」

「操られてることが問題なんですよ。本人にその気がなくても、彼女は俺たちに包丁で襲いかかってくる。ただでさえ俺たちはお互いにダメージを負っているんですから、無駄な体力を消費すべきでないことはわかってるでしょう?」

「……そんなことはわかってる。けど、美桜はまだ中学生の女の子なんだ。痛い思いはさせたくないし、体に傷を残すことはしたくない。……頼む。妹を撃たないでくれ」

優斗はレキトに頭を下げる。切実さが滲み出ている声だった。両手を握りしめて、肩を震わせている。涙が零れ落ちるように、額から流れていた血が床にポタポタと垂れていた。

レキトは口を閉ざして、頭を下げている優斗から目を逸らした。《小さな番犬》は変わらず吠えていて、今この瞬間が危険な状況であることを伝えている。操られている美桜の足を撃つことを急かすように、赤色のスマートフォンは振動しつづけている。

NPCの家族との日常のために戦う優斗が自分自身と重なったことを思い出す。

レキトはため息をついて、両手で構えていたスマートフォンを下ろした。

「……ありがとう。後は一人でなんとかするよ」

優斗は下げていた頭を戻す。右手に持っていたサバイバルナイフを腰の後ろのナイフケースに納めた。両目を閉じて、息をゆっくりと長く吐く。まぶたをすうっと上げたとき、青い瞳は左右に揺れていた。

「あ……ああ! やだ、やだ、やだよ! 二人とも、私から逃げて!」

ギアで操られた美桜は叫んで、優斗に包丁で襲いかかった。振り上げた包丁を頭上から勢いよく下ろす。優斗は半身に構えて、鋭く迫る包丁を軽やかに避けた。「もう大丈夫」と美桜の頭をポンと叩いて、彼女の目尻から流れている涙を指先で拭う。

操られた美桜は優斗の手を払って、踊り狂ったように包丁を振り回した。優斗は美桜のそばから離れず、妹のステップに合わせるように、連続で包丁を避けつづける。穏やかな笑みを浮かべて、119番にスマートフォンでかけて、落ち着いた声で救急車を呼んで。そして、床に落ちているロボット掃除機の破片を、美桜が踏む前に蹴り飛ばした。

「……足元にある物に気づかない。『操作する相手が見える範囲しか見えない』ってことか。本体が近くにいないなら、こんな茶番、いい加減終わりにさせてもらうよ」

優斗は美桜との間合いをさらに一歩詰めて、相手が狙うことを挑発するように自分の胸を指した。目の前に突き出された包丁をギリギリまで引き付けて、操られた美桜の死角へ瞬時に回り込むように避けた。親指でホームボタンを長押しして、対プレイヤー用レーザーを再起動する。そして、突き出された包丁の刃の根元に、桜色の照準点を定めた。

「あーあ、弱点バレたし勝ち目がないな〜。こいつは使えないし『処分』するか」

敵プレイヤーの言葉を喋った美桜は、手首を返して包丁を自分に向けた。首をめがけて、血塗られた包丁をぐっと近づける。優斗は目を丸くして、後ろから美桜の手を止めようと飛び込んだ。包丁を近づける手が止まり、美桜の口角がにんまりと上がる。

すかさず操られた美桜は足払いを放ち、急接近した優斗の体勢を崩した。

「ありがとう、お兄ちゃん♪」

美桜は弾んだ声で言って、優斗の胸に包丁を向けた。体勢を崩されて足が浮いた優斗は顔を強張らせた。妹が自殺する演技に動揺して集中力が乱されたのか、青い瞳の揺れは収まっている。

操られた美桜は涙を目に浮かべていたが、彼女の小さな手は包丁を握ったままだった。

「『妹を撃たないでくれ』って話でしたっけ？　――じゃあ、それ以外の方法なら止めても構いませんよね？」

レキトは微笑み、背中に隠していたスマートフォンを構える。優斗が美桜を助けに行っている間、親指でホームボタンを押しつづけていた。対プレイヤー用レーザーは、ホームボタンを押す時間が長くなるほど、威力は大きくなるシステム。電気が溢れているイヤホンジャックには、「煌めく大きな光の球体」が構築されている。

思わず目を閉じたくなる眩しさを感じながら、レキトは親指をホームボタンから離した。優斗と美桜のいる方向めがけて、「対プレイヤー用レーザー砲」を撃った。ライトグリーン色の光の球体は駆け抜けて、彼らの頭上の天井にぶつかった。派手な衝突音とともにリビングが揺れて、直径30センチ以上の風穴が天井に開く。

リビングの上に位置するのは、ゲームの拠点となる自分の部屋。この世界での生き残りを賭けて、優斗と5分前まで戦っていた対戦ステージ。後片付けをせずにリビングへ向かったため、散らかった床には洋書やテラコッタ鉢の破片が転がっている。掛けカバー付きの羽毛布団も落ちており、血で汚れたカーディガンも投げ捨てられている。

レキトが優斗に斬られたときに流れた、「シアン色の血」も床に広がったままだった。

リビングの天井の風穴から、固まり切っていないいいいいいいいいいシアン色の血が降ってくる。レーザー砲で血だまりから散り散りになって、ゲリラ豪雨のように落ちてきた。青く染まった血の滴は、美桜のフリル袖のブラウスを汚す。天使の羽のヘアピンでサイドを留めた髪を濡らした。彼女の目の中にも、目薬を差すように入っていく。

美桜は目をぎゅっと閉じた。あどけなさの残る顔を背けて、「いや！」と悲鳴をあげた。操られた手で包丁をぶんぶんと振り回すが、空を切る音だけが響く。美桜をギアで操作しているプレイヤーは、体勢を崩した優斗がどこにいるのかを見失ったらしい。

レキトは美桜の背後に回り込んで、包丁を持った右手の手首をつかんだ。後ろに手を引っ張って、美桜の腕を締め上げる。血塗れになった包丁が手から落ちる。レキトは包丁の柄を踏み、できるだけ遠くへ滑らせた。

「えー！　いいところで邪魔するなよ！　お兄ちゃんが妹を助けようとして殺される、素敵な家族愛を見れるチャンスだったのにさ！」

操られた美桜は頬をわざとらしく膨らませる。心の底からいじめを楽しんでいる子どものような口調だった。体勢を崩した優斗は立ち上がり、暗い目をしてスマートフォンを握りしめている。背後から締め上げたレキトの手には、美桜が震えているのが伝わってきた。

「おいおい、なんか返事してくれよ。それともアレかな？　暦斗くんも家族を傷つけられて、怒ってる感じなのかな？　だとしたら、君は全然わかっていない！　こういうリアルなゲームの醍醐味と言えば、『NPCを殺すこと』じゃないか！　しかもギアの力で人を操ってやらせるから、僕自身が警察に捕まることはない！　超絶で最高の完全犯罪だ！」

操られた美桜はケラケラと笑い始めた。にやついた顔で上を向いて、屋根を突き抜けるくらいの大きな声で笑っていた。《小さな番犬《リトル・ケルベロス》》の吠える声が少し大きくなる。

レキトは美桜を締め上げるのをやめて、五人掛けのソファに座った。

「おいおい、暦斗くん！　大切な家族の一大事に何をやってるんだよ！　可愛い妹がどうなってもいいのかい？」

「考え事をしたいので、お好きにどうぞ。ただ、あなたはそんなことしませんよね？」

「は？　人の話を聞いてたのか？　このゲームの醍醐味は、NPCを殺――」

「無理しなくていいですよ。もうとっくに気づいてますから。あなたの言葉、全部『フェイク』ですよね？」

レキトは挑発するように問いかけた。片手をチノパンのポケットに突っ込み、ライムミント味のフリスクケースを引っ張り出した。優斗は美桜に近づいて、彼女の小さな手をそっとつかむ。操られた美桜から笑みは消えていて、真顔でレキトを見つめていた。

「中途半端なんですよ、やることが。あなたは妹を操って、父親に包丁を刺しただけで、致命傷を与え切れていない。母親にいたっては、傷一つつけていないんです。本当にNPC殺しを好むプレイヤーなら、もっと残虐な手口を選びます。ゲームの醍醐味と言ってるのに、一人も殺してないのはおかしいでしょう？」

レキトは口の中へフリスクを一粒放り込み、奥歯でガリッと噛み砕く。緊張で乾燥していた口の中がわずかに潤うのを感じた。《小さな番犬》の吠える声がさらに少し大きくなる。改めてリビングに目を配ったが、異変らしき物は見当たらない。

人が何かを演じるとき、そこには何らかの「思惑」が存在する。たとえば、紫藤は「初心者プレイヤーからアイテムを奪うため」に、「運営のチュートリアルを担当する社員」のふりをしていた。優斗は「レキトを油断させて正体を見抜くため」に、「何も知らないNPCの兄」のふりをしていた。

どうして敵プレイヤーはNPC殺しを楽しむプレイヤーを演じたのか。

操られた美桜から武器を取り上げても、演技をすることを止めなかったのか。

《小さな番犬》の吠えている声が少しずつ大きくなっていることが不気味だった。


ピンポーン、と玄関のインターホンが鳴った。緊迫した空気が漂うリビングに、明るい電子音が響き渡る。室内にドアホンモニターはないため、誰がインターホンを鳴らしたのかはわからない。

ピンポーン、と玄関のインターホンはもう一度鳴った。間延びした音の余韻が耳に残る。

失神していた母親の紀子は目を覚まして、ぼんやりとした表情で起き上がる。

「きゃあああああああああああ！」

居留守でやり過ごそうとしたとき、美桜は大声で悲鳴をあげた。命の危険が目の前に迫っているかのような激しい叫び方。優斗は慌てて妹の口を押さえたが、操られた美桜は必死に抵抗して暴れ出した。「助けて！　助けて！」と敵プレイヤーの言葉を喋らされている。

玄関のドアをノックする音が強くなった。鍵のかかったドアノブをガチャガチャと回す音が聞こえてきた。インターホンの電子音が何度も鳴る。強引にドアを開けようと、体当たりするような音が響いてくる。

やがて玄関のドアを押し破ろうとするような音はピタッと止んだ。ドアノブを回す音もインターホンの音も鳴らなくなった。嫌な予感がしたレキトは、庭の掃き出し窓の方を見る。掃き出し窓の前のカーテンに人影が映っている。

そして、《小さな番犬》の吠える声が一際大きくなった瞬間、庭の掃き出し窓が割れる音が響いた。不気味な手の影が大きくなり、内側の鍵をガチャッと外す音がする。

勢いよく掃き出し窓が開けられる音が響いて、遮光カーテンが一気にめくられた。

「失礼します！　『警察』です！　近隣の住民より通報を受けました！」

体格のいい二人組の男性警察官たちが、警察手帳を掲げてリビングに入ってきた。育ちが良さそうな若手警察官と捜査一課に配属されていそうなベテラン警察官のペア。二人の警察手帳の顔写真の下には、「巡査　蔵内栄司《くらうちえいじ》」「警部補　淀川善《よどがわぜん》」と階級と名前が記されている。若い警察官は血相を変えて、包丁で刺された父親の元へ駆けつけた。渋い顔立ちのベテラン警察官は業務無線らしきものをつかみ、「重傷者1名、腹部に刺し傷あり――」と淡々と状況を報告する。

操作系のギアを使うプレイヤーと戦っている最中に、「拳銃を持ったＮＰＣ」がリビングにあがっていた。

——美桜が操られてから10分も経っていないのに、警察が来るのは早すぎる。

——敵プレイヤーがギアを使う前に通報したとしか考えられない。

急いでレキトが優斗に警告しようとしたとき、錆びついた歯車を動かしたような音が聞こえた。天井から吊られた糸が、若い警察官の頭から手足につながっているのが一瞬だけ見える。若い警察官は目を丸くして、フリーズしたかのように硬直した。瞬き一つしなくなる。

そして、右手の感覚を確かめるように握って開くと、拳銃を納めたホルスターに手を伸ばした。

「蔵内くん、何をやってるんだ⁉」

「ち、違うんです、淀川さん！　体が勝手に動いて！」

若い警察官は叫んだが、彼の右手は落ち着いた手つきで拳銃の安全ゴムを外した。真円の銃口を優斗に向けて、引き金に人差し指をかける。

「おい、人の家でなに物騒なものを手にしてんだ」

若い警察官との間合いを一瞬で詰めて、優斗は拳銃の銃口を握った。操られた警察官が引き金を引く直前、握った銃口を上に引っ張って、天井に向けて発砲させる。素早く銃口から手を離すと、若い警察官の顔面に拳を叩き込んだ。そして、制服の胸ぐらをつかみ、後頭部をリビングの壁に叩きつける。

だが、次の瞬間、スカーレット色のレーザー光線が優斗の背中を撃ち抜いた。リビングから至近距離で放たれた一撃。背後から撃たれた優斗は吐血して、フローリングの床に倒れた。レキトは目を疑って、対プレイヤー用レーザーを放ったアバターを見つめる。

「ふう、なんとか筋書きどおりだ」

渋い顔立ちのベテラン警察官は制帽を脱ぎ捨てる。「業務無線を模したケース」を外すと、地球のロゴが彫られたスマートフォンが中から現れた。

――『Fake Earth』はプレイヤーが操作するアバターをランダムで決められるシステムである以上、「警察官のアバター」を引くプレイヤーもいる。

――おそらく淀川がレキトと優斗の居場所を突き止めたのは、バトルアラート中に表示された名前から、警察官としての力を使って個人情報を調べたに違いない。

「優斗！」と母親の紀子は目を見開いて、鋭い声で叫んだ。「嘘……でしょ」と美桜はつぶやいて、その場で力が抜けたように座り込む。淀川は拳銃を手に取って、倒れた優斗に向けた。敵プレイヤーの注意が逸れているのを見て、レキトは親指でホームボタンを長押しする。

しかし、淀川は振り返らず、真横に向けた拳銃をレキトの方へ発砲した。殺気を感じさせない射撃。思わぬ不意打ちに反応できず撃たれたレキトの腕からシアン色の血が噴き出す。左手に力が入らなくなり、赤色のスマートフォンが手から滑り落ちた。

「……ＮＰＣ殺しを楽しむ演技をしてたのは、二重に演技しているのを隠すためか？」

「悪いけど、その手には乗らないよ。質問に答えさせてる間に、作戦を考えるつもりなんだろう？そもそも、今から殺す相手とコミュニケーションなんて取るわけないだろ」

淀川はレキトに拳銃を向けて、即座に引き金を3回引いた。真円の銃口から3発の銃弾が飛び出した。《小さな番犬》が大音量で吠えた。思わず固まったレキトは避けることができない。

シアン色の血が3回舞い上がった。アバターの肉片が転がった。美桜は声にならない叫び声を上げる。

撃たれたアバターの胸には、3発の銃弾の貫通孔が開いていた。

「……どうして?」

レキトは自分の胸に触れる。撃たれたと思ったアバターに新しい傷はどこにも増えていなかった。心臓がガリガリと引っ掻かれるような感覚を覚える。淀川が撃った瞬間、レキトをかばうように突き飛ばしたアバターを見上げる。

「……良かった。怪我はないみたいね」

母親の紀子は微笑んで、撃たれた胸を苦しそうに手で押さえる。震えている唇は血色が悪くなっていて、右手にはシアン色の血がぐっしょりとついていた。

左手をレキトの方に伸ばしたが、届く前にゆっくりと下がっていく。両目が閉じられていく。唇の震えが弱くなっていく。

「みんな……逃げて」

紀子はかすれた声でつぶやくと、静かにフローリングの床へ倒れた。

4話　最初の人生

【ゲーム世界：『Fake Earth』】
プレイヤー名＝遊津優斗（Asodu Yūto）

【現実世界】

戸籍名＝リー・ケンスイ（Lee Kensui）

どうして今リビングで倒れているんだ？

意識が朦朧とする中、うつ伏せに倒れた優斗は全身から力が抜けていくのを感じる。倒れたときに頭を強く打ったのか、記憶がすっぽり抜け落ちているようで、現在に至るまでの経緯が思い出せなかった。ザーッという耳鳴りがひどくて、周りの音もまったく聞こえない。徐々にぼやけて狭くなっていく視界の中、色鮮やかな花のペーパーボールがテーブルの脚の前で転がっているのが見えた。

誰かの誕生日の飾り付けに使うのだろうか？

優斗は何か大切なことを忘れている気がした。けれども、頭がうまく働かなくて、それが何かを思い出せそうにない。背中と腹から溢れ出る血は止まらず、重くなったまぶたが落ちていく。

目の前が真っ暗になったとき、「遊津優斗」ではなく、「リー・ケンスイ」として生きていた頃に見た誕生日ケーキのろうそくの炎がまぶたの裏に蘇った。

「ケンスイ、あなたはお医者さんになりなさい。私たちが全力でサポートするから」

俺が10歳の誕生日を迎えた日、母はケーキを飾るキャンドルの炎を見つめながら、艶やかな手を俺の手に重ねた。「それがお前にとって、一番堅実で幸せになれる道なんだよ」と父は優しい声で続けた。燃えている5本のキャンドルはアルファベットの形をしていて、左からH、A、P、P、Yの順番で並んでいる。黄色い蝋《ろう》が溶け始めて、真っ白な生クリームに垂れそうになっていた。

「わかった。じゃあ、医者になるよ」

俺は両親が喜ぶだろう返事をする。そのとき「将来の夢」なんて持っていなかった。同級生は、「プロの陸上選手になりたい」だとか「ドラマの脚本を書く人になりたい」だとか、色々な夢を持っていたけれど、俺には「どうしてもこれをやりたい」というものはなかった。

――親がそう言うなら、医者もいいかなと思った。

――やるべきことを決めてくれたことは、逆にありがたかった。

満天の星が間近に見えるタワーマンションの最上階の部屋で、俺はキャンドルの炎に息を吹きかける。ほのかな灯りが消えると、父と母は静かに拍手した。

翌日から俺は「毎日2時間」家で勉強するように言いつけられた。「毎日2時間以上」ではなく、「毎日2時間ぴったり」。算数の問題を解くのが楽しくて、図形の応用問題に時間を忘れて挑んでいると、「今日はここまでにしなさい」と母にすぐ止められた。子どもが1日にゲームで遊んでもいい時間を決めた家庭のように、我が家では勉強を2時間以上することが許されなかった。

俺が住んでいた国は、アジアの中でトップレベルの教育先進国。政府は『ストリーミング制』を導入して、子どもの進学先は卒業試験の成績で決められていた。もし初等学校の成績が良くなければ、その時点で大学を受けられなくなり、将来は専門学校に行くことを定められる。子どもの人生を左右する試験として、どの家も勉強には口うるさくなっていた。

それなのに、父と母は砂時計をひっくり返して、家での勉強時間は2時間ぴったりにこだわった。各教科の参考書は書店で一番薄い物を買い、俺がつまずいた問題は自分たちで教えた。人より裕福な暮らしを送っているのに、家庭教師を雇わない。学校でも授業を受ける以外に勉強することは禁止された。

「86点を目指す気でやりなさい。本番のテストでそれだけ取れれば、満点を取った人と同じ学校に行けるから。勉強で一番になる価値はみんなが思ってるほどないのよ。一番になりたい人は自分に自信がないから、一番になって安心したいだけ」

「時間をかければ、何でもうまくいくわけじゃないんだよ、ケンスイ。むしろ必要以上に時間をかけてしまったことで、うまくいかなくなることもあるんだ。だから、短時間で、効率良くやって、ほどほどの成果を出す。これが本当に頭のいいやり方なんだ」

学校の先生が言いそうにないことを、父と母は口癖のように繰り返す。そして、俺が家で2時間の勉強を済ませると、「好きにしなさい。もし私たちにしてほしいことがあるなら、遠慮しないで言いなさい」と穏やかに言われた。

一人でテレビをぼうっと見ていても、二人はそばにいるだけで何も言わなかった。「テニスをしたい」と言ったら、母は潮風の吹くコートでラリーの相手になってくれた。「ドライブに行きたい」と言ったら、父は市街地のサーキット場をフェラーリで爆走してくれた。「なんとなく変わった体験をしたい」と言ったら、15階建てのビルがスーパーカーの自動販売機になっている建物に連れて行かれて、飲み物感覚でポルシェを買うところを見せてくれた。

——塾に通って猛勉強している友達と比べて、こんな勉強の仕方でいいのだろうか？

毎日2時間勉強することは、「ラク」とは言えなかったが、これで友達たちと同じ学校に行けるのか、俺は正直疑問だった。それなりの点数を取ることが難しいからこそ、みんな勉強を頑張っている。それでも父と母は今日やるカリキュラムを指定して、2時間を計る砂時計を引っくり返すだけだった。卒業試験まで1ヶ月を切っても、勉強する時間は変わらなかった。

家で1日2時間だけしか勉強していないのだから、卒業試験の結果が良くなくても仕方がない。しかし、半ば諦めかけていた気持ちと裏腹に、俺は初等学校の卒業試験で全教科86点前後を取ることができた。日常で見慣れた点数が変わらず返ってきた。学年1位の優等生が本番で失敗する悲劇もなければ、落ちこぼれが高得点を獲得する逆転劇もない。夜遅くまで自習室で友達と勉強したドラマも、試験前に長い間教わった先生から激励のコメントをもらうこともなく、塾に通い詰めていたクラスメイトより少し悪い成績で、俺は同じ成績上位の学校に進学することが決まった。

「おめでとう、ケンスイ。この調子で頑張りなさい」

「おめでとう。これで医者に一歩近づいたな」

父と母はお祝いのケーキを買って、成績上位の学校へ進学できたことを喜んでくれた。けれども、両親の喜ぶ様子は、俺が模試で狙いどおりの点を取れたときと同じテンションだった。きっと最難関の国立大学の医学部に入学するためには、中高の卒業試験でも上位の成績を取らなければいけないからだろう。塾で猛勉強していた同級生たちは、志望校に進学した後も一層勉強に励むようになっていた。

だが、俺は相変わらず2時間だけ勉強することを求められた。家で2時間勉強さえすれば、部活も恋愛も禁止されなかった。父と母は学校で困ったことや欲しいものがないかを聞くだけで、それ以上のことは何も干渉してこない。俺は当たり前になった習慣を苦に思うことなく、家に帰ったら手を洗うような感覚で、毎日2時間だけ勉強することを続けた。

——普通よりも恵まれた学校生活を送っている。

真夏の太陽の陽射しが差し込む教室で、冷房の風を浴びながら、俺はふとそんなことを思った。中等学校へ1月に進学してから、勉強は上の下くらいの成績をキープしていた。陸上部では将来伸びそうな棒高跳びの選手として期待されて、学年で3番目に可愛いと言われている女の子と付き合っている。「お前みたいに何でもそつなくこなせたらな」と部活仲間に自虐気味に言われたこともあった。

しかし、俺は学校があまり楽しくなかった。人生は間違いなく順調で、同級生が欲しがりそうなモノは持っているのに、毎日がなんとなく退屈だった。いったい何を不満に思っているのか、自分でもよくわからない。学年19位の成績で卒業試験をパスして、トップレベルの高等学校に環境が変わっても、心がどこか物足りない感じは消えなかった。

代わり映えのない毎日が繰り返されていく。陸上競技場のタータントラックを延々と周回しているような気分だった。毎日2時間の勉強が終わった後、俺は自宅のベッドに寝転がって、コミュニケーションアプリで友達や恋人と他愛のないやり取りをした。常に何かをやっておかないと、暇に押し潰されそうで怖かった。

——眠たくなるまで、気を紛《まぎ》らわせるなら何でもいい。

俺がスマホゲームを始めたのは、学校のみんなと話を合わせるためだった。同じキャラをなぞって消して、時間切れになるまで高得点を目指す、定番のパズル系のアプリ。連続でキャラを消せば、制限時間は延びて、一度に稼げる得点も多くなるシステムらしい。総ダウンロード数が1億を超えており、自己ベストのスコアが世界で何番目なのかをランキング形式で表示していた。

最初にプレイした感想は「ハマりそうにない感じがちょうどいい」だった。学校の授業や2時間の自宅学習に支障が出る中毒性はまったく感じなかった。止めたいときにいつでも止められる。ゲームをやり始めてから1週間経っても、引きずることなく終わることができた。

ところが、俺は1年経っても、毎日同じゲームをプレイしていた。家で2時間勉強するように、自分の部屋にこもって1日2回だけプレイした。クラスメイトは1ヶ月もしないうちに遊ばなくなり、今は位置情報機能を活かした陣地取りゲームの話で盛り上がっていた。スマホゲームは手軽に遊べる分、やり込みすぎるあまり飽きるのが早い。陰でこっそり遊んでいる人がいることを期待したが、みんなアンインストールしたのか、クラスメイトの名前はランキングから消えていた。

——どうして未だに一人で何の変哲もないスマホゲームを続けているのだろうか？

毎日変わらない疑問を抱きながら、俺は両手でスマートフォンを持って、左右の親指を速く動かす。水兵帽子をかぶったアヒルのキャラは、一度になぞり終えた瞬間に輝きながら弾けた。ピンク色の痩せた豚のキャラが降ってきて、色んなキャラが集まっている山の上に積もる。

この1年余りで連続でキャラを消すスピードが速くなり、1分間の制限時間がボーナスで延びつづけて、1プレイが終わるまで30分以上かかるようになっていた。驚くべきことに、プレイ時間が長くなるにつれて、集中力は途切れるどころか、より一層深まっていく感覚があった。やがて2時間プレイしても終わらず、一時中断して翌日に続きを再開すると、セーブデータを読み込んだかのように、俺の集中力も昨日と同じ深さまで一気に入り込めるようになった。そうやって瞬時に深く集中することを繰り返すうちに、脳の集中力を司る部位が鍛えられたらしく、いつしか俺は目を閉じて開けるだけで深く集中できるようになった。

集中力が深まっていくほど、ゲームの操作に必要のないものは削ぎ落とされていく。視覚情報はスマホ画面しか見えなくなり、何の音も聞こえなくなり、人差し指の爪先以外の触覚は感じなくなった。代わりに、50体近くのキャラの配置が瞬きするだけで把握できた。左右のどちらからなぞって消すのがコンボにつながりやすいのか、一目で判断できるようになった。

べつに俺にとって、パズル系のスマホゲームは生きがいではない。今の自分を10年後に振り返ったら、なぜあんなものにハマっていたのか、きっと不思議に思うだろう。

俺は一息ついて、世界ランキングを上にスクロールした。パズル系のスマホゲームを始めてから1年と4ヶ月と22日、ランキングの1位の座には俺のハンドルネームが表示されていた。

——毎日家で2時間勉強している合間に、世界で一番になったことを教えたら、父と母はどんな反応をするのだろう?

俺は自分の部屋を出て、両親の寝室へ向かう。一分一秒を争う話ではないのに、つい早足になっていた。無駄にドアの前で深呼吸して、必要もなくドアをノックする。二人の顔を見たとき、何から話せばいいのか、頭の中を色んな言葉がぐるぐると回りはじめた。

「よかったね、ケンスイ。あなたにそんな才能があったなんて」

「ああ、凄いことだと思うよ。何かで世界一になるなんて、そう簡単にできることじゃない」

初めて見たであろうゲームのことでも、父と母は俺の記録を褒めてくれた。ゲーム名を調べて、プレイ人口の多さや頭の体操になるアプリであることを知ってくれた。「ゲームの1位が何の役に立つのか」なんて否定的なことは言わなかった。

しかし、二人の反応は、俺が模試で狙った点を取ったときと変わらなかった。親子の会話のキャッチボールは5分も経たないうちに終わった。表面上は喜んでいても、心の奥底では関心をあまり示さない。父と母はスマホゲームをプレイすることも、俺がプレイするところを見たいとせがむこともなかった。

俺は両親の寝室を出て行き、自分の部屋の学習椅子に座る。今日はまだ30分しかプレイしていなかったが、あらためてプレイする気にはならなかった。親指でパズル系のゲームアプリのアイコンを長押しする。ホーム画面中のアイコンがカタカタと震えはじめた。

ただのプログラムなのに、生命を感じさせる震え方。アイコンの左上の×印を触り、「削除」と書かれた文字を選択すると、パズル系のゲームアプリは一瞬で消えてなくなる。

世界で一番になった5分後に、俺はそのゲームから引退した。アプリを再インストールすることは二度となかった。

毎日変わらず続いたのは、親に課された2時間の勉強だけだった。


削除したゲームアプリを開発した企業の社員がやってきたのは、1週間後の休日の昼下がりだった。毎日の2時間の勉強が終わったときにインターホンが鳴り、室内のドアホンモニターを見てみると、優秀な銀行員みたいな見た目の欧米人男性が映っていた。仕立てのいいストライプ柄のスーツの襟には、「赤い地球のロゴバッジ」がつけられている。1階のエントランスから部屋の様子を覗くことはできないのに、来訪客の男はドアホンモニター前にいる俺に目をピタッと合わせて、爽やかな営業スマイルを浮かべた。

「はじめまして、リー・ケンスイさん。僕はアーカイブ社ゲーム事業部スカウト係のオッド・ストーン。――『Fake Earth』のプレイヤーとして、優秀な頭脳を持つ君をスカウトしにきました」

俺が応答ボタンを押した瞬間、オッドは流暢なマレー語で自己紹介する。誰が応答するのかは見えないはずなのに、ドアホンモニターの前にいるのは俺であることを確信しているような口調だった。オッドはスーツの内ポケットに手を入れて、シアン色のスマートフォンを取り出す。彼のスマートフォンの画面には、「俺がゲームで5分だけ世界一だったスコアのランキング」が表示されていた。

全世界の経済に影響を与える企業が、メイン事業ではないゲームアプリの一ユーザーの元へ会いに来る。俺がゲームで好成績を収めたことを考慮しても、怪しい話であることは間違いない。

しかし、俺はエントランスのロックを解除して、この初対面の男を自宅のラウンジに案内した。いつもと違う出来事に惹かれるものを感じた。どんな話なのかを聞いてから断っても遅くない。運がいいのか悪いのか、それともオッドがタイミングを見計らったのか、父と母はショッピングで家を不在にしていた。

「では、あなたに参加していただきたいゲーム、『Fake Earth』について説明させていただきます。とは言っても、情報漏洩対策のため、現時点でお伝えできることは少ないのですが」

ラウンジチェアに座ったオッドは、箔押し印刷された名刺を渡す。彼が前置きしたとおり、俺が生まれて初めて聞くゲームについての情報は、たったの3つしか教えてくれなかった。

一、ゲームの世界に入り込むフルダイブ型のVRゲームであること。
二、「高額な賞金」と「アーカイブ社のブラックカード」がクリア報酬であること。
三、そしてゲームオーバーになれば、死と同等のペナルティーがあること。

どれくらいのプレイヤーが参加しているのか、ゲームのジャンルは何なのか、それ以外の情報はプレイ前のルール説明で明らかになるとのことだった。

「この話は断ってくれても構いません。あなたにとって、このゲームに参加するメリットはほとんどないですから。このまま医者になれば、クリア報酬の賞金くらい楽に稼げます。ブラックカードを手にしたところで、より裕福な暮らしが送れるだけでしょう。『選ばれた人しかできないゲームをプレイできる』、ただそれを魅力的に思うかどうかです」

穏やかな口調で語りかけたオッドは、優しい目で俺を見つめる。そして、主人公の選択を待つNPCのように、微笑んだ表情のまま口を閉ざした。きっと訪問する前に俺のことをリサーチしたのだろう。静まり返った空気の中、俺はオッドの目を見つめ返す。

今年は高等学校の卒業試験がある。国立大学医学部への進学がかかった最終試験。医者になるために、父と母の期待を背負って、8年以上毎日欠かすことなく勉強を続けてきた。将来が約束された人生。先行きが見えない時代で、安定した道を選ぶのは正しい選択だ。敷《し》かれたレールを歩きつづけることは、一握りの人しかできない。

ここまで積み上げてきたものを台無しにしてはいけない。

「――『Fake Earth』に参加します」

だが、俺は一言一句はっきりした声でそう言ったとき、胸の奥がスカッとするのを感じた。

「承知しました。それでは弊社が送りましたメールをご確認ください」

オッドは事務的な口調で返事する。

俺がスマートフォンを確認すると、『Fake Earth』へ参加を表明する30分前に、「アーカイブ社ゲーム事業部」からメールが届いていた。

○

古びた街路灯の明かりは点滅していた。経年劣化で不具合を起こしているのか、円形の照明は光っては消えることを繰り返していた。生死の境を彷徨《さまよ》うかのように、光っては消えて、光っては消える。暗転と明転の間隔は短くなっていく――。

――カチッ。

確かな音が鳴ったとき、街路灯の照らす範囲は一回り広がった。明かりの外側にあったベンチの端から端まで照らされる。

夜の公園のベンチで寝転がっていた優斗は、眩《まぶ》しい光を上から受けていた。

「……始まった、のか？」

優斗は額に手を当てて、両目をぎゅっと閉じる。起き上がるのが億劫《おっくう》なくらい頭痛がひどかった。口の中にたまったツバを飲み込もうとしたとき、胸の奥から吐き気が込みあげてくる。右手で口を押さえたが、5秒も堪えることはできなかった。

芝生に黄みがかった液体がかかった。喉に溜まっていた物を出し切った途端、脳が溶けるような感覚が襲いかかった。貧血を起こしたかのように、視界がグニャリと歪みはじめる。

――プレイ前のルール説明によれば、ここは『Fake Earth』のＶＲ世界。

——地球上に存在するありとあらゆるものを再現した、現実世界と変わらない仮想空間。

優斗は息を切らしながら、「死ぬほど気持ち悪い」と思った。もしかすると、これが俗にいう「VR酔い」？　そんなことが頭に浮かんだが、ゲームを始めた瞬間から「酔う」という話は聞いたことがなかった。

運営が転送に失敗して、アバターが馴染んでいないのかもしれない。あるいは他プレイヤーから攻撃をすでに受けているのかもしれない。

このまま何もすることなく、ゲームオーバーになってしまうかもしれない。

嫌な考えを振り払うように、優斗は起き上がって、左右をきょろきょろと見回す。いったい自分の身に何が起きているのか？　夜の公園に人影は見当たらず、塗装の剥げたすべり台や赤茶色に錆びた鎖のブランコなどの遊具しかなかった。後ろを振り返っても、公園利用者への注意書きの立て看板しかない。

もしやと思って、寂れたベンチの下を足で探ると、軽い金属らしき物につま先がぶつかった。そのまま足で形を確かめると、円柱の形をした物が３つ転がっているらしい。とりあえず手で恐る恐る引き寄せてみると、それは「５００ミリサイズの空き缶」。空き缶はまだ冷たさが残っており、飲み口には滴がついている。ラベルの文字は英語よりも漢字と平仮名の数が多い。

おそらく初期転送位置は「日本」の公園。そして、アバターの不具合は、これを飲んだことが原因なのだろう。

今までの人生で体験することのなかった、脳が一時的に麻痺する生理現象の１つ。

空き缶には「アルコール度数9%」と目立つフォントで記されていた。

「ほらほら、やっぱりここにいた。おーい、生きてるか〜？」

悪酔いで意識が朦朧《もうろう》とする中、親しげに呼びかける男の声が聞こえてきた。声の張りからして、現実世界の父と同じ40代後半くらい。街灯が照らす円に二人の男のシルエットが登場する。偏頭痛で頭を抱えた優斗は近づいてきた二人組を渋々と見る。

部屋着にブルゾンを羽織ったサラリーマンと、髪をアッシュグレーに染めた眼鏡姿の男。一見すると「顔」が似ているわけではない。ただ、口元だけはクローンのようにそっくりだった。

「……誰ら、あならたち？」

重たい頭を抱えながら、優斗はサラリーマンが話した日本語で問いかける。現実世界の母が日本人だったおかげで、初等学校に入る前から日本語の基礎的な単語と文法は自然と使えるようになっていた。ただ、酔っぱらっているせいで、ろれつがうまく回らない。「た」と「だ」と言いたいところが、「ら」の発音になってしまった。

髪を染めた眼鏡の男は呆れたようにため息をついた。ベンチの下に転がっている缶を見て、さらに深いため息をつく。そして、新品の水のペットボトルの蓋を開けると、優斗の手の中にある缶と交換した。

「どんだけ酔っぱらってんだ、兄さん。家族の顔なんか普通忘れないだろう」

「まあまあ、暦斗。優斗は彼女に『頼りがいがない』って振られたばかりなんだ。SNSでも鬱《うつ》っぽくなってたし、今日くらい許してやれ」

「……なんで自分の息子のアカウントを見てんだよ、父さん。まあ心配で覗いちゃうのはわかるんだけどさ、せめて本人に内緒で頼むよ」

暦斗と呼ばれた男は優斗の手首をつかみ、ペットボトルの水を飲ませようとする。優斗が口を小さく開けると、傾いた飲み口から水が入ってきた。現実世界を再現したゲームだけあって、飲み水は本物を味わっているようだった。冷たい触感も滑らかな舌触りも完璧に再現されている。

しかし、喉を水が通った瞬間、アバターの胃が拒絶反応を起こすのを感じた。

「……がはっ、ぐっ……げほ！」

優斗は後ろを向いて、飲んだばかりの水とともに、胃液の混じった酒らしき物を吐き出した。脳がアルコールに侵食されていく感覚が強くなる。大きさの違う二人の手が優斗の背中を同時にさすってくれるのを感じた。心地よく温かい感触に気が緩んでしまったせいか、急にまぶたが重たくなっていく。

意識が落ちそうになったとき、カーゴパンツのポケットの中にある物が振動した。酔いが一瞬だけ醒めた優斗は、反射的にポケットの中にあったスマートフォンを取りだす。けれども、指先から力が抜けて、青色のケースの付いたスマートフォンが手から滑り落ちた。酔いがふたたび回り、心配して呼びかけている家族の声が次第に聞こえにくくなっていく。重いまぶたが完全に落ちる直前、吐瀉物の中に落ちたスマートフォンの画面が目に入る。

『遊津優斗　プレイヤーＩＤ：5575/0423/1829』

眩しく光るスマートフォンの画面には、この世界での「プレイヤー名」と「プレイヤーＩＤ」が表示されていた。

次に目が覚めたとき、優斗はベッドで仰向けになっていた。知らない部屋で、誰の物かわからない寝間着を着ている。二日酔いの頭痛をキリキリと感じながら、ゲーム開始時に泥酔していたことを思い出した。初期転送位置が日本だったことも、NPCの家族らしき親子が迎えに来たことも、いきなり意識を失ってしまったことも、記憶が次々と蘇ってくる。

青色のスマートフォンは、ベッドの近くにあるコンセントで充電されていた。ホーム画面には様々なアプリが並んでいた。現実世界で見慣れた物が大半だったが、ゲーム専用のギアなのか、単に珍しいアプリなのか、名前の知らない物がいくつかある。

『Fake Earth』は戦闘がいつ始まるかわからない以上、できるだけ早く調べたほうがいい。

しかし、吐き気と胃もたれがあまりにもひどく、今すぐ確認する気にはなれなかった。

「あら、起きてるね。朝ごはんできたから、冷めないうちに食べに来なさい」

目鼻立ちがはっきりした女性が部屋のドアを開けて、安心したような笑みを浮かべる。体調の悪い優斗を気遣っているのか、優しく話しかける声は抑え気味の声量だった。この世界において、きっと優斗の母親に当たるNPCなのだろう。食欲はあまり湧いていなかったが、今後もここで生活することを考えると、家族との仲はなるべく良好に保っておきたい。

優斗はスマートフォンを充電プラグから抜いた。覚束ない足取りで部屋を出て行き、階段を下りていく母親の後をついていく。

リビングのダイニングテーブルには、暦斗と父親以外に妹らしき女の子が座っていた。母親の面影のある顔立ちで、天使の羽のヘアピンがよく似合っている。女の子が朝食をスマートフォンで撮影している間に、父親は自分の皿からトマトを女の子にバレないように彼女の皿へと移す。暦斗はコーヒーを啜《すす》って、彼女の皿からトマトを父親の皿へそっと戻した。

「あっ、優兄《ゆうにい》、やっと来た。ねえ、今日買い物に行かない？　新しい冬物の服を買いたくてさ。やることないなら付き合ってよ」

「行ってきたらどうだ、優斗。美桜はお前に元気になってもらうために、それっぽいことを口実にして、後で美味しいスイーツのお店にでも連れて行きたいんだと思うぞ」

「……父さん、察したことを全部言ったらダメだよ。ほら、美桜の耳、トマトよりも真っ赤になってるし」

「二人とも！　その、恥ずかしいから、ちょっと黙ってて！　とにかく、優兄！　今日は、絶対、買い物、いいね？」

赤面した美桜は、優斗に言い聞かせるように何度も指を差した。優斗はギアなどの確認をしたかったが、有無を言わせない態度にうなずかざるを得なかった。母親はくすくすと笑って、ミルク出しコーヒーを淹れた。そして、朝食の皿と一緒に持ってきて、優斗が座った席の前に置く。切り分けたトマト、しじみの豆乳スープ、柿のジャムを塗ったオープンサンド。

優斗は朝食を無理やり食べきると、二日酔いの症状はなぜか良くなったような気がした。

ログイン1日目は予想していたよりも呆気なく終わった。チュートリアルの正体に驚かされたくらいで、それ以外に変わったことは何も起きなかった。街中でプレイヤーに襲われないかと緊張したが、優斗がNPCとプレイヤーを見分けられないように、他プレイヤーもNPCの中から優斗を見つけられないらしい。きっと現実世界を再現しているがゆえに、非日常みたいな戦いはそう簡単には起きないのだろう。人生を賭けたゲームをプレイしている感覚はなく、日本でホームステイを体験しているような気分だった。

だが、2日目の夜、このゲームの恐ろしさを痛感した。これから暮らすことになる場所のことをよく知るために、渋谷の繁華街を人波に押されながら散策していたとき、大音量の警報音が鳴ったのだった。迷惑そうな視線を一斉に向けられると思いきや、繁華街にいる人たちは何の反応は示さない。この騒々しいアラート音は、NPCには聞こえないようだった。

悪い予感がした優斗がスマートフォンを手に取ると、渋谷エリアの地図がロック画面に映し出されている。複数のコインが地図に点在していて、渋谷エリア内にいるプレイヤーの現在位置を示していた。どうやら運営がプレイ前に説明した「バトルアラート」が鳴ったらしい。優斗の現在位置を表示したコインの左側には、別のコインが10メートル離れた場所に表示されている。

優斗がスマホ画面から顔を上げた瞬間、目の下にクマのあるサラリーマンのアバターと視線が合った。

生まれて初めて体感する死の恐怖。アバターの産毛が逆立つような感覚。素知らぬ顔をするどころか、視線を逸らすこともできない。心臓がきゅっと縮み上がり、冷や汗が頬を伝っていくのを感じる。

目の下にクマのあるサラリーマンは欠伸を噛み殺して、人混みを分けながら優斗に近づいてきた。名刺ケースを手に取るように、ネイビー色のスーツからスマートフォンをつかんだ。優斗が人目を気にせず駆けだすと、サラリーマンも走って追いかけてくる。その骨ばった親指でスマホ画面を叩くと、目の下にクマのあるアバターは半透明になり、人混みのＮＰＣたちをすり抜けてくる。

逃げながら優斗は目を閉じて、即座にまぶたを上げる。目の前の人混みに全神経を集中させて、最短で走り抜けるルートを見極めた。殺されたくない一心で、振り返るタイムロスを惜しんで、一心不乱に走りつづける。なんとか追いかけてきたプレイヤーを撒くことはできたが、その日は街ゆく人たちがみんなプレイヤーに見えて、誰にも自宅までつけられないように遠回りして帰った。

「おかえり、優斗。……あれ？　今日なんか『いいこと』あった？」

「いや、とくに何も。むしろひどい目にあったくらい」

「ふーん、そっか。なんか生き生きした顔に見えたんだけどね。まあ、とりあえず座りなさい。今日の晩御飯、ちょうどできたところだから」

母親はコンロの火を止めて、料理をフライパンから皿に盛りつけた。夕食のメニューは「干しエビと混ぜ合わせたご飯がピンク色のエビチャーハン」。優斗はレンゲですくって、丸まったエビとチャーハンを一緒に食べる。ゲーム内の食事は本当に食べているわけではないのに、炊き立てのご飯にエビの旨味が染み込んでいて美味しかった。

それから3日間は何事もなく過ぎたが、NPCの家族は優斗の変化に気づきはじめた。「なんか機嫌良さそうだね」と美桜は優斗の顔をじっと見つめた。「もしかして彼女とよりを戻したか？」と嬉しそうな顔をした父親は勘違いしていた。暦斗は何も言わなかったが、何か言いたげな顔をしていた。

もし優斗が戦闘で怪我をしたら、この家族たちはすぐに気づくだろう。間違いなく心配するだろうし、怪我がひどいときには病院へ連れて行くこともあるはずだ。

さすがにNPCに自分がプレイヤーであることはバレるとは思わない。だが、彼らが友人に家族の悩みを相談したときに、その友人がプレイヤーの可能性はありえる。病院へ連れて行かれれば、そこに医者や患者のふりをしたプレイヤーが待ち構えているかもしれない。

——ここは誰がプレイヤーなのかわからない世界だ。

——違和感をこれ以上持たれないように、NPCだった頃の「遊津優斗」になりきる必要がある。

優斗は自分の部屋の持ち物を調べて、改めてスマートフォンの検索履歴を見返した。コミュニケーションアプリを起動すると、家族全員と日常的に他愛のないメッセージを送り合っていた。彼らのそれぞれの趣味に精通しているあたり、このアバターは家族思いのNPCだったらしい。三兄妹のグループチャットでは、父親と母親の結婚記念日のプレゼントをどうするか、自ら進んで話を持ちかけていた。

母親が好きな作家の本を読む。父親が課金しているスマホゲームを極める。美桜好みのSNS映えしそうな風景を写真に撮る。暦斗が推しそうなインディーズバンドの曲を聴きつづける。

ＮＰＣの遊津優斗のルーティンを真似するのは大変だった。本もゲームも、初めて見る漢字を解読するのは苦労した。今までの暮らしと文化が異なったため、ＳＮＳへの日本特有の肌感覚がなかなか理解できない。海外のインディーズバンドにいたっては、何がいいのかがさっぱりわからなかった。

ただ、それぞれの趣味の話を家族に持ちかけると、みんな食いつくように乗ってくれた。美桜は顔を輝かせて、母さんはいつもよりよく笑った。意外にもクールそうな暦斗の反応が一番良く、好きそうなバンドについて話題を振ると、講演会のように一人で延々としゃべり続けていた。色んなスマホゲームをやりこんでいる父さんと話を合わせるのは大変そうだと思っていたが、自称ゲーム博士の父さんは割と抜けていて、遊び始めたばかりの優斗の方が詳しいことが多かった。

「ははは、さすが優斗は詳しいな。じゃあ、あの話は知ってるか？　来週のメンテが終わってから、捕まえたモンスターを配合できる機能が追加されるやつ」

「……父さん、残念だけど、それはデマ。公式サイトを調べたけど、そんな発表はなかったよ」

「そっか。また騙されちゃったな～。でも、とっておきの情報はもう1個あるんだ。知ってるか？いよいよカジノが実装されるんだって」

「……いや、それもデマなんだよ、父さん。たぶん公式を真似た偽アカウントに引っかかってるから、後でフォローを外しておいたほうがいいよ」

自分を理解してくれる人が身近にいる。多様な価値観がある時代だからこそ、同じ価値観を共有してくれる人は特別になれる。優斗はＮＰＣの家族と普段の会話も弾むようになった。彼らの顔を見るだけで、どんな気分なのかもわかるようになった。ゲーム攻略を進められる環境が万全に整った。

しかし、優斗はミステリー小説を読むことも、RPGのスマホゲームのイベントを周回することも続けた。フォトジェニックなカフェ巡りをすることも、次世代のバンドを発掘することも止めなかった。気づいたら同じ趣味に自分もハマっていた。好きなことを心行くまで語り合うのは楽しかった。

毎日NPCと過ごす日々は居心地よく、現実世界にいた頃よりも幸せだった。

ゲームに没頭《ぼっとう》すれば、時間を忘れてしまう。紅葉した葉は枯れて、落ち葉に雪は積もり、新たに芽吹いた葉は青々と生い茂っていく。

そして、『Fake Earth』をプレイし始めてから1年経った頃、優斗は初めてプレイヤーを倒した。お馴染みのバトルアラームが鳴ったとき、たまたま敵プレイヤーと渋谷のタワーレコードのエレベーターに二人で乗り合わせていたので、襲ってきた相手と無我夢中で戦ったら、意外とあっさりと倒すことができた。優斗は胸をなで下ろして、倒したプレイヤーのコインを拾う。ゲームオーバーになったプレイヤーはNPCに生まれ変わり、エレベーターが1階に到着すると、操作盤の開ボタンを押して優斗が先に降りるのを待ってくれた。

――他プレイヤーのコインを3枚集めれば、プレイヤーは『Fake Earth』をギブアップすることができ、現実世界へ戻ることができる。

――他プレイヤーのコインを7枚集めれば、『Fake Earth』から現実世界へ戻ることができ、さらに賞金10億円をクリア報酬として手に入れることができる。

だが、優斗は《ガチャストア》を起動して、手に入れたコインをギアと交換した。来月は家族旅行に行く予定だし、再来月は暦斗の学校で文化祭がある。現実世界に戻るべき理由より、『Fake Earth』の世界にいつづけたい理由の方が多かった。優斗はスクランブル交差点を渡って、渋谷駅から井の頭線の電車に乗った。黄色いタワーレコードのレジ袋の中を見て、暦斗が好きなグループのアルバムに傷がついていないことを確認する。日が暮れる車窓を見ながら、アバターの腹が空いてきたのを感じる。

今日の晩御飯はトマト煮のロールキャベツだったな、と優斗はぼんやりと思い出し……。

思い出した。

「思う」ではなく、「思い出した」。

今日の晩御飯がトマト煮のロールキャベツであることを、優斗は知っている。来月の家族旅行の行き先が仙台になることも、実は暦斗が同じアルバムを買っていたことも、自宅に帰る前からわかっている。

これは今、優斗が体験していることではない。電車で揺れる足元の感覚がリアルでも、たったいま本当に起きていることではない。10歳の誕生日からゲームに参加した後の記憶を長回しで振り返っている。優斗は立ち向かわなければいけない現実を忘れて、かけがえのなかった日常のまやかしに浸っていたことに気づいた。

夢から現実へ引き戻すかのように、大音量の銃声がリビングで3回響きわたる。薬莢《やっきょう》がフローリングの床に落ちて、カラカラと転がる音がした。

泣き腫らした顔の美桜は、言葉にならない叫び声をあげる。プレイヤーの暦斗は目を瞬いて、呆気に取られたような顔をしていた。撃たれた母親は暦斗に手を伸ばそうとしたが、届く前にフローリングの床に倒れた。シアン色の血が静かに広がっていく。

うつ伏せに倒れた優斗は、目の前に落ちたスマートフォンに触れる。対プレイヤー用レーザーで貫かれた傷口から、シアン色の血はドクドクと溢れていた。周りの音がだんだん聞こえなくなっていく。口の中で血の味が広がっていく。全神経を集中させても、重いまぶたはなかなか上がりきらない。フローリングの床の溝を流れてきた血が、横を向いたアバターの頬を汚した。

――俺は今日ここでゲームオーバーになる。

視界がかすんでいく中、優斗は遠くない自分の未来を悟る。今さっき見ていた思い出は、走馬燈であることは間違いなかった。不意打ちで食らったレーザー光線は胸を貫いている。頭はびっくりするほど冷静で、そして「死ぬ」ということを確信していた。

『Fake Earth』を始めたての頃、他プレイヤーに殺されたくなくて、必死に逃げたことを思い出す。将来医者になる道を捨てて、やりたいことなんてなかったのに、あのときは生きたい気持ちでいっぱいだった。けれども、この瞬間、優斗は死ぬことが怖くなかった。プレイヤーはゲームオーバーになれば、「今までの人生の記憶を奪われて、寿命が尽きるまでNPCとして生きるルール」

なのに、心から死を受け入れていた。

ただし、避けられない死に諦めがついて、心が安らかになったのではない。「人生の終わりは悔いが残らない」なんて、自分は前向きなことを考えられる人間ではない。

——美桜を操り人形にして、父親を包丁で刺して、母親を殺した奴を仕留める。

——家族を傷つけたプレイヤー、淀川を道連れにする。

優斗は目を閉じて、まぶたをすうっと上げた。急激に視野が狭くなった代わりに、かすんでいた視界はピントが合ったように、はっきりと見えるようになった。対プレイヤー用レーザーに撃たれた痛みはもう感じない。指で触れているスマートフォンを引き寄せる。握りしめたスマートフォンがミシッと音を立てる。

怒りが恐怖を呑み込んだ今、死ぬことなんてどうでもよかった。

5話　明るい未来を捨てて

二人でゲームセンターで遊ぶとき、いつも凛子は綺麗な座り方をしていた。長い首が前に傾くことも、腰が反っていることもなく、彼女の背筋はまっすぐ伸びていた。華奢な肩は左右の高さが揃っていて、曲がった膝裏の角度は直角を描いている。気品を漂わせながらも、草食獣を襲う前の猛獣のような静けさを感じさせた。

淀川が拳銃を撃ったとき、レキトは凛子の静けさを思い出した。舞台でピアノを演奏するような手つきで、真っ赤な球のついたレバーとボタンを操作している彼女の姿が脳裏に蘇る。真円の銃口は爆発したように光って、3発の銃弾が回転しながらレキトに向かってきた。ハイスピードカメラで撮影した映像のように、スローモーションで近づいてくる。

この銃弾を避けることはできない。撃たれた左腕を押さえたレキトは、自分の身に起きる未来を悟った。いま体験しているのは「突発的な危機に陥ったときに起きる、周りが遅く見える感覚」だと本能が理解する。銃弾が皮膚に刺さり、神経や血管を引き千切って、背中を突き破るイメージがよぎった。

しかし、次に目にしたのは、銃弾に胸を貫かれた母親の紀子の姿だった。レキトを身を挺《てい》して助けた彼女は吐息を漏らして、穴の開いた胸からシアン色の血を流していた。NPCである母親はこれがプレイヤー同士の戦いであることを間違いなく知らないだろう。手のひらよりも小さなコインを手に入れるために戦っていることも、この世界がゲームであることも何ひとつ知らないはずだ。

それなのに、レキトは彼女の自己犠牲のおかげで、ゲームオーバーにならずに済んでいる。母親はレキトをかばった後、「良かった」と微笑みを浮かべた。撃たれた胸から血を流しながら、レキトが怪我をしていないことに安心したような顔をしていた。倒れる前には「逃げて」とつぶやき、家族のことを思いやっていた。

――ケルベロ！　ケルベロ！　ケルケルベロ！

《小さな番犬《リトル・ケルベロス》》が足元で必死に吠えた。赤色のスマートフォンは激しく振動するあまり、フローリングの床から真上へわずかに跳《は》ねている。我に返ったレキトが淀川の方を振り向くと、発射間際に輝きが強くなったイヤホンジャックがレキトに向けられていた。落ち着き払った佇まいで、射撃訓練用の的を見るような目をしている。

背筋がゾクッとした瞬間、レキトはその場から飛び退いた。跳びながら上半身をひねって、紙一重でスカーレット色のレーザー光線を避ける。淀川はレキトに目を向けず、ただ右手で持った拳銃を向けた。引き金にかけた人差し指が動くのが見えて、レキトは着地と同時に床を蹴って、《小さな番犬》が吠えているスマートフォンの方へ急転換する。

だが、目の前に構えられた拳銃から、銃弾は放たれなかった。引き金をかけた淀川の指は軽く曲げた状態で止まっていた。淀川は顔色を変えず、急転換したレキトの胸に銃口を向ける。無理に方向転換したせいで、レキトは体勢を大きく崩していた。次に攻撃が来るとわかっていても、咄嗟に回避することができない。

――ＮＰＣの警察官になりきった芝居、注意を逸らしているように見せかけた振る舞い、そして指先だけで欺くフェイント。

――騙しの「演技」があまりにも巧妙すぎる。

淀川は拳銃の引き金を引いた。爆発したような音が響き、真円の銃口から加速した銃弾が飛び出した。体勢を崩しているレキトは自分の服の裾を強く引っ張った。無理やり上半身を傾けて、心臓から数センチ離れた位置で銃弾を受ける。

激痛が全身を駆け巡った。倒れたレキトは床に後頭部を勢いよくぶつけた。被ダメージにゲームが揺れるように、視界が一瞬だけ乱れる。意識が飛びそうになったとき、《小さな番犬》が活を入れるように吠える声が耳に突き刺さった。辛うじて我に返ったレキトはスマートフォンをつかんで、死に物狂いで五人掛けのソファの陰へ転がる。

このまま離れて射撃戦を続ければ、淀川のフェイントに騙されて、ピンチになる未来は見えている。かといって迂闊《うかつ》に近づけば、間違いなく拳銃の餌食になるはずだ。

レキトは息をひそめて、遮蔽物のソファから頭が出ないように体勢を立て直す。全身が炎に飲み込まれたように熱くて痛い。唯一救いがあるとしたら、操作するアバターが現実世界の肉体より頑丈なおかげで、まだ戦う力が残っていることだろう。もっとも、優斗に続いての連戦のダメージは大きく、出血によるスリップダメージで限界に近い。

淀川の上手いフェイントを見極めて、拳銃から放たれる銃弾を避け切って、この戦いを体力が尽きる前に終わらせるにはどうすればいいのか？

攻略法は1つだけ思い浮かんでいる。

レキトは残された力を振り絞って、スクエア型眼鏡の縁に指をかけた。

【頼助、君のたゆまぬ努力によって、視覚野過敏症候群はゲームの対戦で使える武器となった】

【ただ、大きすぎる力は、ときに自分自身を傷つけることもあるから、「目の力」はあまり乱用しないように】

【もし1日に何度も使いたくなっても、「10分間のインターバルを置くこと」、これだけは必ず守るんだ】

コバルトブルー色のスクエア型眼鏡を外そうとしたとき、主治医のおじさんの言葉が蘇る。泥で汚れた白衣、温かくて大きな手、お日様の匂い――。真っ赤に実ったリンゴの木の下で、太陽のように温かい手で頭をポンと叩かれた記憶がフラッシュバックした。ほんの一瞬、右目の眼球が燃えたように熱く感じる。後頭部がズキンズキンと痛みはじめる。

嫌な予感がしたレキトは、ホーム画面からカメラを起動した。インカメラでスマホ画面に映った自分の顔を見ると、右目はシアン色に染まっている。真っ白な結膜も、真っ黒な瞳孔も、青い虹彩の色に合わせるように変色していた。

「……はあ、やっぱりこうなるか。ほんと君の家族愛には感心するよ」

淀川のため息をつく声が聞こえる。レキトがソファの陰から様子を窺うと、背中を撃たれて倒れた優斗が立ち上がっていた。淀川の後ろ姿を睨みつけて、青い瞳は左右に揺れている。オーバーサイズ気味のTシャツは、胸元から裾までシアン色の血で汚れていた。

「……なあ……知ってるか？　……明日はさ……弟の誕生日なんだ。……お前が自分勝手な理由で……台無しにしていいものじゃないんだよ！」

青い瞳が揺れている優斗は、腰の後ろのナイフケースに手を回す。そして、歯の立ったサバイバルナイフを手に取って、淀川に向かって飛び出した。一歩前に進むたびに、シアン色の血が傷口から噴き出る。加速するにつれて、傷口から噴き出る血の量が増えていく。

それでも優斗は顔を歪めることもなく、確かな足取りで一直線に駆けていく。

淀川は両手を交差させて、拳銃とスマートフォンを持つ手を瞬時に入れ替えた。親指でホームボタンを長押しして、端末上部のイヤホンジャックに電気を溜めた。光り輝くイヤホンジャックを優斗に向けて、近距離からスカーレット色のレーザー光線を放つ。

「優兄っ！」

美桜は悲鳴を上げるように叫んだ。全力疾走していた優斗は急に方向転換できない。血塗れのアバターの鳩尾《みぞおち》をレーザー光線に貫かれる。

だが、走っている優斗は足を止めなかった。青色の瞳は左右に揺れていた。痛みを感じないほどに集中している。撃たれたところに見向きもせず、殺意のこもった目で淀川だけをまっすぐ見ている。

レキトは両手でスマートフォンを構えて、淀川の半歩後ろに対プレイヤー用レーザーを撃った。

淀川がその場から下がれないように、ライトグリーン色のレーザー光線で牽制《けんせい》する。

優斗は力強く踏み込んで、歯の立ったサバイバルナイフを力いっぱい振り抜いた。

鋭い斬撃が閃光のように走り、斬られたアバターに袈裟切りの太刀傷が刻まれる。業務用の無線のコードも千切れて、制服の水色のシャツも切り裂かれた。肩から斜めに腰まで皮膚が裂けて、シアン色の血が噴き出して、フローリングの床へ飛び散る。斬られたアバターは膝から崩れ落ちた。

「ありがとう、蔵内くん。君の働きぶりに感謝する」

淀川は斬られた部下を見下ろす。彼が手に持ったスマートフォンの画面には、「警察官の指人形」が表示されていた。操作系のギアを使って、失神した警察官を盾になるように動かしたらしい。

新しいシアン色の血だまりがフローリングの床に広がっていく。

レキトは両手でスマートフォンを構え直して、ライトグリーン色の照準点を淀川に合わせた。優斗は血の滴るナイフを握りしめて、素早く淀川の胸に向かって突き出す。

しかし、淀川が両手を横に広げて、拳銃とレーザー光線を同時に撃つほうが早かった。

爆発音のような銃声とレーザー光線の発射音が重なる。レキトは銃弾で肩を撃ち抜かれて、優斗は脇腹にレーザー光線が貫通した。《小さな番犬《リトル・ケルベロス》》は吠える声を強めて、優斗の青い瞳の揺れはピタッと止まる。二人で顔をしかめて、片膝をフローリングの床についた。

「すまない。同時撃ちはどうしても精度が落ちるんだ。——今度は一人ずつ、ちゃんと急所に当てるよ」

淀川は拳銃のシリンダーを開けて、弾切れになったことを確認する。使えなくなった拳銃をホルスターにしまって、倒れている警察官の拳銃を手に取った。真円の銃口を優斗に向けて、引き金に人差し指をかける。苦しそうに呼吸している優斗は、片膝をついたまま立ち上がれずにいた。シアン色に染まったTシャツから血が滲み出て、床にポタポタと垂れつづけている。

——ただでさえ劣勢なのに、唯一のアドバンテージとなる「数の利」さえ失ってしまう。

レキトは歯を食いしばって、握ったスマートフォンを目線の高さに持ち上げる。淀川の手に狙いを澄まして、レーザー光線より短い光の弾を連射しようとした。

だが、淀川は右手を後ろに向けて、レキトを見ずに拳銃を撃った。優斗を撃つと見せかけて、急いで止めようとしたレキトに奇襲をかけるフェイント。予想外のタイミングで反撃を受けて、撃たれたレキトの左腕に風穴がもう1つ増える。全身の細胞が破裂したように、操作するアバター全体に痛みが駆け回る。

レキトは撃たれた腕を押さえて、五人掛けのソファの陰に隠れた。今すぐ優斗を助けたいのに、拳銃の射線に入れれば、容赦なく銃弾を撃ち込まれる。淀川の意識が逸れた瞬間を狙いたくても、油断している演技で誘い出そうとしているのかどうかがわからない。

荒い息をつきながら優斗は重たそうなまぶたを上げようとしていた。座り込んだ美桜は首を横に振って、「……やだ……やだ」と震えながら泣いている。

淀川は銃口を優斗の眉間に向けて、人差し指で引き金を引いた。

その時、よろめく人影がレキトの視界に入った。

『Fake Earth』はプレイヤー同士がコインを奪い合うゲーム。NPCはゲームの舞台装置であり、現実世界を再現するために用意された存在だ。彼らは「人間」に見えても、実際はよくできた「プログラム」にすぎない。「心」がないのだから、信念も感情も当然持っていない。

しかし、包丁で刺された父親の司は、淀川の死角から飛び出ると、彼の頬を殴りつけた。腰の入っていないフォームでありながらも、固く握りしめた拳を思いきり振り抜いた。淀川はよろめいて、真円の銃口が優斗の眉間から逸れる。放たれた銃弾は優斗から外れて、ダイニングテーブルの脚に命中する。

父親は息を切らしていた。シアン色の血が腹の傷口から溢れている。額から首筋へ汗がダラダラと流れていた。

「……全員……逃げろ。……安全なところまで……逃げて逃げて……逃げるんだ。……父さんのことは……気にするな。……後で追いつくから……みんな、早く、先に行っ――」

ＮＰＣの父親の言葉は、銃声とともに途切れた。父親の口から最後に出てきたのは、シアン色の血だった。深いため息が続いて聞こえてくる。淀川は眉をひそめて、拳銃の引き金を引いていた。

真円の銃口から硝煙が漂っている。頭から倒れた父親はフローリングの床で一度だけ小さく弾んだ。そして、人間からマネキン人形に変わったかのように、うつ伏せになったまま動かなくなる。

優斗は目を見開いて、撃たれた父親を見つめていた。血塗れのアバターは震えていて、「――ッ」と言葉にならない声を漏らした。一粒の涙が目尻から頬を伝っていく。

「不確定要素は先に排除すべきだったか」

淀川は静かにつぶやき、親指でホームボタンを長押しする。端末上部のイヤホンジャックに電気が溜まっていき、血の広がったフローリングの床にスカーレット色の照準点が浮かび上がった。

淀川がスマートフォンをゆっくり動かすと、スカーレット色の照準点もゆっくりと動いた。

近くで倒れた父親を通過し、倒れた母親を横切り、その先にいるアバターに定められる。

「……おい、お前……それだけはやめろ！」

優斗は怒り狂ったように叫んだ。「殺すなら……俺を……殺せ！」と必死な声で続ける。

しかし、淀川は何も言わず、腰の抜けた美桜に向かって対プレイヤー用レーザーを放った。スカーレット色のレーザー光線は美桜の額へ向かっていく。

美桜は目をぎゅっと閉じて、小柄な体を強張らせた。

「良かったです。妹を撃つのが『演技』じゃなくて。もうこれ以上思い通りにはさせませんよ」

淀川のレーザー光線が美桜に当たる直前、ライトグリーン色のレーザー光線が割って入るように衝突する。お互いのレーザー光線は相殺し合って、煌びやかな2色の残滓が美桜を囲うように漂った。《小さな番犬》が吠える声を無視して、レキトは美桜の元へ駆け寄る。すかさず優斗は対プレイヤー用レーザーを撃ち、拳銃を構えようとした淀川を遠ざけた。

美桜は目を開けて、レキトの服の裾を縋るようにつかむ。レキトは美桜を五人掛けのソファの陰へ引っ張った。急いでアバターを屈めて、美桜の頭を下げさせると、頭上を通過した銃弾がリビングの窓を貫く。《小さな番犬》は激しく吠えて、青いスパイク首輪は赤色に変わっている。

美桜は嗚咽《おえつ》を漏らして、母親の面影のある顔をぐしゃぐしゃにして泣いていた。

「……ごめんなさい、ごめんなさい。私がおかしくなったせいで、お父さんが、お母さんが、お兄ちゃんが……。みんなは悪くないのに……私なんて一番生きてる価値はないのに」

泣いている美桜は震えながら謝っていた。大粒の涙がレキトの手の甲に何度も落ちてきた。温かい感触が皮膚に染み込むように伝わる。レキトは美桜の手を握って、震える身体をそっと抱き寄せた。

「謝らなくていい。自分を責めなくていい。美桜は何も悪くないんだ。誰がなんて言おうと、俺はわかってる。だから、『生きてる価値がない』なんて言うな。大事な家族が死んでいいわけがないだろう」

レキトは美桜の頭をポンと叩いた。彼女の目尻から流れる涙を指先で拭う。そして、真っ白なレースカーテンをめくり、庭につながる掃き出し窓を指差した。

「美桜、1つだけお願いがある。今すぐ家を出て、誰かに頼ってもいいから110番に通報してくれ。大変だと思うけど、任せてもいいかな？」

「……嫌だよ、暦兄《れきにい》。……それだと私は助かるけど、お兄ちゃんたちが殺されちゃう」

「優しいな、美桜は。心配してくれてありがとう。でも、大丈夫。俺は絶対に死なない。――だって、あの悪い警察官は、俺と兄さんの二人でやっつけるから」

レキトは微笑み、自分の胸を叩く。撃たれた腕は激痛を訴えていたが、表情が崩れないように我慢した。美桜は怪我をしたレキトを心配そうに見つめる。レキトから手を離さず、何か言いたそうに唇を噛む。

だが、泣き顔をブラウスの袖でこすると、カーテンの裏にある窓から駆けだした。

レキトは息を吸って、ゆっくりと吐いた。シアン色の血で汚れたリビングは、母親と父親が倒れて、若い警察官が仰向けに引っくり返っている。

優斗は立ち上がって、死に物狂いで淀川と戦っていた。《愛を証明するために《キー・リレシップ》》を起動して、半径1メートルのピンク色の球体を展開している。美桜とソファの陰に隠れる前よりも、アバターの傷の数は増えていた。

淀川は傷ひとつ負うことなく、親指でホームボタンを長押ししている。

【大丈夫だよ、主治医のおじさん。目の力の使いすぎは危ないって体でわかるから。ここぞって勝負所でしか使わないよ】

【ああ、そうだね。でも、僕は医者として、君に目の力のリスクを説明しなきゃいけないんだよ。

まだ小学生の君が、この先どんな人生を歩むのかは誰にもわからない。もしものために、いつか後悔しないように、頭の片隅に留めてほしいんだ】

【わかった。じゃあ教えて。目の力を連続して使うと、いったいどうなるの？】

【実はまだはっきりとしたことはわからない。君の目は特別だから、研究が十分に進んでいなくてね。ただ、人間の目は電球みたいに寿命があって、一般的に約70年だけど使いすぎると目の消耗は早くなってしまう。もし君が目の力を連続して使ったら、「目の寿命は10年以上早まる」と言われている。運が悪ければ、50年分の寿命を消費する研究結果もあるくらいだ。怖いと思うだろう？だから肝に銘じてくれ。最悪の場合、君が大人になったとき、大切な人を見ることが二度とかなわなくなるかもしれない。それを覚えておくんだ】

レキトは主治医のおじさんとのやり取りの続きを思い出す。古傷が開くように、右目が焼ける感覚が蘇った。

正直に言えば、美桜とともに「にげる」を選択することはできた。そもそも、レキトは厄介事に巻き込まれているだけで、淀川と無理に戦う必要はまったくない。この世界で生き残るためにそうするべきだった。

「――学習しろ」

けれども、レキトは「たたかう」を選択した。片腕が使えなくなったアバターで、血を一滴も流していないプレイヤーとの勝負を挑むことにした。どうしてそうするのか、自分でもよくわからない。ＮＰＣの家族に感化されたからなのか、操作するアバターが脳に影響を与えたからなのか、結論を導き出すことはできない。

ただ、レキトはゲームオーバーになるわけにはいかない。凛子を現実世界へ連れ戻すまで負けるわけにはいかない。戦う以上、絶対に生き残る。

たとえ相手が銃の扱いに長けていようと、騙す演技が上手かろうと、コインを奪われるわけにはいかない。

「――学習しろ、学習しろ」

プレイヤー「淀川善」を攻略する。この瞬間、無限に分岐する未来の中から、「勝利」のルートを見つけだす。

「――学習しろ、学習しろ、学習しろ！」

だから、頭脳をフル稼働させて、目の前の状況を整理しろ。対戦相手の思考を分析して、未来の行動を予測しろ。全力を出し切って、限界を超えて、最善を尽くせ。

絶対に攻略できないゲームがないように、絶対に勝てないプレイヤーもいない。

視野を広げて、見方を変えて、攻略法を見つけるんだ！

「――連携。プレイヤー『遊津優斗』、学習完了」

レキトは目を見開き、スクエア型眼鏡を投げ捨てる。五人掛けのソファの陰から飛び出して、全速力で淀川に向かって走った。目の前の視界が鮮明に見える中、親指でホームボタンを長押しする。

端末上部のイヤホンジャックが、ライトグリーン色に光り輝きはじめる。

淀川は優斗から距離を取りつつ、対プレイヤー用レーザーを放っていた。傷だらけの姿で立ち向かってくる優斗を見つめていて、走ってくるレキトの方を見ていない。けれども、拳銃を持つ手の親指の腱《けん》がわずかに動くのが見えた。ありとあらゆるものが顕微鏡で拡大したように見える世界で、銃口から漂う硝煙の微粒子の流れる方向が変わるのがはっきりと見える。

淀川は後ろを振り返らず、素早く拳銃をレキトに向けた。真円の銃口がピカッと光る。薄く白い硝煙が噴き出した。流線形の弾丸が時計回りに回って、勢いよく銃口から飛び出していく。

だが、淀川が撃つ瞬間を見切ったレキトは、左斜めに踏み込んで銃弾を避けた。凄まじい風圧が頬にぶつかり、空気を裂くような音が鼓膜に響いた。外れた銃弾はソファのアームに当たる。《小さな番犬《リトル・ケルベロス》》が一瞬だけ鳴き止む。

レキトは視線と射線を揃えるように、片手でスマートフォンを構えた。淀川が一瞬驚いた顔でレキトを見ると同時に、ライトグリーン色の照準点を淀川の目にピタッと合わせる。

振り向いた淀川は斜め後ろに飛び退いて、レキトの対プレイヤー用レーザーの射線を避けた。

「——連携戦術A『射手の演技《アクト》』」

親指をホームボタンから離さず、レキトは淀川に微笑みかける。凛子とガンシューティングゲームを協力プレイしていたとき、「合体技って憧れるよね」という彼女の何気ない一言から誕生した『連携戦術』。「せっかくだし本格的に使える技を考えよう」と頼助も意気込んで、凛子と熱心に何時間も議論して作り上げたコンビネーション技だった。もちろん今日プレイヤーであることを知った優斗には何も教えていない。どんな連携技なのかを説明せず、いきなりの実戦で合わせることは至難の業だろう。

だが、激しい兄弟喧嘩のように、レキトと優斗は全力で戦った。お互いにどんな人生を歩んできたのかは知らなくても、どんな戦い方をするのかは身を以って知っている。そして、何より「NPCの家族を傷つけた淀川を倒したい」という思いは一致している。

レキトの考えが通じたかのように、優斗はスマートフォンをすでに構えていた。血で汚れた親指でホームボタンを長押しして、対プレイヤー用レーザーを撃つ準備を整えていた。眩く光り輝くイヤホンジャックは、淀川の1メートル後ろに向けられている。淀川が飛び退いた先に、桜色の照準点が重なる。

青い瞳が揺れている優斗は親指をホームボタンから離した。爆発する前の星が一際強い光を放つように、光っている優斗のイヤホンジャックの輝きが一段と強くなった。桜色のレーザー光線が淀川の背中を貫く。撃たれた淀川は顔を歪めて、口の端からシアン色の血を流した。

「……残り一発を惜しんでる余裕はないか」

淀川は口元の血を拭って、優斗のほうへ振り返る。撃たれた背中から血が飛び散ったが、意に介さず拳銃を優斗に向けた。苦しそうに呼吸している優斗は、ホームボタンをもう一度長押ししたまま動かない。シアン色の血を流しすぎたせいなのか、淀川に向けたスマートフォンを持つ手は震えていて、桜色の照準点は手ブレで揺れ動いている。

「――連携戦術B『武器破壊《ブレイク》』！」

淀川が引き金を引く瞬間、レキトは対プレイヤー用レーザーを放った。ライトグリーン色のレーザー光線は駆け抜けて、拳銃の銃身を撃ち抜く。細い銃身は根元から折れて、淀川の足元にカツンと落ちた。淀川が目を丸くしたとき、優斗の放ったレーザー光線が淀川の肩を貫く。

レキトは左手にスマートフォンを持ち替えて、痛みを堪えている淀川の後ろへ回り込むように走った。走りながら右手を横に広げて、優斗にアイコンタクトを送る。優斗は腰の後ろに手を回して、歯の立ったサバイバルナイフをレキトに投げた。レキトは投げられたナイフの軌道を見極めて、持ち手のハンドルをつかむ。

「本当に、厄介だな」

淀川は左腰に手を伸ばして、装着している警棒を持った。先端を引っ張って警棒を長くして、勢いよく振り上げた。レキトは前へ大きく飛び出して、歯の立ったサバイバルナイフを振る。

お互いの武器が衝突して、激しい金属音とともに火花が散った。視線と視線がぶつかり、鍔迫り合いのように押し合う。

淀川は優斗が光ったイヤホンジャックを向けているのを肩越しに見て、押していた警棒をさっと引く。

「――連携戦術C『誘導する鎖《チェイン》』！」

だが、屈んだレキトは左足を前に出して、後ろに下がろうとした淀川の足を思いきり踏んだ。踏みつけた足に体重をかけて、淀川が逃げられないように押さえつけた。親指でホームボタンを叩いて、軽いジャブを入れるように、淀川の眉間に光の弾を浴びせる。

すかさず淀川がレキトに警棒を振った瞬間、レキトは踏みつけた左足を浮かせて、横へ逃げるように飛び退いた。紙一重で攻撃を避けたと同時に、優斗は対プレイヤー用レーザーを撃つ。桜色のレーザー光線は、警棒を空振りした淀川の耳に当たった。

「があっ！」

淀川は撃たれた耳を押さえて、レキトと優斗の両方から距離を取った。押さえた手の隙間から、シアン色の血がポタポタと零れ落ちていた。レキトと優斗はホームボタンを連打して、間髪入れずに光の弾を連射する。連射した光の弾は全弾命中して、紺色の警察官の制服はボロボロになっていき、淀川のアバターに傷が少しずつ増えていく。

リミッターの眼鏡を外したときの目は、視界に映るすべてが鮮明に見えるようになる。

この目の力は『Fake Earth』の戦闘で大いに役立ち、対戦相手の目や関節の動きから、次の行動を先読みすることができた。そして、今この瞬間、敵プレイヤーの淀川だけではなく、協力プレイしている優斗のことも見えている。どんな攻撃を仕掛けたいのか、レキトにどう動いてほしいのか。優斗の視線や指の動きから読み取ることができた。

——この目の力の真価は「協力プレイ」で発揮される。

レキトが優斗に目配せしたとき、優斗もレキトに目を向けた。視線と視線がピタリと合う。二人でホームボタンを同時に長押しする。

レキトと優斗のスマートフォンは共鳴したかのように、端末上部のイヤホンジャックが同時に輝きはじめる。桜色の照準点とライトグリーン色の照準点が浮かび上がた。２つの照準点は引き寄せられるように近づき、淀川の胸に差しかかったところで重なる。桜色とライトグリーン色の照準点の光は交わって、透明感のあるオレンジ色の光へ変化した。

銃弾からかばってくれた母親を思い出す。

瀕死の体で立ち向かった父親を思い出す。

操られた自分を責めて泣いていた美桜を思い出す。

――目の力のタイムリミットまで、残り30秒。

レキトと優斗は親指をホームボタンから離した。赤色のスマートフォンと青色のスマートフォン、お互いのイヤホンジャックの輝きは一際強くなった。二人の対プレイヤー用レーザーが同時に放たれる。

淀川に命中したときに交差するように、２つの色のレーザー光線は斜めに猛スピードで向かっていった。

「このタイミングを待ってたよ。ありがとう。――《資源を再生する結界《リゾン・デルキューブ》》」

淀川は静かにつぶやいて、業務無線を模したスマートフォンを前に構える。迫りくるレーザー光線を見つめながら、安堵したような笑みを浮かべた。淀川のスマホ画面が暗くなったとき、２発の対プレイヤー用レーザーはわずかに曲がった。緩やかなカーブを描いて、淀川に向かった軌道から横に逸れていき、業務無線を模したスマートフォンへ引き寄せられていく。

そして、曲げられた２発の対プレイヤー用レーザーは、淀川のスマホ画面の中に吸い込まれた。凪《な》いだ水面に宝石を落としたかのように、小さな波紋が画面に広がって消える。暗くなった淀川のスマホ画面が急に明るくなり、周りの空気から静電気を帯びているような音がバチバチと鳴った。

《小さな番犬》は激しく吠えて、赤色のスマートフォンが強く振動する。

静電気が走る音は火花として見えるようになった。淀川の頭上と足元に４つずつ現れて、線香花火のように閃いている。激しく舞い散る火花は勢いを増していき、隣で弾けている火花とぶつかり合った。衝突した火花は一本の電流としてつながって、より一層激しく放電していく。

点と点が結びついて「線」となった。線と線が結びついて「面」となった。面と面は組み合わさり「立体」となる。

淀川がスマートフォンを下ろしたとき、強力な電流が迸る結界が完成した。巨大な檻のような形をした電気のバリア。《資源を再生する結界《リゾン・デルキューブ》》は淀川を中に囲っており、轟音を立てて結界の外側へ放電している。放電した電気はリビングの家具に当たっていき、真っ白なカーテンやラグマットが黒く焦げた。

――相手の攻撃を吸収してバリアに変換する、カウンター防御系のギア！

後頭部の痛みを感じながら、レキトは対プレイヤー用レーザーを撃った。ライトグリーン色のレーザー光線は、今度は途中で曲がることなく駆け抜ける。しかし、《資源を再生する結界《リゾン・デルキューブ》》に衝突したとき、レーザー光線は先端から分解されていき吸収された。結界の外に放電する電気が強まり、雷が落ちたかのようにフローリングの床に穴が開く。

レキトは振りかぶって、握ったサバイバルナイフを投げた。歯の立ったナイフは空気を裂くように飛んでいったが、《資源を再生する結界《リゾン・デルキューブ》》に迸る電流に阻まれた。電撃系の攻撃は無効化されて、飛び道具の物理攻撃は通用しない。両目が焼けるように熱くなり、後頭部の痛みが悪化していく。

このまま淀川に時間を稼がれてしまえば、レキトは目の力が使えなくなり、傷だらけの優斗も体力が持たず力尽きてしまう。

――目の力のタイムリミットまで、残り20秒。

《資源を再生する結界《リゾン・デルキューブ》》に打つ手がない今、最悪のバッドエンドに突入しようとしていた。

「……ああ……よかった。……俺は……もう終わるから……迷わず……選択できる」

晴れやかな顔をした優斗は目を閉じて、即座にまぶたをすうっと上げる。青い瞳が小さく揺れたとき、電気のバリアに守られている淀川めがけて全力疾走した。瀕死の重傷を負っているアバターとは思えない速さ。結界の外へ放電する電気が優斗の右足を貫いても、倒れることもスピードが落ちることもない。

そして、《資源を再生する結界《リゾン・デルキューブ》》に逆っている電流に向かって、優斗は青色のスマートフォンを持った手を突っ込んだ。

握り拳1つ分の穴が《資源を再生する結界《リゾン・デルキューブ》》に開く。青色のスマートフォンを持った手がバリアの内側に入った。強烈な電流を滝に打たれるように浴びながら、優斗は前に少しずつ進み、開けた穴をさらにこじ開けていく。

「そんな、馬鹿な」

淀川は息を呑み、後ろに下がろうとした。すかさず優斗は左手を伸ばして、淀川の腕をガシッとつかむ。青い瞳は淀川をまっすぐ見つめていた。

「……何を……驚いてるんだ？　……電流が……攻撃を……防ぐなら……電流の……中に……入るに……決まってるだろう」

苦痛に顔を引き攣《つ》らせた優斗は、無理やり笑みを浮かべる。淀川にイヤホンジャックを向けて、親指でホームボタンを長押しした。強烈な電流を浴びつづけて、オーバーサイズ気味のシャツは焦げている。優斗の皮膚は破けて、筋肉らしき部位が露出して見えていた。

——目の力のタイムリミットまで、残り10秒。

淀川は眉を寄せて、優斗に対プレイヤー用レーザーを撃った。輝きが強くなったイヤホンジャックから、スカーレット色のレーザー光線が優斗の眉間に向かう。

——目の力のタイムリミットまで、残り5秒。

レキトは右手を《資源を再生する結界《リゾン・デルキューブ》》に突っ込み、間髪入れずに対プレイヤー用レーザーを放った。ライトグリーン色のレーザー光線は、スカーレット色のレーザー光線に命中した。真正面から衝突したレーザー光線は相殺して弾け飛ぶ。煌びやかな2色の光の残滓は、星屑《ほしくず》が舞い散るように漂う。

「協力プレイで、一人だけに任せることはさせませんよ」

レキトは微笑み、青色のスマートフォンを持つ優斗の手に左手を添える。優斗の手をそっと押して、桜色の照準点を淀川の胸に定めた。照準がブレないように、左手で優斗の手を握る。

——目の力のタイムリミットまで、残り2秒。

優斗は一息ついて、「……ありがとう。……助かった」とつぶやいた。あまりにも小さく消えてしまいそうな声。人生で思い残すことがないような、穏やかな顔をしている。

そして、親指をホームボタンから上げて、光り輝くイヤホンジャックから、桜色のレーザー光線を放った。

桜色のレーザー光線は淀川の胸を貫いた。瞬く間に淀川の背中から勢いよく飛び出し、キッチンの調味料棚にぶつかった。岩塩のガラス瓶が割れて、ピンク色の岩塩の粒が中から零れる。キッチンの壁には数ミリの焦げた穴が開いた。

――目の力のタイムリミットまで、残りコンマ1秒。

レキトは目を閉じた。後頭部の痛みが和らいだ。オーバーヒートした機械を冷却《れいきゃく》したような心地よさを感じる。

視界が真っ暗になった中、レキトは支えていた優斗から手を離した。スクエア型眼鏡を投げ捨てた場所へ、目を閉じたまま歩く。軽く膝を屈めて、手探りで眼鏡を探してかけ直す。

淀川は撃たれた胸に触れて、手のひらにシアン色の血がべったりと付着しているのを眺めていた。《資源を再生する結界《リゾン・デルキューブ》》の電流は止まって、激しく散っていた火花は消えていた。業務無線を模したスマートフォンが手から滑り落ちる。稲妻が走ったかのように、床に落ちたスマホ画面に亀裂が入る。

「……すまない、菜々美《ななみ》さん。……君の……息子の賠償金……肩代わり……できそうに……ないみたいだ」

淀川は独り言をつぶやき、前にゆっくりと倒れた。シアン色の血だまりが静かに広がる。

粉々に割れたスマホ画面の中から、金色のコインが転がった。

「――プレイヤー『淀川』、攻略完了」

レキトは一息ついて、転がってきた淀川のコインを拾う。強敵との連戦でダメージを負いすぎたせいか、頭がくらくらするのを感じた。赤色のスマートフォンを見ると、《小さな番犬《リトル・ケルベロス》》は口をホーム画面で大きく開けて、喉スプレーを前足で噴射《ふんしゃ》している。朝食を食べ終わってから始まった「危険」はもう迫っていないようだった。

救急車とパトカーのサイレンが、遠くから聞こえてくる。甲高い音は大きくなっていき、レキトたちの家の方に近づいていた。どうやら美桜が近隣の住民を頼って、助けを呼んでくれたらしい。

レキトは優斗を振り返った。優斗はふらついた足取りで歩み寄り、無言で震えた手を上げる。レキトはスマホ画面を暗くして、チノパンのポケットにしまった。歩み寄る優斗に近づき、右手を同じように上げる。

――ふと凜子と遊んだときと違った、ゲームの楽しさを感じた。

――友情とは言い難いけれど、優斗に温かい感情が湧き上がってくる。

もしも本当の兄弟が一緒にゲームして、二人の力でボスを倒したら、こんな雰囲気になるのだろうか。賑やかに騒ぐことなく、お互いの健闘を静かに称え合う。そんな不思議な信頼関係が生まれるのだろうか。

だが、レキトと優斗がハイタッチを交わすことはなかった。お互いの手は触れ合わなかった。レキトの振った手は空を切る。優斗の手が急に下がって、指先から力が抜けていくのが目に見えてわかった。

「ダメです！　勝ったんですよ、俺たちは！　しっかりしてください……優斗さん！」

レキトは優斗の名前を叫んだ。思わず「兄さん」と言いそうになった。しかし、レキトはＮＰＣの「遊津暦斗」ではない。優斗が大切に思う家族ではない。本物の弟のように、そう呼ぶことはできなかった。

「さすがに……無理しすぎたか」

優斗は目を閉じて、力尽きたように倒れる。

青色のスマートフォンの画面に亀裂が入った。

6話　Happy Birthday

遊津家の家族写真を収めた写真立てが、真っ白な脚付きのキャビネットの上に4枚飾られている。

4枚の枠の数から四季を連想したのか、写真は季節ごとに撮った物のようだった。

春に撮ったらしい写真では、優斗と母親が菜の花に囲まれた原っぱで寝転んでいた。夏に撮ったらしい写真では、美桜が砂浜でヤシの実にストローを差して飲んでいた。秋に撮ったらしい写真では、ＮＰＣの暦斗が紅葉の絨毯が敷き詰められた中で鹿にせんべいをあげていた。冬に撮ったらしい写真では、父親が大きなかまくらの前でシャベルを担いでいた。

家族みんなの楽しそうな姿が、思い出のワンシーンとして切り取られている。自然に笑っていて、リラックスした雰囲気があって、かけがえのない幸せが形になったようだった。

リビングのフローリングの床には、シアン色の血だまりがいくつも広がっている。壊れたロボット掃除機の残骸が散らばり、血のついた銃弾が転がっていた。硝煙の臭いが消えない中、父親と母親、そして優斗が倒れている。救急車とパトカーが自宅に到着し、拳銃を持った警察官のNPCたちが庭からリビングに駆け込んできた。

「……戦いは終わったみたいね。急いで救急隊をここに。玄関のドアを開けて」

真っ黒な髪を束ねた女性警察官は構えた拳銃をホルスターにしまう。強面の部下らしき警察官が廊下を走って、玄関のドアの鍵を開けた。救急隊員のNPCたちがリビングに雪崩れ込むように入ってきて、倒れているアバターたちとレキトの応急処置を始める。隊長らしきNPCが救急車の方を振り返って、「報告！　重傷者6名、1名意識あり！　至急、輸血の準備！」と大声で叫んだ。

倒れている5体のアバターたちは、全員が意識不明の重体だった。誰もが青白い顔色をしていて、出血死しそうなくらいの量の血を流している。

ギアで操られた警察官の蔵内を診ていた隊員は、相手の脈を測るのを止めた。静かに息を吐き、シアン色の血で汚れたゴム手袋を片方だけ外す。「死者1名です」と張りのある声で知らせると、殉職《じゅんしょく》した彼のまぶたをそっと下ろした。

――カチッ。

そのとき誰かがスイッチを入れたような音がした。ゲーム機に電源を入れる音によく似ていた。レキトは『Fake Earth』を始めてから、この音を以前に聞いたことがあるのを思い出す。

床の溝を流れていた淀川の血が逆流しはじめた。染み込んだ跡を残すことなく、流れてきた方向へじりじりと戻っていく。逆流したシアン色の血は制服の腰から背中に上り、優斗のレーザー光線で開いた背中の穴に入っていった。

蒸気が穴から噴き出るとともに、穴の周りの皮膚が再生していく。焦げた制服もスマートフォンも修復されていき、撃たれた耳の形も元どおりに治っていく。

『Fake Earth』は死なないデスゲーム。

ゲームオーバーになったプレイヤーは、生まれてからゲームオーバーになるまでの記憶を消されて、「ゲームのキャラクター」として寿命が尽きるまで生かされつづける。

NPCに生まれ変わった淀川は目を開けて、フローリングの床から起き上がった。側頭部に手を当てて、業務無線を模したスマートフォンを呆けたように見た。やがて亀裂の消えたスマホ画面から顔を上げると、重傷者だらけのリビングの惨状に口が半開きになる。死んだ部下の警察官に恐る恐る近寄って、信じられないように首を横に振った。

「誰が……誰がいったいこんなひどいことを」

震えている淀川の問いかけに、答える者はいなかった。救急隊員のNPCたちは無言で淀川から離れていく。目の前で瀕死の重傷を負った人が傷ひとつなく回復したにもかかわらず、誰ひとり驚いている様子はない。

真っ黒な髪を束ねた女性の警察官は、淀川に哀れむような視線を向けていた。彼女が時計を見て「10時18分。被疑者を確保」とつぶやくと、小柄な男の警察官が淀川の両手に手錠をかける。

淀川はきょとんとした顔をして、手錠を左右に引っ張った。すぐさま硬く短い鎖が淀川の手の動きを制限した。片手を引っ込めようとしても、成人男性の手は数センチしかない輪を通れない。

「……これはどういうことだ？　何かの冗談と思っていいのかな？」

苦笑いした淀川は、手錠を嵌められた手を掲げる。周りに助けを求めるような目を向けたが、リビングは静まり返っていた。気まずい空気が漂う中、淀川の首筋に汗が流れる。瞬きの間隔が短くなり、膝がカタカタと震えはじめる。

NPCに戻ったアバターは、プレイヤーだった頃の記憶を覚えていない。目が覚めたとき、見知らぬ場所にいたら混乱するだろう。さらに身に覚えのない殺人の疑いをかけられたなら、状況に理解が追いつかず、パニックになってもおかしくない。

淀川は唇を結ぶと、リビングの窓へ走ろうとした。だが、強面の警察官が、淀川の腕を素早くつかんだ。警察官の手を振り払おうとしながら、淀川は手錠から抜け出そうと躍起《やっき》になる。手錠と鎖がこすれ合う音が虚しく響いた。

「違う！　誤解だ！　私は何もやってない！　本当に違うんだ！　お願いだから、信じてくれ!!」

淀川は激しく叫んで、強面の警察官に訴えかけた。両方の手首には、手錠を押しつけた跡が痛々しくついていた。信じられないように首を横に振って、「私が蔵内君を殺すわけがないだろ」と微かな声でつぶやく。

強面の警察官は何も言わず、淀川を自宅前で待機しているパトカーへ連行していった。

「……事情を言わなくても結構です。私は『この世界の真実』を知ってますから。マスコミ関係者には、それらしい嘘を伝えます。被害者として注目はされるでしょうが、あなたの正体が知られるようなことにはさせませんよ」

救急隊員がレキトの応急処置を終えたとき、真っ黒な髪を束ねた女性警察官が声をひそめて話しかける。レキトが横目で見ると、意味深な発言をした彼女は人差し指を唇に当てていた。儚げな目をしていて、潜入捜査官のようなミステリアスな雰囲気を漂わせている。女性警察官が警察手帳を開くと、「調停警部《ちょうていけいぶ》 姫路翠《ひめじみどり》」と知らない肩書きが記されていた。

「あなたたち『ヒューテック』も、私たちと同じ人間です。一緒にしてほしくないと思うかもしれませんが、一部の人たちのように、私は割り切って接したくはありません。どうか自分のことを大切にしてください。地球の平和を守るためといえど、あなたたちが痛々しく怪我をした姿を見るのは辛いんですよ」

陰りのある表情を浮かべて、姫路は懐に警察手帳をしまう。拳銃で撃たれたレキトの左腕の痛みを感じるかのように、彼女は辛そうに自分の左腕を押さえた。レキトは何の返事もせず、姫路から視線を逸らす。「この世界の真実」として何を聞かされているのか、そもそも『ヒューテック』とは何なのか、断片的な情報だけでは何もわからない。

けれども、今この瞬間、レキトにとって、このNPCがプレイヤーをどう認識しているのかはどうでもよかった。

「すみません！　通してください！」

玄関からパタパタと走る音が響き、妹の美桜がリビングに入ってくる。急いで走ってきたからか、サイドをヘアピンで留めた髪は乱れていた。振り向いたレキトと目が合った瞬間、あどけなさが残る彼女の頬は緩みかける。

しかし、隣で倒れている優斗に気づくと、美桜は緊張した表情に戻った。「優……兄」と呆然とした声でつぶやき、救急隊員の手当てを受けている優斗の方へ恐る恐る近づいていく。

仰向けに倒れた優斗は目を閉じたままだった。強烈な電流を浴びた皮膚はほとんど破けていた。顔の左半分を除いて、全身はシアン色の血に染まっている。青白くなった額や首からは汗がプツプツと噴き出している。

妹の名前を呼ぶ声が耳に届いたのか、血で汚れた指がピクッと反応し、優斗は目をうっすらと開けた。

「……美桜……か。……よかった……怪我は……ないんだな……」

意識を取り戻した優斗は美桜に微笑みかける。喉が嗄《か》れたと思うくらい掠《かす》れた声だった。視線を美桜のほうに向けるが、目の焦点がどことなく合っていない。両腕に力を入れて起き上がろうとしていたが、フローリングの床から頭は1センチも浮かなかった。

「……なあ……誰でも……いいから……教えて……くれ。……母さんと……父さんは……無事……なのか？」

優斗は縋《すが》るような口調で尋ねる。自分が生死の境を彷徨っている中、家族のことを心配していた。隣にいるレキトは心臓がガリガリと引っ掻かれるような感覚を覚える。美桜は不安そうな表情を浮かべて、レキトの服の裾をつかんだ。

ＮＰＣの母親と父親は死んだように動かなかった。母親の長い髪は血に浸かっていて、父親の顔は死相が浮かんでいた。彼らの指先の震えは止まっている。優斗が生きているのかを問いかけても、答えようと口を開くこともなかった。

救急隊員のＮＰＣたちは、母親と父親の胸を両手で何度も圧迫している。二人の鼻をつまんで、口から息を吹き込んだ。必死の形相で心臓マッサージと人工呼吸を繰り返していく。全身に血液を循環させて、酸素を送り込んで、何としてでも生かそうとしている。

しかし、母親と父親は目を覚まさない。二人の呼吸は止まったままだった。息を吹き込んだ胸は上がっても、元の状態へすぐに下がっていく。

救急隊員たちは心臓マッサージを止めた。二人の顔を見つめながら、押し潰れた胸から手を離す。

3発の銃弾を浴びた母親の紀子。

包丁で刺された後に撃たれた父親の司。

この世界で生きていた二人のＮＰＣは、プレイヤーのように生き返ることはなかった。

シアン色の血の臭いが鼻を刺激する。今までもリビング中に漂っていたはずなのに、急に臭いが強くなったように感じた。花に似せたペーパーボールが、ダイニングテーブルに積み上げられているのが目に入った。明日の誕生日の飾りつけ、母親が御馳走を作ると言っていたことを思い出す。

レキトは優斗に何も言えなかった。家族と平和に暮らすために戦ってきたプレイヤーに、両親が死んだことを伝えることはできなかった。心臓をガリガリと引っ掻かれるような感覚が強くなる。

救急隊員たちも優斗を見て、隊長らしき男に目配せする。

そのとき美桜はレキトの裾をつかんでいた手を離した。今にも泣きそうな顔をしながら、倒れている優斗のほうへ歩み寄った。シアン色の血だまりに膝をついて、小さな手を優斗の手に重ねる。

潤んだ目をした美桜の肩は小刻みに震えていた。

「……心配しなくていいよ、お兄ちゃん。……お母さんも、お父さんも、『奇跡的に命に別状はない』って。……だから、お願いだから、優兄《ゆうにい》も頑張って。……明日は暦兄《れきにい》の誕生日なんだから、お葬式なんかにしたらダメだよ」

美桜は笑みを浮かべて、優斗に「嘘」をついた。両親が生きているふりをして、兄を安心させようとしていた。彼女の心は今、ぐちゃぐちゃにかき乱されているはずだった。死んだ両親との思い出が溢れ返り、堰《せき》を切ったように泣きだしてもおかしくない。

それなのに、美桜は穏やかな声で優斗を励ました。小さな手を握りしめて、肩が震えないように努めていた。歯を食いしばって、泣くことを我慢している。零れそうな涙をぐっと押しとどめて、笑顔を絶やさないようにしていた。

「……そっか。……良かった。……母さんも……父さんも……無事なんだ。……美桜……ありがとう」

優斗は息も絶え絶えになりながら、指先をほんの少しだけ曲げる。美桜の手を握り返したようだった。痙攣《けいれん》していた口元が緩んでいき、目元に皺がうっすらと寄る。安堵したような笑み。優しく笑った妹に、兄は微笑み返している。

だが、優斗が美桜の笑顔を見たとき、彼の青い瞳は一瞬だけ揺れた。起き上がろうと腕に入っていた力が抜けた。きっと美桜が嘘をついたことに気づいたのだろう。母親と父親が死んだことも察したに違いない。

それでも優斗は美桜と同じように笑った。もう喋る体力なんて残されていないはずなのに、両親が生きていることを喜んで、感謝の言葉を口にしてみせた。

兄のために「演技」した妹、妹のために「演技」した兄。

目の前の兄妹は両親が亡くなった直後、相手のために「嘘」をつきあっていた。

「……うっ」

苦しそうにうめいた優斗は、シアン色の血を吐く。青ざめていた顔色は白くなりつつあった。輸血用の器具を運んできた救急隊員は、「彼の血液型は⁉」と優斗の血液型を叫ぶように尋ねる。「A型です！」と美桜は答えて、「お兄ちゃん、死なないで！」と悲痛な声で呼びかけた。

「……美桜……落ち着いて……くれ。……俺は……死なない……から。……死ぬことだけは……絶対に……ない」

穏やかな口調で語りかけた優斗は、レキトに目配せを送った。最後の力を振り絞るように、落ちそうなまぶたをピクピクと震わせながら上げている。レキトは優斗の前で屈んで、痙攣している口に耳を近づけた。耳にかかる優斗の吐息は、熱を帯びていなかった。

「……俺の……スマホケースの……中に……住所を……書いた紙を……挟んである。……誕生日プレゼントを……取り置き……してるから……引き取りに……いって……くれないか？」

「わかりました。言いたいことはそれだけですか？」

「……いや……もう1つだけ……言わせてくれ。……1日早いけど……誕生日おめでとう……暦斗。……お前が……幸せな人生を……送れるように……俺は……ずっと……ずっと……祈ってるよ」

優斗は一息ついて、口角を少しだけ上げた。あまりにも弱々しい笑顔だった。昨日から今まで見てきた中で、一番優しい目をレキトに向けている。プレイヤーのレキトではなく、ＮＰＣの弟を見ている目だった。

笑みを浮かべたまま、優斗は目を閉じていく。青い瞳からは光が失われていった。唇の痙攣が徐々に収まっていく。美桜の手を握り返した指が、滑り落ちるように離れる。

青色のスマートフォンの液晶画面が粉々に割れた。ガラスの破片が飛び散り、金色のコインが画面の下から現れる。

プレイヤー『遊津優斗』。

偽物の世界を本物より愛したプレイヤーは、ゲームオーバーになった。

――カチッ。

誰かがスイッチを押したような音がした。この世界のありとあらゆる音の中で、いまレキトがもっとも聞きたくない音だった。シアン色の血だまりが揺れはじめる。時間が遡《さかのぼ》ったかのように、優斗から流れた血は体内へ戻りだした。

強烈な電流で破けた皮膚は結合されていく。銃弾で開いた穴の中では切れた血管がつながった。筋肉がじわじわと再生されて、皮膚が跡を残すことなく覆っていく。救急隊員たちは何も言わず、優斗からそっと離れた。美桜は口を手で覆い、目をパチパチと瞬かせていた。

NPCになった優斗は、眠たそうに目を開けた。フローリングの床に手をついて、体《アバター》を軽々と起こしてみせる。彼が最初に目にしたものは、リビングで死んだ父親と母親だった。眠気が吹っ飛んだかのように、優斗の目は大きく開かれる。二人の体から広がった血だまりを前にして、「あ、ああ……」と両手で頭を抱えた。

だが、優斗はレキトと美桜を目にしたとき、一時停止したかのように固まった。怯えた顔から真剣な顔に変わり、両手を頭から下ろした。「お兄、ちゃん？」と美桜は不安そうに呼びかける。急な態度の変化に戸惑ったレキトも優斗に声をかけようとする。

次の瞬間、優斗はレキトたちに駆け寄り、両手でまとめて抱きしめた。離れることができないほど、優斗の抱きしめる力は強い。レキトは状況が呑み込めず、身動きせずに立っていることしかできなかった。美桜も抱きしめられたまま、呆気に取られている。

「……大丈夫だ、二人とも。とにかく、大丈夫だから。——お兄ちゃんがいるから、安心してくれ」

優斗はレキトたちの後頭部に優しく触れた。「大丈夫、大丈夫だ」と励ますように言いつづけた。後頭部に触れた手は微かに震えていた。アバターの背中に体温が伝わる。

今の優斗がNPCであることは間違いない。リビングの惨状《さんじょう》にショックを受けた反応は、NPC

になった淀川が目覚めたときとそっくりだった。頭は混乱して、心は恐怖して、余裕はどこにもないだろう。

しかし、優斗は自分より家族のことを考えた。両親を亡くした立場は同じなのに、まずレキトと美桜の悲しみを和らげるために動いた。プレイヤーでなくなっても、優斗は家族思いの兄のままだった。ＮＰＣの頃から元々そういう設定だったのか、それとも消されたはずのプレイヤーだった頃の記憶が何らかの影響を残したのかはわからない。レキトの人格が変わっていることに気づかず、本物の弟だと疑わずに接していた。

心に張りつめた糸が切れたのか、美桜は急に泣き始めた。涙がぽろぽろと零れ落ちていく。リビング中に泣き叫ぶ声が響いた。優斗はレキトたちを抱きしめる力を強めた。鼻を啜る音が耳元に聞こえてくる。温かい涙の感触がレキトの首の後ろに何度も伝わった。

「ありがとう、兄さん……」

レキトは「兄さん」と呼び、目の前のアバターの背中に手を回した。どうしてこうしたのか、自分でもよくわからない。目頭が熱くなるのを感じた。視界が急に滲《にじ》んでいく。何もかもがぼやけて見えなくなる。

――今になって目の力を連続で使った副作用が出てきたのだろうか？

プレイヤーの優斗に向けて、最期まで口にできなかった言葉。

ＮＰＣの優斗に向けては、驚くほど自然と言えた。

【遊津暦斗（初心者）】　対人戦績・1勝0敗2分け（逃亡回数：1回）

〈構成ギア〉
・《小さな番犬《リトル・ケルベロス》》
・《対プレイヤー用レーザー》

〈装備アイテム〉
・長袖のカットソー
・黒いチノパン
・スクエア型眼鏡
・スマートフォン
・ライムミント味のフリスク
・電子マネー84万6870円＋現金2万4573円

〈所持金〉

〈プレイ時間〉　21時間43分

〈コイン獲得数〉　2枚

〈クリア回数〉　0回

〈称号〉　協力プレイ派のソロプレイヤー

エピローグ　Next Stage

救急車で運ばれた先の病院は、その日のうちに退院することになった。医師の診断によれば、拳銃で撃たれたレキトの左腕の傷は全治1ヶ月を要するが、それ以外の傷は安静にしていれば1週間で治るとのことだった。前々から薄々と気づいてはいたが、プレイヤーが操作するアバターは普通の人よりも丈夫にできているらしい。

ただ、優斗と美桜は1日入院することになった。

――美桜さんは事件当時の記憶がないようです。脳に異常がないかを調べますが、両親が殺されたショックが原因かもしれません。

――そして、優斗さんは1年以上の記憶がありません。専門のカウセリングを受ける必要があります。

レキトは医師の言葉を思い出す。ゲームオーバーになって記憶を失った優斗はもちろん、美桜もレキトがプレイヤーとして戦ったことを覚えていない。警察の事情聴取についても、調停警部の姫路が裏から手を回したのか、レキトは「戦いに巻き込まれた無関係な被害者」という体で話を聞かれた。NPCの家族にプレイヤーの正体を知られず、「ゲームクリア」や「ギアの交換」に必要なコインを2枚手に入れる。ゲーム攻略の観点で考えれば、十分に喜ばしい結果だろう。

だが、レキトは素直に喜ぶことができなかった。他の人たちの記憶に残っていなくても、銃弾からレキトをかばったときの母親の安心した顔は覚えている。レキトと優斗を守るために戦った父親の必死な表情も、泣くのを堪えて両親が生きていると嘘をついた美桜の笑顔も。最期に弟の誕生日を祝った優斗の弱々しい笑みも忘れられるわけがない。

下北沢にある自宅へ一人で帰ると、大量のシアン色の血がリビングのフローリングの床に染みついていた。錆びた鉄の臭いが微かに漂っていた。遮光カーテンやダイニングテーブルには銃痕が残っており、壁にはレーザー光線で撃たれた穴が何ヶ所も開いている。父親が作ったライオンのバルーンアートは、五人掛けのソファの上で無残に割れている。

——君、つまんなそうな顔でプレイしてるね。ゲームは楽しんでやるもんだよ。

凛子の澄んだ声が頭の中で響き渡る。初めて声をかけられて格闘ゲームで対戦したこと、横スクロールアクションゲームでゴールまで競走したこと、筋肉痛になるまでエアホッケーに付き合わされたこと——。宝箱が開いた瞬間に溢れんばかりの輝きを放つように、忘れたくない思い出が次から次へと蘇った。いつどこで何のゲームをして遊んだのかはもちろん、夢の中でシューティングゲームを協力プレイしたときの記憶もはっきりと覚えている。凛子がいなくなってから、ゲームセンターを探し回った日々の苦しさも消えずに残っている。

レキトが『Fake Earth』をプレイしたのは、現実世界へ帰ってこない凛子を救い出して、一緒にゲームセンターで遊ぶ日常を取り戻すため。心から望むエンディングへ辿り着くためには、この世界の管理者のゲームマスターを倒して、『Fake Earth』をサービス終了させなければいけない。

けれども、目の前のNPCの家族すら助けられなかったのに、100万人以上のプレイヤーが攻略できていないゲームをクリアして、凛子を現実世界へ連れ戻すことができるのか？

真っ黒な感情が胸の奥から溢れて、レキトは拳を固く握りしめる。今とてもゲームを楽しめる気分にはなれなかった。


――ピンポーン。


玄関のインターホンが鳴った。静けさに包まれていたリビングに、明るい電子音が響き渡る。室内にドアホンモニターはないため、誰がインターホンを鳴らしたのかはわからない。ピンポーン、と玄関のインターホンはもう一度鳴った。間延びした音の余韻が耳に残る。

レキトは息をひそめて、赤色のスマートフォンの画面を見た。《小さな番犬《リトル・ケルベロス》》はホーム画面で穴を掘り、温泉を掘り当てていた。とりあえずインターホンを鳴らした人物は「危険」ではないらしい。念のためレキトは足音を立てないように廊下を歩いた。訪問者をドアスコープで覗いて、U字ロック型のドアガードをかけて、玄関のドアをゆっくりと開ける。

緑の制服を着た配達人が、小型の段ボールケースを脇に抱えていた。

「すみません、お届け物です。けっこう大きいので、床に置かせていただきますね」

若い配達人は荷物を床にそっと置いた。「受領印はいらないんで」と一礼して、にこやかに去っていく。配達された段ボールケースは、レキト宛てに送られたものだった。『Fake Earth』でネットショッピングを利用したことはないが、ＮＰＣだった頃の遊津暦斗が頼んだものでもないらしい。送り主の名前には「藤堂頼助《とうどうらいすけ》」と現実世界の俺の名前が書かれている。レキトの字でないことは一目見るだけでわかった。

レキトは階段を上がって、ひとまず荷物を自分の部屋に運んだ。何が送られたのか、いっさい予想できなかった。伝票の品目は「誕生日プレゼント」としか記載されていない。開けていい物なのか、捨てるべき物なのか、判断に迷う。

レキトは恐る恐る開けてみることにした。《小さな番犬《リトル・ケルベロス》》が反応しないので、危険物ではないことに賭けた。部屋にあったカッターナイフを使って、ガムテープで接合されたところを切る。段ボールケースを開き、中にあった物を取りだす。

送られてきた物は「小動物用のケージ」だった。給水ボトルには水が溜まっていて、透明な食器にはひまわりの種が入っていた。ケージの中央には、水色の回し車が置かれている。薄茶色のハムスターが回し車の上で、ひまわりの種をカリカリと齧《かじ》っていた。

「どういうことだ？　誰がいったい何のために？」

「そら、運営が送ったに決まってるやろ。ほかにプレイヤーの本名を知っとるやつはおらへんし。まあ、あえて送り主を『アーカイブ社』にせんかったのは、可愛いわいのいたずら心やねんけどな」

いきなり陽気な関西弁が、レキトの独り言に返事した。その声は小動物のケージの方から聞こえてきた。焦ったレキトは赤色のスマートフォンを持ち、慌てて自分の部屋を見回す。優斗と戦った後で散らかっているが、誰かが潜んでいる雰囲気はない。

今、この部屋にいるのは、レキトとハムスターのみ。

レキトは固唾《かたず》を呑み、対プレイヤー用レーザーに切り替えた。小動物用のケージにイヤホンジャックを向ける。薄茶色のハムスターは震えながら、両手を降参するように上げていた。

「いやいやいや！　なにハムスターに銃を向けとんねん！　絶対撃ったらあかんで！　ほんまフリやないからな！　わいが何者なんか、遊津の旦那ならわかるやろ⁉」

円らな目で見上げたハムスターは、関西弁をまくしたてる。出っ歯のある口の動きから、この小動物が喋っていることは間違いないようだった。

レキトは電源ボタンを押して、対プレイヤー用レーザーを解除する。ハムスターの正体に思い当たる節があった。スマートフォンのホーム画面で時刻を確認すると、ただいま13時53分。雨の降る東京に転送されてから、プレイ時間はまだ24時間経っていない。

「どうやら誤解は解けたと思ってもええんかな？」

「ああ、わかったよ。……やっと来たんだな」

レキトはベッドに腰かけて、この世界で最初に出会ったプレイヤーの紫藤のことを思い出す。彼女がチュートリアルを騙ったときから、頭の片隅でずっと引っかかっていたことがあった。

もしプレイヤーがチュートリアルのふりをするのなら、本物のチュートリアルはどうやってプレイヤーではないことを証明するのか。

答えは簡単だった。

『偽物』がプレイヤーの姿をしているなら、『本物』はプレイヤーではないことがわかる姿をすればいい。

「んじゃあ、気を取り直して、まずは自己紹介から始めまっせ。わいはハムスターのモグ吉《きち》。この世界で遊津の旦那をサポートする、知的でクールなアーカイブ社の社員や！　ほな、楽しいチュートリアルを始めるで～」

ハムスターのモグ吉は微笑み、水色の回し車であぐらをかいた。

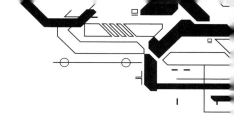

番外編

休学届

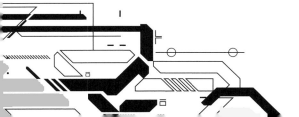

1話　教師：星倫典《ほしとものり》は既視感を覚える

その奇妙な感覚は、教師になって5年目の春、新しく赴任《ふにん》した高校のクラスの担任として教壇に立ったときに芽生えた。

初めて会う37名の生徒のうち、廊下側から2列目、前から5列目の席に座っている女子生徒に対して、どこかで会ったことがあるような気がしたのだ。どうして名前も知らない彼女にそう思ったのかはわからない。今まで150人以上の生徒を担任として受け持ってきた教師人生で、まったく体験したことのない出来事だった。

きっと気のせいだろう。最近は引き継ぎ業務で忙しかったし、整体にでも行って疲れを取った方がいいかもしれない。

私は女子生徒から目を逸らし、普段どおりに振舞うことにした。黒板にチョークで名前を書いて、当たり障りのない挨拶をした後、生徒へ出席番号順に自己紹介するように指示を出す。

だが、その「廊下側から2列目、前から5列目」の女子生徒に自己紹介の順番が回って立ち上がったとき、私は気づいた。気の迷いだと思った既視感が、間違っていなかったことに。忘れていた記憶が光り輝くように浮かび上がる。

思い出したのは2年前の春。

前任校の体育館で行った、「新入生オリエンテーションの部活動紹介」。

あの頃へタイムスリップしたかのように、舞台裏で上級生の監督役を任された私が当時に見た光景が脳裏に蘇った。色んな部活の説明に飽きてきた新入生たちがガヤガヤとしている中、舞台袖に置かれたパイプ椅子から立ち上がった女子生徒――。今から吹奏楽部の紹介をしに行く彼女の面影が、「廊下側から2列目、前から5列目」の女子生徒に重なる。

既視感を覚えた女子生徒は、2年前に担任していた吹奏楽部の子にそっくりだった。顔のパーツはどこも似ていない。骨格さえも違う。それなのに、私には二人が生き写しと思えるくらいによく似ているように見えた。緊張していそうな佇《たたず》まいが、どことなく彼女を彷彿とさせるのだろうか？天井の木目が人間の顔に似ていることに気づいたらそれにしか見えなくなるように、目の前の女子生徒も前任校の吹奏楽部の子にしか見えなくなった。

私は頭がスッキリするのと同時に、温かい懐かしさみたいなものを感じた。部活動紹介の演奏前では青ざめていた彼女が、指揮者の生徒が舞台で腕を構えた直後、凛々しい顔つきに変わったことを思い出す。大人しそうに見えて、格好良く叩いたドラムさばきで新入生を唖然《あぜん》とさせたことは、圧巻だった。『人は見た目で判断してはいけない』と生徒に改めて教えてもらった学びだった。

あの子は大学でも音楽を続けているだろうか？

ぼんやり思いを巡《めぐ》らせていると、驚くべきことに、なんとその女子生徒も「部活は吹奏楽部をやってます」と恥ずかしそうに自己紹介した。その控えめな話し方は、質の高いモノマネを見ているかのように、数学の授業で当てられたときの彼女の話し方をよく再現していた。

偶然とは思えない一致。

彼女の顔がブロック状のノイズで乱れて、吹奏楽部の子の顔に一瞬だけ変わったように見える。

私は少し怖くなり、「もしかして楽器はパーカッション？」と口を挟んだ。固唾を呑んで、前任校の吹奏楽部の子とよく似た女子生徒を見つめる。

「えっ？　なんでわかったんですか？　女子だと珍しいのに」

女子生徒は目をパチパチと瞬きして、不思議そうに答えた。


この奇妙な感覚は、翌年のクラス替えでも起きた。さらに付け加えるならば、見覚えのある生徒は一人ではなく、二人に増えた。初めて会うはずの生徒の顔がブロック状のノイズで乱れて、昔に担任した生徒の顔に変わって見える――。さすがに私は気味が悪くなり、同僚《どうりょう》の先生たちに相談した。

しかし、私と似たような経験をした先生は誰もいなかった。かつての私がそうだったように、「昔の生徒の顔なんて全然覚えていない」というのが他の先生たちの共通認識だった。ネットで調べてみても、自分と同じ悩みを持っていそうな人は見つからない。「慢性的な疲労による幻覚かもしれない」と思い、評判のいい整体師に施術してもらったが、肩周りが楽になった以外に変化はなかった。

次の年になっても、その次の年で勤め先の学校が変わっても、担任になったクラスの生徒の何人かが昔の生徒の顔に変わって見える。不気味なことに、奇妙な感覚は年度を重ねるごとに強くなった。初めの年は女子生徒1名のみだったが、翌年からは既視感を覚えた生徒は2名、5名、9名と増えていく。5回目のクラス替えをしたときには、教室にいた半数近くの生徒の顔がブロック状のノイズで乱れた。

そして、吹奏楽部の子に似た生徒が部活どころか楽器まで同じだったように、それぞれの生徒は似ていた人の「個性」をそっくりそのまま持っていた。

たとえば文化祭で漫才をやった子に似た生徒は、その子と同じジャンルの勘違いネタで文化祭の開会式を盛り上げた。オシャレが好きな子に似た生徒は、自分でノンホールピアスを作るようになるところまで似通っていた。夏から筋トレにハマりだした子に似た生徒は、同じ時期に体を鍛え始めただけではなく、掃除のときに上腕二頭筋のトレーニングとして、机をまとめて運ぶようになったところまでそっくりだった。

——どうして私だけ生徒に既視感を覚えてしまうのか？

教師になってからの日々を振り返ってみたが、原因に心当たりはまったくない。不気味で不気味でしょうがなかった。今まで担任した生徒のことを忘れるために、卒業アルバムや行事の記念で撮ったクラス写真を捨てても、彼ら全員がどんな子だったのか、1年後でも完璧に思い出すことができた。

クラス替えをするたび、見覚えのある生徒はどんどん増えていく。もはや見覚えのない生徒は、片手で数えられるほどしかいない。毎年カウントダウンのように少しずつ減っていく。

その数がゼロになったとき、何か恐ろしいことが起こりそうな気がしてならなかった。

しかし、新年度のクラスで生徒全員に面影が重なったとき、私の身には何も起こらなかった。その日は各自の自己紹介が終わった後、委員会決めがスムーズに終わり、ほかのクラスより早い放課後となった。下校時間が過ぎても異変はない。例年と同じ、生徒の顔がブロック状のノイズで乱れて、昔の生徒の顔に変わって見える状態がただ続くだけだった。

——もしかしたら奇妙な感覚は、素晴らしい超能力みたいなものなのかもしれない。

私は悩みに悩み抜いた結果、ついにこれを仕事で活用することにした。まだ不気味に思う気持ちは残っていたが、漠然《ばくぜん》とした不安に耐えつづける現状を打破したい気持ちのほうが強かった。『人は見た目で判断してはいけない』という価値観を捨てて、生徒指導にあたる。

意外にもこの既視感は大いに役立った。盗み癖のある子に似た生徒には、部活中に財布を盗んだ瞬間に取り押さえて、騒ぎになる前に反省させることができた。オーバーワークで高校最後の大会前に体を壊した子に似た生徒には、早めに整体師の治療を受けさせて、故障を未然に防ぐことができた。

不思議なことに、かつて悔しい思いをさせた生徒に似た子への指導がうまくいくと、後日その面影の本人と意図せず再会した。卒業後の彼らはみんな元気そうな様子で、大手企業に内定した話や恋人と婚約した話などの近況を嬉しそうに話してくれた。

今まで担任してきた生徒たちの面影が、今の生徒それぞれの教育方法をあつらえてくれる。どのような言葉が勉強や部活のやる気を引き出すのか、どこまで生徒の主体性に任せればいいのか。思い出が答えを導いてくれる。やがて私は校内で一目置かれる教師となった。生徒からは「星先生は親よりもわかってる」と尊敬されるようになり、同僚の先生からは「生徒のことで相談したんですが」と頼りにされることが増えた。担任した生徒の中には「先生みたいな教師に憧れまして」と卒業後に教育実習生として、成長した姿を見せてくれる子も何人かいた。

——奇妙な感覚は生徒を育てることの助けになる。

私は生徒一人一人に合わせた教育方針が見事にハマって、担任するクラスが活気づいていくことが嬉しかった。勉強面では、全員が似ている生徒よりも成績を伸ばしていた。第一志望の難関校に落ちた子の顔に変わって見えた生徒が、同じ学校の入学試験に特待生として合格することもあった。その合格した生徒から泣きながら電話で報告を受けたとき、私はこの奇妙な力を生徒指導に利用してよかったと心から思った。翌年度から担任ではないクラスの子にも既視感を覚えるようになっても、教師の仕事のやりがいをより一層感じるだけだった。

年度を繰り返すたびに、数多くの生徒のデータが脳に蓄積されていく。直感によるプロファイリングの精度が上がっていく。

奇妙な感覚の芽生えから15年経ったときには、学校中の全生徒の性格・趣味嗜好を瞬時に把握できた。昔の生徒全員を丸暗記しているわけではないのに、生徒の顔を見るだけで、なぜか似ている子は誰なのかを記憶の彼方から探し出せる。いつしか通勤電車に乗り合わせた他校の生徒の顔も、昔の生徒の顔に変わって見えるようになった。

だから、教職に携わって20年目の4月、教壇に立った私は目を疑った。

最後列の右から2番目に座っている「スクエア型眼鏡をかけた男子生徒」の顔が、昔の生徒の顔に変わらなかったからだ。

私は平静を装い、黒板に自分の名前を書き始めた。途中でチョークが折れたが、何事もなかったかのように2本目で書き切り、例年より短めに挨拶を済ませ、生徒へ出席番号順に自己紹介するように指示を出す。

その男子生徒の順番は14番目に回ってきた。

彼は自分の名前を名乗った後、「趣味は読書です。1年間よろしくお願いします」と無難な挨拶をした。落ち着いた話し方を見ても、既視感はない。次に自己紹介した生徒の顔はブロック状のノイズで乱れて、13年前に担任した生徒の顔に変わって見えた。私の力が失われているわけではなかった。

生徒の自己紹介の内容をメモに走り書きしながら、私はその男子生徒を何度か盗み見る。見た目は、知的な眼鏡が似合う優等生。3年に一度くらいの頻度で、担任として受け持つことになるタイプの生徒だ。けれども、成績優秀だった生徒を何人か思い浮かべてみても、やはり昔の生徒の顔に変わって見えることはなかった。

どうして今までにないタイプの生徒だと思うのかはわからない。得体の知れない不気味さを久しぶりに感じる。走り書きのメモに書いた彼の名前を丸で囲む。

「藤堂頼助《とうどうらいすけ》」。

唯一の例外となる生徒は、自己紹介するクラスメイトを見つめていた。

2話　生徒：藤堂頼助はこう答えるしかない

「じゃあ今日はここまで。お疲れ様でした」

数学の授業を行っていた私は教壇で教科書を閉じる。黒板上の時計を見上げると、4時限目の授業終了の合図となるチャイムが鳴るまで5秒かかった。いつもならば、教科書を閉じるのと同時にチャイムが鳴るように段取りしている。それなのに、今日はページとページの重なる音だけが手元でパサッと響いた。

ここ数年間、寸分も狂わなかった授業のペース配分のズレ。

私は頭の中で授業を振り返る。前回や前々回のように、授業中にカナブンが教室へ迷い込んだり、地震で揺れたりするハプニングは起きていない。強いて挙げるなら、季節の変わり目で体調を崩した生徒が途中で保健室へ行ったことくらいだろう。だが、過去にその生徒に似た子が同じ三角関数の単元で抜けた経験があったので、それについては織り込み済みで授業を進めていた。

となれば、考えられる原因は1つだけ。

私は学級委員長の号令で生徒とともに礼をした。教室から出て行く間際、最後に問題を解くように指名した生徒を横目で見る。

この学校で誰の面影にも重ならない、唯一の生徒「藤堂頼助」。仲のいい男子生徒二人と集まって、持参した弁当を食べ始める姿はありふれた高校生にしか見えない。さきほど加法定理の問題を当てたときも、彼はスクエア型眼鏡をかけ直して答えを言っただけなのに、どうして授業のペース配分が乱れたのかはわからなかった。

藤堂頼助の担任になってから3ヶ月半、私は授業やホームルームで観察する機会はたくさんあったが、いまだに彼の人となりをつかみきれていなかった。クラスでの立ち位置は、初めて会ったときに抱いた印象どおり、「優等生」で間違いないだろう。定期考査では上位5位以内をキープしつづけ、テスト前日に泣きついてきたクラスメイトに勉強を教えることを厭《いと》わない。また成績のいい子にありがちな、授業中に受験の参考書を読むようなこともなく、体育のシャトルランで疲れ切ったクラスメイトが寝ている中でも真面目に聞いており、同僚たちの間でも評価はかなり高かった。

だが、その一方で、藤堂は学校を月に数回休んだ。病弱な生徒なのかと思いきや、気になることに、彼は午後の授業には必ず出席していた。出席簿を見るかぎり、彼が午前中の授業を休む間隔は月ごとに異なっている。その法則性は読み取れない。授業の出席日数を気にして、半休にする曜日を決めているわけでもなさそうだった。

どうして学校を半日だけ休む日があるのか?

私が心配したのは、家庭内での虐待や学校内でのいじめだった。けれども、彼の家族は大学教授の父親しかおらず、その父親は現在アメリカの大学に単身赴任《ふにん》している。何度も疑り深く藤堂を注視しても、いじめに遭《あ》っている様子は見られなかった。悪い友人と非行に走っている可能性も考慮したが、朝だけ活動する不良というのは聞いたことがない。1学期末にクラス全員と個人面談をするとき、彼と弁当を一緒に食べているクラスメイトにそれとなく探りを入れてみたものの、二人から目ぼしい回答は得られなかった。

――こういうとき教師はリスク管理のために、生徒本人に直接尋ねるべきなのだろう。

だが、私は彼と個人面談をしたとき、「悩んでいることはないか?」と尋ねる以上のことは踏み込まなかった。思春期の生徒には多かれ少なかれ、こういう不審な行動を取る時期がある。その原因は家庭の事情も含めて多岐《たき》にわたるが、全員に共通していたのは、ある日を境に不審な行動を取らなくなることだった。

いったい彼らに何があったのか、どうして普段どおりに戻ったのか。詳細はわからない。

ただ、今までの経験から言えることは2つ。

1つは「不審な行動を取る生徒の多くは、その理由を本人もよくわかっておらず、教師が介入しても解決できない」ということ。

もう1つは「もし不審な行動を取ることに明確な理由があったとしても、その生徒はよく考えた上で、教師に相談しない判断を下している」ということ。

だから、私は藤堂を見守ることにした。この仕事で大事なことは、生徒に個人の思想や価値観を押し付けないようにすることだ。「教師」という字面から勘違いする人がたまにいるが、常識にまみれていない高校生だからこそ見える世界もある。クラスに悪影響が出たり、出席日数が危うくなったりしないかぎり、何も言わないと腹を決めた。

2学期は生徒やクラスが替わる1学期よりも変化が大きい。すべての部活は代替わりを終えて、制服は夏服から冬服になり、受験勉強で忙しい3年生は廊下や購買などから存在感を消していく。下級生も部活に打ち込む者、行事の準備に取りかかる者、塾に通い始める者などに分かれていき、今まで接点のなかった生徒同士が交際を始めたりもする。

そして、藤堂は学校を休まなくなった。出席日数はまだ余裕があったにもかかわらず、彼は2ヶ月間連続でフル出席していた。全校生徒が下校した後、私は職員室でクラスの出席簿を開いて、×印が1つもない出席番号12番の欄を人差し指でなぞる。授業を欠席しなくなったからか、藤堂は今回の定期考査では1位を取った。教室では男女関係なくクラスメイトからよく話しかけられており、他のクラスの生徒と廊下で談笑しているところも前より見かけるようになった。

始業式で出会ってから7ヶ月、相変わらず藤堂の顔が過去に担任していた生徒の顔に変わったことは一度もない。進路希望やゲームが好きなことなど色々とわかってきても、他の生徒よりも知らないことが多く、心の中で何を考えているのかは見当もつかない。

それでも彼についてはもう心配しなくていい。

3学期末の修了式はまだまだ先だが、私は何の根拠もなくそう確信していた。

「先生、明日からしばらくの間、学校を休学させていただけないでしょうか？」

しかし、1週間後、藤堂は私に休学届を提出した。封筒の中に折り畳まれていた休学届は、保護者の父親の署名とともに印鑑が押されている。

私は休学届を眺めながら、心の中でそう来たかと驚いた。この先も彼が私の経験則を超えてくることは予感していたが、さすがに休学を申し出ることは想定外だった。

頭を落ち着かせるために、私は藤堂を職員室から一番遠い校舎の屋上へ連れていく。どうして藤堂は休学しようとしているのか？　今まで語学留学などで休学した生徒は何人かいたが、「明日からしばらくの間」という言葉が引っかかる。

一人であれこれ考えても仕方がない。

私は諦めて、「とりあえず休学する訳を教えてくれないか？」と本人に直接理由を尋ねることにした。

「……それはですね――」

藤堂は俯き、躊躇《ためら》うように口をムズムズと動かす。二重瞼《ふたえまぶた》の目は斜め上に泳いでいた。授業中どんな問題を当ててもスラスラと答えた彼が、ここまで言い淀んでいる姿を見たことがない。

今この瞬間も誰の顔に変わって見えない以上、どんな理由で休学するつもりなのかを予想することはできなかった。

「……正直に言いますと、なんて言えばいいか迷ってます。休学する経緯を一から全部話しても、きっと先生には信じがたい話だと思いますし、もし信じてもらえたとしたら、それはそれで困る事情があるからです。……大事な話であるにもかかわらず、こんな要領を得ない言い方で本当に申し訳ありません。ただ、先生が休学の理由を尋ねるのなら、僕は一言でこう答えるしかないんです」

藤堂はスクエア型眼鏡をかけ直す。そして、決意したように顔を上げて、私の目をまっすぐ見つめた。

冷たい秋風が吹き抜ける。飛んできたイチョウの葉が目の前を横切っても、彼の視線がぶれることはない。

沈黙の中、私は無言で待った。緊張しているからか、心臓が鼓動するのをやけにはっきりと感じる。背後から電車が線路を走る音が聞こえた。その残響が消えた瞬間、彼は口を開く。

「異世界に行ってきます」

藤堂は一言一句はっきりした声でそう言った。

あとがき

ちゅ、チュートリアル⁉　いや、お前さすがに来るの遅すぎでは⁇

どうもはじめまして、Birdです。

この度は『Fake Earth』第1巻をお手に取っていただき、誠にありがとうございます！　遊津暦斗（レキト）、プレイ開始から激動の24時間弱でした。

振り返ってみれば、ゲームスタート地点は偽者のチュートリアルの紫藤がいる近くに飛ばされて、週に一度くらいしか鳴らないはずのバトルアラートが早々に鳴り、一段落ついたと思えば、《忘却を願う悪貨》とかいう嫌がらせ専用のギアで50人のプレイヤーたちがいる廃ビルへ飛ばされる――。まあ、なんとも恐ろしい不運の連続でしょう。

さらに辛うじて逃げ切ってゲーム攻略の拠点となる自宅に辿り着けば、不幸にも翌日が自分の誕生日だったせいで、NPCの家族から怪しまれ、実は兄がプレイヤーで戦う羽目になり、さらに別のプレイヤーに襲撃される――。

もし『Fake Earth』で「ステータスオープン！」的なことができたなら、レキトの「運の良さ」は「-9億9999万」と逆チートみたいに振り切れてるかもしれませんね……。どう考えても理不尽な目に遭いつづけているのに、不平不満を一切漏らさず、強気な態度でピンチに立ち向かう姿は見習いたいものです。

さて、『Fake Earth』は作者が異世界ファンタジーものを書こうとしたとき、小説を読んでもらっている方に「僕たちのいる世界こそが『異世界』だと思うんですよね」という一言が始まりでした。どうも私たちが生きる現実世界は、実はコンピューターが作り出した仮想現実であり、高度な文明を持つ何者かのシミュレーションにすぎないという説があるようです。そこから、作者が小説家を志すきっかけとなった、はやみねかおる先生の『都会のトム&ソーヤ』に登場する「リアルRPG」を自分なりに構想して、世界観とゲームのルールから作りました。

余談ですが、レキトは『都会のトム&ソーヤ』のダブル主人公、内藤内人（身の回りにある物を活かした戦い方）と竜王創也（冷静な頭脳と眼鏡）の要素を受け継いだキャラクターです。

はやみねかおる先生が子どもも大人も楽しめる作品を書いているように、『Fake Earth』も硬派な物語を好む人もライトノベルが好きな人も楽しめる橋渡しみたいなエンタメ作品にできればと考えております。

最後に謝辞を。家族、友人、昔あるいは今もお世話になっている方々、そしてWeb小説連載の頃から読んでくださった方々、本当にありがとうございました。おかげさまで小説家という夢を叶えることができ、これ以上にないくらい格好いいイラストを描いていただける幸運に恵まれました。岩本ゼロゴ先生、本当にありがとうございます。今後も精一杯頑張っていきたいと思います。

さて、『Fake Earth』の物語はまだ始まったばかりです。凛子を現実世界へ連れ戻すまで続けられるように、読者の皆様につきましては、引き続き応援いただければ幸いです（ＳＮＳなどで盛大にご宣伝いただき、ご家族・ご友人などに縁を切られない範囲で布教いただけますと嬉しいです。感謝の泣き土下座をします……！）

それでは、また来年の春頃にお会いしましょう！

山手線バトルロイヤル編、開幕です！

イヤル》開幕!
第2巻
2025年春
発売予定!!!
期待しとるでぇ〜!

2025年1月から
テレ東・BSフジほかにて
TVアニメ放送開始!!
U-NEXT・アニメ放題で最速配信決定！
没落予定の貴族だけど、
暇だったから魔法を極めてみた
©三木なずな・TOブックス／没落貴族製作委員会

Fake Earth　フェイクアース

2025年1月1日　第1刷発行

著　者　Bird

発行者　本田武市

発行所　TOブックス
〒150-0002
東京都渋谷区渋谷三丁目1番1号　PMO渋谷Ⅱ　11階
TEL 0120-933-772（営業フリーダイヤル）
FAX 050-3156-0508

印刷・製本　中央精版印刷株式会社

ISBN978-4-86794-380-9

Printed in Japan